多田富雄新作能全集

笠井賢一◉編

藤原書店

湯島マンションにて。秘蔵の面「泥眼」と（2004.2.21／撮影：宮田 均）

「無明の井」前シテ　橋岡久馬（1991 年，国立能楽堂／撮影：森田拾史郎）

「無明の井」後シテ　橋岡久馬（1991 年，国立能楽堂／撮影：森田拾史郎）

「望恨歌」シテ　橋岡久馬（1995 年，国立能楽堂／撮影：森田拾史郎）

「望恨歌」シテ　観世榮夫（2001年，国立能楽堂／撮影：森田拾史郎）

「一石仙人」前シテ　清水寛二
（2003 年，結城市民文化センターアクロス大ホール／撮影：森田拾史郎）

「一石仙人」後シテ　清水寛二／子方　小早川泰輝，小早川静佳
（2003 年，結城市民文化センターアクロス大ホール／撮影：森田拾史郎）

「原爆忌」前シテ　観世榮夫（2005 年，国立能楽堂／撮影：吉越 研）

「原爆忌」後シテ　観世榮夫（2005 年，国立能楽堂／撮影：吉越 研）

「長崎の聖母」後シテ　清水寛二
（2005年，浦上天主堂／撮影：DEITz（株）・中島秀幸，提供：長崎純心大学）

「沖縄残月記」シテ　清水寛二／子方　比嘉克之
（2011 年，国立劇場おきなわ・大劇場／提供・沖縄タイムス社）

「横浜三時空」服部の砦女（右）　西村高夫／服部の於由（左）　清水寛二
（2007 年，横浜能楽堂／撮影：ケンタウロス映像部・舞草 壮）

「横浜三時空」洲崎大神　梅若万三郎／本牧の神々　伊藤嘉寿・加藤愼一朗
（2007 年，横浜能楽堂／撮影：ケンタウロス映像部・舞草 壮）

「花供養」前シテ　梅若玄祥（2008 年，宝生能楽堂／撮影：吉越 研）

「花供養」後シテ　梅若玄祥（2008 年，宝生能楽堂／撮影：吉越 研）

多田富雄，東大退官記念能「高砂」（1994.2.18，宝生能楽堂／撮影：宮田 均）

はしがき

能の歴史は新作能の歴史であった。観阿弥の「自然居士」も世阿弥の「井筒」も十郎元雅の「隅田川」も、すべて新作の能として書かれ上演されてきた。世阿弥は『風姿花伝第六花修』に「能の本を書く事、この道の命なり」と記した。「井筒」は世阿弥が六十歳を過ぎた円熟期に書いた自信作である。そして六百年にわたる途絶えることのない上演の積み重ねのなかで、時代時代の能役者の創意が積み重なって、今日の能を代表する、世界に比類のない能独自の劇世界が創り上げられた。

今日、古典芸能としてレパートリーを上演しているだけのように見える能も、もとは競合する他の座から優位にたち、一座を興隆さすために、時代の好みを先取りし、かつ表現も意のままになる自作の能を数多く持つことが「命」であったのだ。

多田富雄は高校時代、朝日五流能で先代喜多六平太、二世梅若実の能と出会って以来、その魅力に捉えられ、学生時代は能楽堂に入り浸った。多くの名人の能を見つづけてきた。大鼓と小鼓の実技を大倉七左衛門から学び、特に小鼓を打つことを楽しんだ。

留学を含む免疫学者としての自己形成の時期の中断の後、東京大学医学部教授となって本郷に居を構えてから、再び能楽堂通いと小鼓の稽古が再開され、能面を打ちはじめた。免疫学の最先端の研究の傍ら、全く違った世界である能から、自然科学とは違った柔軟な発想をえていたのだ。能作者を産む下地はこのように静かに発酵しつづけていた。学生時代から現代詩を書き、同人誌をやっていたという詩人の資質は生得のものだ。詩とは宿命だといっていい。医学に専念するようになってからは、詩作はまれになったが、能を見ることと小鼓を打つことは多忙ななかでも、むしろ多忙だからこそ続けていた。

そうした蓄積が最初に結晶したのが、一九八九年、脳死の法制化問題に触発されて、脳死と臓器移植をテーマにした「無明の井」であった。一九九一年のその上演はセンセーショナルな話題となり、以後、次々と新作能を発表した。それもこれまで扱われたことのない新たな現代的な問題を扱っており、「かつて誰も題材にしたことのない、時代的必然性を持った主題を、全く類曲のないような形で創造すること」を実践した。

二〇〇一年五月、脳梗塞で倒れてのちの回復の過程で甦ったのは、詩人として、また新作能作者としての多田富雄であった。二冊の詩集と、多くの思いの深い遺言のようなエッセイ、自身の鎮魂でもあるかのような追悼記や、戦争三部作の新作能を渾身の力で書き続けた。

多田富雄が最後に書いた能が「花供養――白洲正子の能」(二〇〇八年)であった。白洲正子没後十年の命日十二月二十六日に追悼公演として初演された。その上演までの過程は

NHK‐TVでドキュメントとして記録され、並行して能が出来上がるまでの経緯が、藤原書店から『花供養』（白洲正子・多田富雄著、二〇〇九年十二月）として刊行された。編者として私は、その本の中に、現代で最も多くの新作能を書き、かつ多く上演されている能作者自身の「なぜ新作能を書くか」を書いて欲しいとお願いした。しかし十一月、「鎖骨骨折の激痛のため、予定していた原稿の執筆ができなくなり、『なぜ新作能を書くか』という文ははじめの数枚で書けなくなってしまいました。これは私の『種作書』になるはずでした」という痛恨のメールが送られてきた。私は本のあとがきに以下のように書いた。

「多田先生もそのおつもりで書き始められたのだが、思いもかけず利き腕の鎖骨を骨折され、激痛のため執筆の中断を余儀なくされた。残念だが一刻も早く治癒され、世阿弥が六百年前に書いた「種・作・書、三道より出でたり。」ではじまる『種作書』の現代版が書かれることを切望する」と。

しかし病勢は進み翌年の四月二十一日に亡くなり、新作能作者多田富雄の現代版『三道』は幻となってしまった。

しかしここに残された新作能がある。これを読めば多田富雄という現代の能作者がいかなる思いを込めて能の世界に、いかなる新風を吹き込みたかったのかが自ずから見えてくる。そしてその一連の仕事が今日の能に大きな意義を持つことも。

それがこの『多田富雄新作能全集』である。

本書の冒頭に、多くの能についての論考の中から、自作の新作能のイントロダクションになる二つの文章「能の本を書く事――世阿弥の『三道』をめぐって」と「能楽二十一世紀の観点」を置いた。

つづいて、多田富雄作の新作能の全作品をここに収録した。「無明の井」(初演一九九一年)、「望恨歌」(初演一九九三年)、「一石仙人」(初演二〇〇三年)、「原爆忌」(二〇〇五年)、「長崎の聖母」(初演二〇〇五年)、「沖縄残月記」(初演二〇〇九年)、「横浜三時空」(初演二〇〇七年)、「花供養」(初演二〇〇八年)の上演された八作品と、未上演の「生死の川――高瀬舟考」、「蜘蛛族の逆襲――子供能の試み」の二作品である。それぞれの作品に添えられていた、創作ノートとあらすじも収録した。また二〇〇五年の歌会始の御題「歩み」による創作「小謡歩み」を収録した。

それに加えて、英訳された"Well of Ignorance"(「無明の井」)、"BO-KON-KA (Lament for Unrequited Grief)"(「望恨歌」)、"The Hermit Isseki"(「一石仙人」)、"Anniversary of the Bomb"(「原爆忌」)、"Yokohama: Three Worlds"(「横浜三時空」)、"The Spider Clan Strikes Back"(「蜘蛛族の逆襲」)を収録した。

それぞれの曲目についての上演経緯や上演記録は、詳しくは最後の解題に書き記した。

編者　笠井賢一

多田富雄新作能全集　目次

多田富雄新作能全集

序

多田富雄

能の本を書く事――世阿弥の『三道』をめぐって

「能の本を書く事、この道の命なり」と世阿弥は力をこめて書いている（『花伝第六　花修《かしゅ》』）。「この道の命」とまで言うのにはそれだけの理由があったはずである。

世阿弥が生きた時代、田舎の祭りの芸能に過ぎなかった猿楽が、ようやく貴人の賞翫する都市の演劇に発展した。その一座の棟梁となった世阿弥が、時代の先端をゆく演劇活動を続けてゆくためには、「能の本を書く事」すなわちすぐれた台本を創作することが生死をかけた大事だった。異なった座（劇団）が、同じ舞台で立合《たちあい》（競演）することがしばしば行われていた当時は、それぞれの座が独自のレパートリーを持っていること、そして折にふれて話題作を上演することは、座の生き残りのためにも絶対に必要なことであった。

こうした背景だから、世阿弥の時代には能の創作がさかんに行われた。さらに古作の改作などは常時行われていたらしく、「自然居士《じねんこじ》古今あり」というように、先人が作った能に手を加えて、時代に合った演出をすることは日常のことだったようである。

世阿弥自身もすぐれた劇作家で、多くの作を残している。確実に彼の作とされている「高砂《たかさご》」「屋島」「井筒」「砧《きぬた》」「山姥《やまんば》」等、いずれも類型にとらわれることなく、劇的展開と美がマッチした名作である。

当然世阿弥を乗り越えそれに勝つために、非世阿弥型の能も数多く作られていた。才能を惜しまれながら早世した世阿弥の嫡子十郎元雅も、ひときわ個性的な能を残しているが、世阿弥の殻を意識的に破ろうとしていた形跡が窺われ、おそらく父子間には芸術上の意見の違いや確執さえあったものと思われる。世阿弥の娘婿金春禅竹も、禅竹風とでもいうべき独自の類型を作り出した。

他の座や、芸系を異にした丹波猿楽の座では、明らかに世阿弥の能とは風体の異なる能が創作されていた。やや時代が下がれば、劇的な場面展開を取り入れた観世小次郎信光や、古作をひとひねりした金春禅鳳《ぜんぽう》の作など、趣向を新たにした新作が誕生していった。

それと同時に、時代的必然性を失った能は次々に廃曲となっていった。世阿弥の自信作、「逢坂物狂」や「実方」なども十五世紀末には上演が途絶えた。能はいまのように固定したものではなかったのである。

近世に至っても、能の創作は衰えることなく続いた。能を熱愛した豊臣秀吉が、自分の功績を讃えた十曲にも及ぶ新作能を作って自ら上演したことは有名であるが、江戸期に至っては、文人、国学者、能役者、素人に至るまでが能の創作に励んだ。『未刊謡曲集』(古典文庫)で、その発掘を精力的に続けておられる田中允氏によれば、現行曲に含まれていない謡曲台本は二千数百曲に及ぶという。

近代、すなわち明治以降に書かれたいわゆる新作能は、台本が確認されているだけで二百余番に及ぶ。明治以後百三十年に及ぶ日本近代史の中で、この二百余番というのが多いのか少ないのかは断定しがたいが、少なくとも「この道の命なり」と世阿弥が力説したほどの役割を演じていないことは確かである。

日清日露、第二次世界大戦という戦時下で戦意昂揚、国体宣揚型の新作能が多く作られた反面、能を愛した詩人、作家らによって、歴史上の人物などを主人公とした世阿弥型の懐古趣味の新作が多く作られた。またヨーロッパの詩や小説に題材をとった全く新しいスタイルのものも現れた。

戦後は新しい演劇運動としての新作能も作られ、その延長上に三島由紀夫の『近代能楽集』のような収穫も得られた。

私自身も、脳死と心臓移植の問題を考えるための「無明の井」、朝鮮人強制連行を主題にした「望恨歌」の二つの新作能を書き、数度にわたって上演した。「無明の井」は、ニューヨーク等米国諸都市を巡演し、その翻案劇が、サンフランシスコで現地の劇団によって英語で上演された。

そうした経験から、世阿弥の「能の本を書く事」について考えてみたい。

世阿弥は、「この道の命」としての能の本を書くための秘訣を、『三道』の「種作書《しゅさくしょ》」の項で事細かに述べている。記述はきわめて具体的で、一種能作のためのマニュアル的でさえある。

まず最初の総論に当たる部分で、題材に当たる登場人物（種）としては、天女や女神、優美な貴族、遊狂人、古典に現れる女性など、元来舞わせてよし謡ってよしというのを選べという。それを序破急というドラマツルギーにあてはめて構成し、美しい言葉（書）を選んで書くがよいというのである。

しかし、この指示通りに書いたならば、必然的に類型的な駄作が生まれるに違いないと私は思う。こんな安易なことでどうして感動的な劇が書けようか。世阿弥は本気でこれを書いたのだろうか。そうだとしたら、何と底意地の悪い指導法だろうか。

しかしよく読んでみると、これとは裏腹な一節も出てくる。「また、作り能とて、さらに本説《ほんぜつ》もなき事を新作にして、名所・旧跡の縁に作りなして、一座見風《けんぷう》の曲感をなす事あり。これは、極めたる達人の才学の態《わざ》なり」。『花修』ではあれほどまでに本説（典拠）にこだわっていた世阿弥が、その例外の方をあげて、「曲感」（びっくりするほどの感動）を起こさせるものとしているのである。

さらに、『花修』で「この道の命なり」と言ったあとで、「極めたる才学の力なけれども、ただ工《たく》みによりて、よき能にはなるものなり」としていたのに、ここでは「極めたる達人の才学の態なり」としている。皮肉に考えれば、世阿弥は、月並みな駄作がどうしてできるかを、才学のない能作者のやり方を事細かに書くことによって教え、本当はずっと困難な創意ある作能のあるべき姿を逆に暗示しようとしたとも思われるのである。

「種作書」の後半では、それぞれの種（題材）について、具体的な作例をあげて説いているが、前半の総論で述べていた類型的な種とは明らかに違う例をあげている。前半では現れなかった男物狂、女物狂、山姥、鬼といった異風の「種」の書き方をていねいに述べ、さらには特定の役者に合った能を書くことや、クライマックスの作り方、効果的な音楽の利用法まで助言している。世阿弥は、才学を望むことができなかった一座の後進、次男元能《もとよし》のために、最低限安全なやり方として「種作書」を書き与え、同時にそれを超えるための方法も暗示しようとしたのではないだろうか。

現代においても、毎年のように新作能が上演されてはいるが、「この道の命」となるようなものは生まれていない。作者がどんな工夫をこらしていても必ず類曲があって、「種作書」の類型から免れていないのだ。それほど『三道』の呪縛は強かったのである。

世阿弥が「作り能」といったのは、かつて誰も題材にしたことのない、時代的必然性を持った主題を、全く類曲のないような形で創造することだったと思う。『三道』を超えることこそ能が本当に生命を持って、時代を生きのびてゆくために必要なことであろう。

（『岩波講座　日本文学史』月報、一九九六年十一月）

能楽二十一世紀の観点

能は二十一世紀の演劇として生きて行けるであろうか。ユネスコの文化遺産に登録されて、絶滅危機の希少動物のように、保護の対象になってしまったのであろうか。

残念ながら、現状は危ういというほかはない。能に芸術的魅力がないというのではない。能は今でも世界に通用する舞台芸術である。その実力には凄みさえある。問題は、今の能楽堂の形態やレパートリーでは、その実力を充分発揮できないことにある。

現実の能は、趣味人の愛玩物か町村の薪能のアトラクションに堕していることは否めないだろう。能を演劇として鑑賞し、能楽堂の劇空間にカタルシスを求める人は一握りにも満たない。とうてい現代に生きる演劇とはいいがたい。

その理由は、能楽師の多くが、過去の遺産に頼って、現状維持に汲々としている体質にある。芸さえ磨いておけば安全という内向性が嵩じて、外には出て行こうとしない能舞台引きこもり現象である。もっともそれによって、この文化遺産が高い水準をこれまで保ってきたことは否定しない。だがそれだけでは、芸術の停滞である。

能は潜在的実力を充分持っている。それは六百年にわたって蓄積してきた芸の実力であって、現代の能が作り出したものではない。

名手はいても名人はいない

現代の東京の能楽界を眺めると、関根祥六、梅若六郎、野村四郎、近藤乾之助《けんのすけ》、友枝昭世など、いずれ劣らぬ一流の名手を擁している。技能の上での実力者というだけなら、枚挙に暇がない。

でも、かつての明治生まれの「名人」、たとえば先代喜多六兵太や橋岡久太郎、梅若実、金春八条などに比べたら感動に欠ける。「名手」はいても名人はいないといわれる所以である。

常に芸を創造し続け、それに成功してきた名人と、芸を受け継ぎ守るだけの名手との違いである。それだけでも、伝統芸能の存続にとっては一大事だが、新しい芸術を創り出す力がなくては、この道の未来はない。

若手中堅の台頭

そのなかで、最近面白い現象が認められる。

たとえば、昔は最奥のものとあがめられて、老名人によってまれに上演された老女物が、中堅以上の舞手によって頻繁に上演されることだ。この二年の間でも思い出すだけで、「関寺小町」が二回、「姨捨」が四回、「桧垣」が三回、「卒都婆小町」に至っては十一回も舞台に上っている。以前には考えられなかったことだ。観世榮夫、友枝昭世、若松健史などの「姨捨」は、記憶に残った。

それに比較的若い能楽師が、老女物に挑戦しているのが心に残った。何も老名手だけに許される権威の象徴ではない。若手が覚悟をきめて挑戦して、初めて発見するものがあるはずである。津村礼次郎や桜間金記の「卒都婆小町」など、決して万全のものではないが、探求のあとが見えて嬉しかった。

従来、秘曲などといわれて、上演がまれだった重い小書や演目が、頻繁に舞台に上るようになったのも最近の動きだ。安売りは禁物だが、実力ある中堅の演者の、意欲的な演出に期待するところは大きい。

囃子方の世代交代も進んだ。四十代を中心とした二世たちの充実ぶりには眼を見張るものがある。彼らが職人として芸を切り売りするのではなく、舞台の創造者として、活躍できる環境を作り出して行くことが肝要である。

新作能の現実

新作能や復曲能も盛んに演じられている。でも源氏物語や今昔物語に典拠を取って、能らしい趣向を凝らしただけでは、現代の演劇にはならない。古典能の落ち穂を作能するだけならたやすいが、現代世界に対するメッセージが含まれなければつまらない。

感動深かったのは、石牟礼道子作の「不知火《しらぬひ》」の再演だった。水俣病の鎮魂をモチーフにしたこの能は、能の約束事をことごとく無視したが、結果的には紛れもなく能の劇になっていた。現代の能とはこういうのを言う。

横道萬里雄作の「鷹の井」も、「鷹姫」と名を変えた新演出で光を放った。何度も上演し、演出を工夫してはじめて新しい能が完成する。また幾度もの再演に耐え得る脚本でなければ、現代に生きたことにはならない。

劇場空間への進出

世阿弥が「この道の命なり」とまで言い切った新しいレパートリーの開拓に、本気でとり組むためにひとつの提案がある。

二十一世紀の能の再生のためには、能は能楽堂からもっと広い劇場空間へ飛び出さなければ真の現代演劇にはなれない。能楽堂は少ないが、劇場ならどんな所にもある。そこに適応して、実力を見せ付けるのだ。

古典の能も新作も、通常の劇場で上演できる演出を工夫して欲しい。能舞台の九坪の狭い空間に仕切らないで、大舞台を縦横に使う演技を工夫する必要がある。能はもともと寛容な芸術なのだ。さっきの「不知火」や、金沢音楽堂の大ホールを立体的に使った、私作の「一石仙人」の上演がそれを証明している。能楽堂は芸の研鑽と、古典の正式な上演にだけ使えばいい。そこでの演能も勿論大切である。

（『東京新聞』二〇〇五年一月二十九日／『能の見える風景』藤原書店、二〇〇七年所収）

無明の井

創作ノート

この新作能を書こうと思ったのは、一九八九年の十月ごろ、NHKのチーフディレクターの高尾正克さんとお酒を飲みながら話していた時のことである。高尾さんは、NHKスペシャル『人体』の番組で放送グランプリを受賞した気鋭のディレクターである。ちょうど「脳死」に関する番組を取材しておられて、「脳死」を本当の人の死と認めるかどうかについて、いろいろな角度からの意見を集めておられた。

私は「脳死」に反対というわけではない。しかしこの問題に関する議論が、医学的、法律的、あるいは社会的な技術論に終始していること、ことに医療側の言い分が先行してしまっていることに不安を抱いていた。それが新しい形の死の受容という哲学的な問題でもあることから、技術論ではすまないもっと奥深い部分があって、それを通り抜けていないことが問題の決着を阻んでいると考えていた。そこには、日本人の死生観、文化というような、技術では扱いきれない部分がある。その部分については触れることを避けているように思われた。私の考えは、『生と死の様式』（多田富雄・河合隼雄編、誠信書房刊）に詳しく書いた。

『脳死』を扱った能というのはできないだろうか」と高尾さんが言った。NHK『人体』の番組で、高尾さんは、人間の心臓が持っている脳や心と直結した働きを、能を演ずる能楽師の心臓の動きから引き出すことに成功している。

そういえば、死んで三日後に蘇生した男が、死の体験を物語る「歌占」という能の名曲もある。もともと能という演劇は、死者が現れて生前の自分の姿を再現し、その意味を問うという形式をとっている。「脳死」を、生者の側からどう扱うかという従来の観点ではなく、脳死者の側から脳死の精神的受容の可否を問うという、全く別の観点を示すことができるのではないか、と私は高尾さんの意見に同意した。

そんな中で、「脳死」問題はますます切迫していった。いくつかの大学の倫理委員会が、脳死段階での臓器摘出を認める決定をした。その根拠や診断基準は信頼すべきものであったが、やはり私の危惧した部分についてはクリアーされていなかった。まずスタートをして、その実績によってコンセンサスを得るのだというような論理には、いささか慄然とせざるを得なかった。そういう決定をした大学の教授の中にも、脳死と植物状態の区別さえしていない人たちが実際にいるし、「精神」が死んだのだからいいではないか、と公言する外科医にも出会った。脳死を本当に身体的な死として認める準備は、できているわけではない。こういう無知は、国外の一流の生命科学者にも散見され、この問題が西欧でも完全に解決されていないことも知った。私は、能の形式で脳死の可否を問いかけることに、意味があると確信するようになった。

能を作るとして、何を題材にしたらよいか。能にはすべて典拠（本説《ほんぜつ》）がある。現行二百数十番の曲をみても、『今昔物語』『伊勢物語』『源氏物語』『平家物語』というように、ほとんどが明らかな典拠を持っている。能の大成者世阿弥も、本説（典拠）が重要であることをくり返し強調している。はたして、「脳死」と「移植」に関する本説などあるだろうか。

私が思い出したのは、『万葉集』巻五の山上憶良の「沈《ちん》痾《あ》自《じ》哀《あい》文」である。病気の大売出しのようなこの文の中に、「扁鵲《へんしゃく》、姓は秦《しん》、字《あざな》は越人《ゑつじん》、渤海郡の人なり。胸を割《さ》き心を採り、易《か》へて置き、投ぐるに神薬を以《もち》てすれば、即ち寤《さ》めて平《つね》なるがごとし」というのがある。原典は『列子』湯問《とうもん》篇である。

これを本説として、嵐で溺死した漁夫（前シテ）と扁鵲によって心臓を移植された女（ツレ）という人物像が決まった。この女についても、「沈痾自哀文」にある「広平《くわうへい》の前《さき》の大守北海の徐玄方《じょげんぼう》の女《むすめ》、年十八歳にして死ぬ」以下からイメージを得た。水死した男のイメージも、『万葉集』巻一三の挽歌から、「いさなとり　海の浜辺に　うらもなく　臥したる人は……」から得た。この二人の対立関係は、永遠の命の水「変若水《おちみず》」を争うことで象徴した。水争いは、池田彌三郎氏の説くように、日本文学の大切な主題の一つである。

初めに原稿ができたのが一九八九年の末である。常々尊敬していた観世流の能楽師橋岡久馬師にお見せしたところ、一笑に付されるかと思いきや、並々ならぬ興味を持っていただいた。こうして橋岡会特別公演として、東京では国立能楽堂、京都では京都観世会館と二度上演されたのである。

橋岡師は、現代の能楽界でも異色の演劇人である。深く人間の存在の底まで降りてゆく鬼気迫る演技で根強い支持者を得ている反面、現行の型にとらわれぬ自在の演出に対して批判的な人もいる。しかし私は、この能の実現のためには、橋岡師のような強烈な個性と深い解釈力を持った役者でなければならないと初めから考えていた。橋岡師は、その後、「脳死」問題に関するさまざまな本を読破して大そうな勉強をした上で、演出にのぞまれた。

まず脚本は、原作ではもっと長かったのを、橋岡師が約三分の二に削った。笛、大鼓、小鼓、太鼓からなる囃子方、劇を作り出すために重要なワキ方、さらに眼目の語りを担当する狂言方など、当代一流の個性ある配役が決まった。作曲に相当する節付《ふしつけ》や、囃子の手《て》付《つけ》が日を追って完成し、舞台稽古を重ね、さらに面や装束についても入念な検討を繰り返し、演出の骨組みが決まった。

構成

以下にポイントとなる詞章と構成について述べる。

前段――

舞台には涸れ井戸に相当する塚のような作り物が置かれている。塚の上には葉のついた木の枝の間に、白骨のような枯れ枝がさされている。「名乗笛」という笛の独奏でワキ役の旅僧が登場する。そして荒々しい北海の日没を描く。

「次第」という囃子で、ツレ女が登場し、「次第」の詞句を謡う。

女　〽命寄る辺の井を汲めば　月や袂に昇るらん。

ワキ旅僧との問答のあと、女は涸れ井戸から水を汲もうとする。すると、主役の漁夫の霊が幕内から呼びかけ、橋掛りに姿を現し、水争いとなる。シテは、異形の「早男《はやおとこ》」面に白髪の混った小型の黒頭をつけている。やがて地謡達の合唱が起こり、女は作り物の塚に、男は橋掛りから幕に入り、中入りとなる。

眼目となる間《あい》狂言の長い物語は、遠く光る北の海と荒々しい汐の香をただよわせながら、残酷な故事を明かす。

後段――

旅僧の待謡《まちうたい》に続いて、「出端」という太鼓入りの囃子で後シテ脳死の男の幽霊が現れる。面は珍しい「淡男《あわおとこ》」で古びた黒頭をつけ、竹竿を持っている。

シテ　〽おお、荒野ひと稀なり。空しき墳墓に屍《かばね》を争うは、豈《あに》禽獣のみかや。我もまた離脱せし屍を求めて、月下を流浪す。

のう、我は　生き人か、死に人か。

塚の作り物の、引き廻しという紺色の布が下りると、井戸の薄暗がりの中に、装束を変えた女ツレの姿が見えてくる。

能の中心部分となるクセは、前半は「居グセ」(座ったまま)。『往生要集』巻上第五よりの長い引用を使って、仏教における死の九相観を述べる。

クセ　〽そもそも人間の末期《まつご》には、まず魂魄は、肉体の繫縛《けばく》を逃れ、六道の森をさまよい、三瀬の川のほとりにておのが屍を待つという。また骨肉は、一《いち》、七日《しちにち》を経るほどに、（略）色は青瘀《しょうお》に変じて、膿血流れ出《い》ず。風吹き、日曝し、雨濯《そそ》ぎ、月の盈《み》ち欠くること、五度《いつたび》もすれば、白骨は四散しついには荒塵と帰す。九相とは是をいえり。人間の生死《しょうじ》の有様古えよりかく窮まれり。

この部分は、橋岡師の節付で、謡曲としても力強い洗練されたものとなった。

クセの後半は、『万葉集』の挽歌の詞句を借りて、漁夫の水死の有様、ついで扁鵲による心臓摘出の様を述べる。

地謡　〽……岬の鼻に流れつきて、うらもなく臥しけるに、魂魄《こんぱく》のみははや去りて、命《めい》は僅かに残りしを、医師《くすし》ら語らい、氷の刃《やいば》、鉄《くろがね》の鋏を鳴らし、胸を割き、臓《きも》を採る。（略）

シテ　〽のう、我は　生き人か、死に人か。

と問いかけ、カケリという所作となり、激しい心の動きを表現する。

カケリのあと、『神曲』地獄篇第三歌、アケロンの川の渡し守カロンが、生者と死者を引き分けようとするのを引いて、生死が不分明のままである「脳死」の、「無明」の苦しみを訴える地謡達の合唱となる。

地謡　〽無明の森の深き闇、鬼火らに導かれて、道なき小径たどりつつ、鉛色に光るは三瀬の川の渡しなるや。荒けなき渡し守、（略）「生ける者は乗るまじ、亡者の側を離れよ」とて櫂を以ちて打ちすゆる。死の望みさえ断たれたる、身を喞《かこ》ち、命《めい》を嘆き、おらび哭くばかりなり。

このあと、終末部（キリ）となって二人は再び闇の底に戻ってゆく。

実はこの終末部分では、二つの演出を考えていた。第一は、能の常用手段である奇蹟が現れて二人の生命がつながれて救われるのと、もう一つは救いのない「無明」の闇に戻るのとである。今回は後の方をとった。

全曲を通じて私が心がけたことは、まず能の基本形式から逸脱しないことであった。いろいろやってみたい誘惑にかられたが、いわゆる四番目能の基本形を守った。限られた回数の申し合わせ（簡単な舞台稽古）をすることで、数百年にわたって積み上げてきたお能の遺産、ことに能のワキ方、囃子方、狂言方、三役の持っている実力を全部いただいてしまおうというわけである。また、世阿弥が用意してくれた能のドラマツルギーを、そのまま使わせていただいたことにもなる。

第二に、脚本の方はできるだけ言いすぎないよう、むしろ舌たらずに残しておくことを念頭においた。決して弁解ではない。その空白部分を、演者橋岡久馬師の想像力で埋めてもらうこと、それによって脚本が七分のところをシテの演技で全体で十二分にしていただくことを期待した。脚本が十でも、それに演者が多々つけ加えることで、逆に七分程度になってしまう場合があるからである。

橋岡師は、脚本をかなり大胆に削って、かえって茫漠とした大きな広がりを作り出してくれた。この公演が何かを問いかけているとすれば、それは脚本の空白部分を介して、演者の橋岡師が彼の肉体で問いかけてくれたからである。

「無明の井」の公演は、『ニューヨーク・タイムズ』、『ヘラルド・トリビューン』など欧米の各紙でも取り上げられ話題となった。「脳死」の問題は欧米でも完全に決着していないのである。一九九四年には、ニューヨーク、クリーヴランド、ピッツバーグなど米国各都市で公演され評判となった。これらの都市は移植医療の中心地である。「無明の井」の英語の翻案劇「深い井戸の底へ」もサンフランシスコで上演された。

能のファンの一人として、この実験的な公演に参加することによって、能が現代的な問題を取り上げるための優れたメディアであることを再確認した。いま現代人に問いかけられている生命科学の問題、たとえばエイズ、胎外受精、遺伝子治療など、いずれも能の題材に適しているように思う。室町時代の能作者がいまここにいるとしたら、死んだ試験管ベビーを探し求める母親を真っ先に書いただろうと私は思う。また人種問題、戦争、性など人間の普遍的な問題を考えるための新作があってもよいと思う。能は、そういう人間の根元的な問題を鮮烈に問いかけるための力強いメディアである。

なお、次頁以降の台本は、上演されたものと大幅に違う。初演に際して橋岡師が削除した部分も、原作に近い形で載せた。また末尾に、もうひとつの案として臓器移植に肯定的なハッピーエンドの結末を示した。このような形で臓器移植が受け入れられる日がいつ来るであろうか。

無明《むみょう》の井《い》

前シテ　漁夫の霊
ツレ　里女
ワキ　旅の出家
アイ　所の者
後シテ　脳死の男の霊
後ツレ　移植を受けた女の霊

季節　不定
場所　北国、辺土の浜
常の能舞台
塚または井戸の作り物
白い枯枝をつきさす

【前段】

（名乗笛）

ワキ　これは諸国一見の僧にて候。
われ国々を巡り歩き候ところに、
いずくとも知れぬ荒野に出でて候。
見渡せば茫漠たる野の涯《はて》に、北の海かすかに光り、
日も暮れ、風も出でて候。
〽風、浪の音を吹き送り、
海鳥の声も絶え絶えに、
あら物凄の景色や候。

またここに、古き井戸のようなるものの候。
されど星霜年古りて、水も涸れ露も結ばず。

さらに泉とは見えず候。
このあたりには人家もなし。
路次も絶え前後を忘じて候ほどに、
今宵はここに仮寝して、一夜を明かさばやと存じ候。

（ツレの登場、次第）

ツレ　〽命寄る辺の井を汲めば、井を汲めば、
月や袂に昇るらん。
（サシ）〽げにや古えは、
満々たる泉をたたえ、
汲まざるにおのずからあふれ、

満ちくれば尽くることなき玉水の
いのち継ぐ井の底ひなき、
その水源《みなもと》に影落ちて、
いまは枯野に名ばかりの、
石を囲い釣瓶《つるべ》を懸け、
流るる時をばすくうなり。

(下歌)〽砂の水、
風の泉を汲もうよ。

(上歌)〽言葉空なる砂の水。
汲めども、
たまらぬは罪の報いかや。
その重きをば持ちかねて、

落つるは命、
尽きぬは妄執の、
水を求め廻るは、
火宅の釣瓶なるらん。

（ワキとツレ、問答）

ワキ　いかにこれなる女性《にょしょう》に尋ぬべき事の候。
見申せば人影稀なる荒野、またこのあたりには人家もなし。
まして女性一人《いちにん》。月のもとに涸れたる井より水汲まんとすること、
かたがた不審にこそ候え。
おん身はいかなる人にて候ぞ。

ツレ　これは、このあたりの女なるが、宿願の仔細あるにより、
夜毎この井戸に来たり候。

ワキ　〽されど井戸とは名ばかりにて
　年積もりたる砂の波
ツレ　〽湧き来る水の影は見えず
ワキ　〽夜の底のみ深くして
ツレ　〽涸れたるは水
ワキ　〽生うるは草
ツレ、ワキ　〽ただ荒涼たる北の野辺に

（この間にシテ橋掛り幕際に出てじっと舞台をうかがう）

地謡　（初同）〽いま見るは、
　蓬が原の塚の草。蓬が原の塚の草。
　もとはあふるる玉水の、
　その命永らえて、

永遠《とこしえ》とこそ思いしに、
無常の、
嵐吹き落ち、
水も涸れ流れも絶え
果てもなき北の野辺、
月のみ満ちて夜ぞ深き、
物凄き夕べなりける。

（問答）

ワキ　さてこの井戸にいかなるいわれの候ぞ。
ツレ　これは業深き女のため空しくなりし男の霊によりて、
命の水涸れたる井戸にて候。
その涸れ井戸に水を汲み、
少しの迷いをも晴れんとて、今宵もここに参りて候。

いでいで水を汲み候べし。

（シテの橋掛りよりの呼びかけと問答）

シテ　のう、その女に水汲ませ給うな。
それは閼伽井《あかい》の水に非ず、
人の命より湧き出でたる変若水《おちみず》なり。
他人《ひと》が掬《すく》わば我が命、
つづまり草の根を絶えて、
身を苦しむる理《ことわり》なり。

ツレ　あら、悲しや。
今宵もまた、
井の水を汲みつかの間の、
命の闇を晴れんとすれば、
またかの人の現れて、

シテ　重き釣瓶にひきとどむ。
われは夜ごとに通い舟の、
海の藻屑《もくず》と消ゆべきところを、
なお疑いの深き井に、
水汲むものを止むるなり。

ツレ　〽されど、命の水なれば。
古井に立ち寄り汲まんとす。

シテ　影は袂にとり縋って、
水汲ませじと押し止む。

ツレ　〽なおも釣瓶をひかんとすれば

シテ　井戸はたちまち火焔となる

ツレ　〽水と見えしは月光《つきかげ》に

シテ　〽冰《こお》れる霜の幻。

シテ、ツレ　〽無慙やな斯く迄も、

深き悩みに纏《まと》われて、
水を争う二人《ににん》の亡魂。

地謡

〽今ここに、
影に添いたるこの姿、
哀れみ給え御僧と、
いう声もはや更け過ぎて、
かすかに光る北の海、
浪立つとこそ見えけるが、
影も形につき添いて、
古井の底に入りにけり、
古井の底に失せにけり。

（送り笛）

【中入り】

（アイ狂言、所の者の登場）

アイ　これはこのあたりに住まい申す者にて候。
それがし風の夜は、用心のためこのあたりを見廻《ま》い申して候。
今宵も深更になり候えば、参らばやと存ずる。
や、これに見馴れ申さぬ御僧の候。
この古井戸に向いて御回向候。
これはいかようなる次第にて候か。

ワキ　これは一所不住の僧にて候。
おん身は、このあたりの人にて候か。

アイ　なかなかこのあたりの者にて候。

ワキ　所の人にて候わば、この古井戸のいわれ、御存知においては語っておん聞かせ候え。

アイ　われらも近くに住まい致し候えども、さようの事詳しくは存ぜず候。

さりながら、およそ承り及びたる通り、物語り申そうずるにて候。

（語り）さても前《さき》の世、この北の国の大守に、みめ美《うるわ》しく健やかなる娘ありけり。蝶よ花よと愛《いつく》しみ育てけるが、この娘十八歳というとき重き心《しん》の臓の病いにかかりぬ。あまたの医師《くすし》を招じて百薬を投ずれども、その験しさらになし。心の臓弱りに弱り、いまは期《ご》を待つばかりとなり申して候。

ここに唐《もろこし》、渤海の里に、扁鵲《へんしゃく》といえる医師あり。神医の名高き道士にして、いかなる病いにても除き癒さぬということなし。ことに重き心《しん》の病いには、胸を割《さ》き、心を採《と》り、易《か》えて置き、投ぐるに神薬を以ちてすれば、即ち覚めて常なるが如しという。

娘の父母これを聞きて、扁鵲を招じて診させけるに、乙女《おとめ》の病いはすでに重畳し、命根すでに尽きんとす。世にある大患のいずれかこれより甚しからんと、道士驚き給いけるに、いまもし若き壮士《おのこ》の心の臓を、乙女子の心に植え易《か》うれば、一命は助かるべし。されど生ける心の臓を得ることの難きことよと、道士嘆き給いけり。

かかる折しも、この海に嵐来たり、波風吹き荒れて、沖を行く小舟ことごとく海に沈みぬ。ある朝岬の鼻の岩に、漁《いさ》りの壮士一人打ちあげられ候。浦ぶちを枕に敷きて、うらもなく臥し、いまや命も尽きんとす。家を問えど家をもいわず、名を問えども名のらず、魂《たま》はすでに冥界にまかりぬ。

しかるにかの扁鵲といえる医師、この壮士の屍《かばね》をみて申すよう、いまはこの人の魂もはや戻らず。肉体のみこの世に残って心の臓わずかに動きたり。座視すればすべて空しかるべしとて、一殺多生の理《ことわり》にまかせ、壮士の心の臓を採り出し、乙女の胸に植え易《か》えんと、神業をもって術をなしけるに、乙女の命は蘇生し、壮士はそのまま死したると申す。なんぼう奇特なる事にては候わずや。

しかるに乙女、しばし健やかに暮しけるが、壮士の心《しん》を採りたることを深く罪業と銘じ、いかなれば生ある者の臓腑を採り、おのれが生を全うすることの神意にかなうべきかと深く疑い給いけり。さるほどに、この里の井戸のことごとく水涸れ、ひとびと壮士の霊のなせる業かと推量申して候。乙女そのことを深く痛み給いて、懺悔の一生を送り給えり。

時移り事去り、重なる年月のならいかや、今はその涸れ井戸も砂に埋もれ、訪《とむら》う人もなくなり申し候。

その旧蹟の塚の井戸に、御僧の回向なされ候こと奇特に存じ、言葉をかけ申し候。
われらが伝え聞き及びたるは、およそかくのごときに御座候。
さておんたずねとは、いかようなることにて候か。

ワキ　ねんごろにおん物語り候うものかな。たずね申すも余の儀にあらず、御身以前に、乙女子一人この井戸に来たりて水汲むようにて候いしが、やがて壮士に止められて、二人《ににん》ともに井戸の中に入るかと見えて、そのまま姿を見失いて候よ。

アイ　これは言語道断、奇特なることを承り候ものかな。それは疑うところもなく、いにしえの乙女壮士の亡魂にて候うべし。これと申すも、御僧の功力尊くましますゆえにて候間、しばしこの所に御逗留あって、かの二人のあとをおん弔いあれかしと存じ候。

ワキ　近ごろ不思議の御事にて候ほどに、留まり申し候べし。

アイ　重ねて御用の事候わば仰せ候え。

ワキ　頼み申し候べし。

アイ　心得申して候。

（アイは橋掛りにもどり、やがて切戸口より退場）

【後段】

ワキ　（待謡）〽北の海かすかに光る野嵐の、かすかに光る野嵐の、
浪立ち騒ぐ気色にて、
草も枯野の古井戸に
満ち来る影の不思議さよ、満ち来る影の不思議さよ。

（出端、後シテ橋掛りへ出現）

後シテ　〽おお、荒野ひと稀なり。
空しき墳墓に屍《かばね》を争うは、豈《あに》禽獣のみかや。
我もまた離脱せし屍を求めて、

月下を流浪す。

(詞)いや、その屍は損い、
魂は疾く去って三瀬の渡しにて待てども、
ついに来たることなければ、
無明の闇に打ち沈み、
六道の森をさ迷うなり。
〽のう、我は　生き人か、死に人か。

（後ツレ、作り物の古井戸の引き廻しの中から）

後ツレ　〽われもまた、水無き古井に閉じられて、
浮かんことなき妄執の、
因果の責を蒙るなり。
わずかの命ながらえて
生死の海を越えやらず

中有の闇に迷うなり。

後シテ　〽怨みんことはなけれども、
胸底《むなそこ》深く棲む水の
深き疑心の鬼となりて

後ツレ　〽ともに業苦に沈む身の

後シテ、後ツレ
（同吟）〽いたずらなりける時の流れ

地謡　〽積む苦しみの深き井に、積む苦しみの深き井に
浮かみもやらぬ妄執の、
淵となり淀となる
その浮き波に立ち添いて、
男女二人の亡魂の
影、形とも現じたり。
弔い給え、御僧。

ワキ　(詞)さては先の世の壮士乙女の亡魂にて候いけるぞや。
さらばその時の御有様、語って聞かせ候え。
摂理をも顕わし候べし。

後シテ(サシ)〽朝には紅顔を世路に誇れども、
夕べには白骨となって、郊原に朽ちぬ。

地謡　〽身を観ずれば根を離れたる水草
命を論ずればつながれざる舟
現世の無常かくの如し。

後シテ　〽去るものはひとたび去りて帰ることなし。

後地謡　〽いかで永遠の命を期《ご》せん、
(クセ)〽そもそも人間の末期《まつご》には、
まず魂魄は、肉体の繋縛《けばく》を逃れ、

六道の森をさまよい
三瀬の川のほとりにて
おのが屍《かばね》を待つという。
また骨肉は、一《いち》、七《しち》日を経るほどに、
その身は脹れふくれ、
色は青《しょう》瘀《お》に変じて、膿血流れ出《い》ず。
風吹き、日曝し、雨濯《そそ》ぎ、
月の盈《み》ち欠くること、五度《いつたび》もすれば、
白骨は四散し
ついには荒塵と帰す。
九相とは是をいえり。
人間の生死《しょうじ》のありさま
古えよりかく窮まれり。

後シテ　〽しかるに我は漁《いさな》とり

地謡　〽疾風《はやて》吹く海に沖縄の
群がる魚をとりいしが
無常の嵐吹き来たり
波のうねりにひき込まれて
荒海の底に沈みしを
流るる潮に引き波の
岬の鼻に流れつきて
うらもなく臥しけるに
魂魄のみははや去りて
命《めい》はわずかに残りしを
医師ら語らい
氷の刃、鉄《くろがね》の鋏を鳴らし
胸を割き、臓《きも》を採る。

怖ろしやその声を
耳には聞けども身は縛られて
叫べど声のいでばこそ。

後シテ　〽のう、我は　生き人か、死に人か。

（カケリ）

地謡　〽無明の森の深き闇、
鬼火らに導かれて、
道なき小径たどりつつ
鉛色に光るは
三瀬の川の渡しなるや。
荒けなき渡し守、
亡者をせきたて追ったつる。
奪衣婆《だつえば》にひきはがされて

乗らんとすれば　渡し守

「生ける者は乗るまじ、

亡者の側を離れよ」とて

櫂を以ちて打ちすゆる。

死の望みさえ断たれたる、

身を叩《かこ》ち、命《めい》を嘆き、

おらび哭くばかりなり。

後ツレ　〽乙女もしばし永らえて、

仮の命を継ぐ水の、

暗き心の鬼となって

ついに空しくなりにけり

地謡　〽ともに生死の海に迷い

霊肉のあわいにせめらるる

この永劫の苦しみを、

浮かめ給えや御僧とて
また古井戸に入りにけり
また闇の底に入りにけり。

〈第二案〉

地謡　〽そのとき摂理現れて、そのとき摂理現れて
かの古井戸につかの間の
生命《いのち》の水の湧き来れば
往相廻向の道の果て
生死長夜の夜も明けて
二人の命つなぐ井の
他生の縁となりにけり　他生の縁となりにけり

望恨歌

創作ノート

そのテレビ番組を見たのは何年前のことであろうか。いまでもその幾コマかをはっきりと覚えている。

第二次世界大戦が始まろうとしていた一九三〇年代、朝鮮半島から強制連行されて多くの人が九州の炭坑で死んだ。その一人の妻が、韓国の寒村でひっそりと生き延びている。当時は若妻であったのに、いまは白髪の老婆となって、腰の曲がった姿でチマチョゴリの背に手を組んで立っていた。私は、はっとして言葉がでなかった。それまで本でも読み、心にひっかかっていたことに、こんな証人が現れようとは。

その老女の残像は、永い間私の網膜に焼きついていた。それから、たくさんの資料や書物で当時の日韓問題を調べたが、そこには公式の記録には現れない不幸な歴史がひそんでいることも知った。従軍慰安婦問題などが話題になるより、ずっと前のことであった。

私はそれを能に書こうと真剣に思った。この老女の痛みを表現できるのは能しかないと思った。感情に流されることなく、かつ説明的でもなく、事実の重さを問いかける力が能にはある。

私はそれから朝鮮関係の資料を集め、ノートを作る作業にかかった。手に入る限りの朝鮮の民謡、打令《タリヨン》、パンソリ、民俗誌、現代詩なども読みあさったが、この能の基調となったのはただひとつ、百済《くだら》歌謡「井邑詞《チョンウプサ》」の一節である。千年以上も前から歌い継がれてきた民謡である。

月よ高みに昇り給へ
ああ、四方を遠く照らし給へ
　アオ　タロンディリ
ぬしは市に通うらん
ああ、泥濘に足をとらるな
心しずかにせくまいぞ
オキヤ　オカンジョリ
ぬしの夜道に胸さわぐ
オキヤ　オカンジョリ

アオ　タロンディリ　（安宇植編訳『アリラン峠の旅人たち』平凡社、一九八二年）

他に、『パンソリ』（申在孝著、姜漢永・田中明訳註、平凡社、一九八二年）などからも多くの示唆を受けた。

まず、舞台には白い引き廻しをかけた四角い作り物が運び出される。一隅には枯れ草の下に五色のヒラヒラとした細布が下がっている。これは、韓国の農村でしばしば見られる「農神竿《ノンシンダイ》」に下げられる五色の布を象徴したもので、韓国の草深い農村のあばら家であることを示す。子供らが寄り付くのを追い払ったりするので「牛の尾の老婆」と呼ばれているこの老女が、民間信仰の巫堂《ムーダン》にいささかの関係を持っていることを暗示している。老女はすでに作り物の中に入っている。「安達原」、「関寺小町」などと同工である。

　ワキは旅の僧、名乗笛で現れる。道行では、九州から船路で釜山に渡り、智異山の麓の難路をたどって、全羅道の小さな村に辿り着いたことを謡う。「丹月の村」というのは架空の名である。また「李東人」という名も全くの仮名である。韓国語読みではイドンインになるが、今回は都合で日本語読みにした。能「天鼓」の父母を、王伯王母と呼ぶのと同工である。朝鮮からの労働者の遺骨を弔った寺は九州に実在する。

アイ狂言は韓国の村老である。本来はパジチョゴリの上にトゥルマギ（外衣）を羽織り、冠《カツ》または黒い宕巾《タングン》を被った形になるべきであろうが、今回は狂言水衣に頭巾を韓国風にかぶって、髯を垂らした両班《ヤンバン》の老人のようないでたちである。問答は、橋掛り三ノ松で行われる。

ワキが「牛の尾の老婆」の家に着くと、引き廻しの内より、シテの嘆息が聞こえる。「安達原」と同工である。しかし、ワキの呼びかけに、作り物の中からの返辞はなく、舞台は静まり返ってしまう。

ようやく引き廻しが下されると、内には老女が端座している。チマチョゴリを模した装束の上にトゥルマギのように羽織った水衣の胸には、朝鮮の衣裳に特徴的な長い紐、オコルムがついている。この能の演技におけるオコルムの役割にご注目頂きたい。

僧の持参した書きかけの手紙に、老女は悲痛な朝鮮語の謡を謡う。「アア、イゼヤ、マンナンネ」は「ああ、もう一度お会いしましたね」というほどの意味である。朝鮮語の謡は、空前絶後であろう。

折しも、この日は、秋夕《チュソク》の夕暮れである。旧暦八月十五夜のこの日はすでに秋も半ば、韓国では、正月と同じ大きな年中行事である。しかし、老女には訪う人もなく、日本からの僧と対峙している。僧に語る老女の物語（クリ、サシ、クセ）は哀しみと恨みに満ちている。この部分の主軸は、前に記した「井邑詞」である。

クセ　〽哀號の聲は空を覆い
恨みの涙《なんだ》地に満てり
さるほどに宵々は
帰らぬ夫《つま》を思い
ぬしは市に通うらん
山の端の七星は
冥土を照らす星なり。
心静かに歩めよや
泥濘《ぬかるみ》に足とらるなと
胸さわぎ肝をけす。

「井邑詞」をそのまま使っているほかに、韓国の風水説（地勢、陰陽五行などに関する民間信仰）で定められた棺の内底に敷く七星板に象徴される、あの世を照らす星のことが引用されている。

シテ　〽せめてや心慰むと

地謡　〽から砧《きぬた》取出し

打てば心の月清み

寝られぬ長き夜すがら

恨みの砧　空に鳴り

契りは麻衣

断つ思いでの数ふみて

ひとつ、ふたつ、みつよつ（略）

今の砧の音に添えて

はや暁の鶏も鳴き

白む軒の草深み

去年《こぞ》の涙ぞ今日落つる

砧は言うまでもなく現行能の「砧」で使われているので、能を知る人の心には暗喩するものがあるだろう。韓国ではごく近年まで、あるいは現在でも、檀《まゆみ》の木を使った砧で布を打つことが行われていて、宮城道雄も「から砧」という箏《こと》の名曲を作っている。砧の音韻を利用して、打つ、絹（砧）、麻（浅）衣、恨（裏）みなどの縁語をつなげてみた。囃子の方も、「ひとつ、ふたつ、みつよつ」で、小鼓の手が効果的に利用されるなど、工夫がこらされている。クセの終句「去年の涙ぞ今日落つる」は、韓国の恨《ハン》を表すコトワザをそのまま利用したものである。

僧に勧められて、老女は舞を舞う。秋夕《チュソク》の酒を飲み、舞うことを決心する。シテはここで物着（装束などをつけかえる）にかかるが、結婚式で新婦が着る円衫《オンサム》を模したつもりの長絹を羽織る。頭に小さな冠のようなものをつけるが、これは韓国の「簇頭里《チョットリ》」である。結婚式で新婦がつけるチョットリを、ここで老女がつけるのにいささかの意味を読みとって欲しい。能という古典芸能の制約もあって、韓国の民族衣裳をそのまま使うことはできなかった。

物着が終わって常座に立った老女が謡う「砧にも打たれぬ袖のあはれさよ」は、江戸期の俳人路通《ろつう》の句。

さらに「断ち更うすべもなき衣《きぬ》の恨みの舞を舞おうよ」のあとで、橋岡久馬師の初演のときは乱拍子を、観世榮夫師の別演出のときは喜多流の「井筒」で使われる「段ノ序」という心の激した導入部を使って頂いた。そのあと、老女の万感の想いのこもった「序ノ舞」となる。多少寸法の変わったこの舞は、二段目のオロシで特殊な型が入ったりする「恨《ハン》の舞」である。

舞の上ゲのワカは再び「井邑詞」の一節である。

〽山の端の、月よ高みに昇り給え。
〽四方《よも》を遠く照らし給え。

そして老女が、「忘れじや　忘れじ」と念を押すと、ワキが「かかる思いはまたあるまじや　忘れじや　忘るまじ」と云いきかせるように応えて老女は孤独な住まいに帰ってゆくのである。このトメの万感の想いを、是非ごらん頂きたい。

私は、この能の取材のために韓国の山里を旅した。そこには心に染みいるような田園の風景が広がり、昔ながらの人々の暮らしがあった。そこで、いまから百年足らず前に起こった日本の侵略、終戦まで続いた理不尽な支配、もう記録にさえ現れないひとつひとつの不幸な事件。それさえも、いま忘れられようとしている。いまさら現代の老女物でもあるまいと言われるかもしれないが、私には、韓国の老女に「恨《ハン》の舞」を舞わせることに、現代的必然性があると思われた。それは、演劇としての能の、なすべきことのひとつであると信じている。

望恨歌《ぼうこんか》（マンハンガ）

シテ　李東人の寡婦、牛の尾の老婆
ワキ　九州の僧
アイ　韓国の村人

季　節　晩秋
場　所　韓国、全羅道丹月の村
作り物　白い引き廻しをかけ、一隅に五色の細布を垂らす。内にシテ

ワキ

（作り物を出す）

これは九州八幡の里より出でたる僧にて候。さても先の世の戦《いくさ》には朝鮮よりの多くの人、筑紫豊州の炭坑にて働き、病いを得て数多《あまた》此の地にて斃れぬ。此の度御堂を建て懇ろに弔い申して候。其時数々の遺品現われ候。そのうちに、李東人と謂える男子の、筆なかばなる手紙の候。此の李東人と申すは、朝鮮全羅道丹月と申し候村の出身なるが、一年《ひととせ》ばかりともに暮らせし若き妻を残しおきて、連行されたる由申し候。此の文《ふみ》と申すも、故郷に残せし妻に宛てし文なり。遠里を隔つる妻を想う心行間に溢れ、読む人袖を濡らさぬ者は無く候。しかるに李東人の妻いまだ彼の地に永らえ、七十路《ななそじ》に余る老婆となりたると申し候。あまりに不憫にて候程に、李東人が文をたずさえ丹月の村に赴き、かの老婆を訪わばやと存じ候。

（道行）

ワキ　（上歌）〽有明けの
波に横たう壱岐対馬
荒波越えて韓国《からくに》や
釜山の泊り陸《くが》の道
智異の　山路たどりつつ
丹月の村に著きにけり

〽さてもわれ、此の丹月の村に来てみれば
刈り取られし田の面に、秋風吹き、
夕陽《せきよう》は北面の山を照らす。
実《げ》にうら淋しき眺めかな。
（詞）李東人の妻の住処《すみか》を訪ねばやと存じ候。

ワキ　此の所の人の、わたり候か。

アイ　所の者とおたずねは、いかようなるご用にて候ぞ。

いや。旅のお僧にて候か。何とてかかる山里へはおん通り候ぞ。

ワキ　これは日本、九州より出でたる僧にて候。この里に、李東人といえる人の妻住まいましますと承りおよび、これまで参りて候。いずくにおん住まい候やらん。教えて賜わり候え。

アイ　やあら、ここな人は何事を仰せ候ぞ。

その李東人と申す人は、幾十年《いくとせ》も前の戦の折に、お僧の国九州とやらんに連れ去られ、行くえも知れず、ついに空しうなりたる人の名にて候。

その妻女と申すも、いまは人目をかくれ住む老女にて候。

かようの故事《ふること》を何とていまさら仰せ出され候ぞ。ことさら日本、九州よりと承り候えば、老女のおん会いなさることあるまじく候。とうとう御帰り候え。

ワキ　仰せ尤もにて候えども、此の度、戦の為九州の炭坑にて斃れし朝鮮の人の、遺骨遺品を弔い申し候ところ、李東人なる若き人の遺しおきたる文の候が、近ごろの便りには其の妻丹月の村におん住まいあると承り及び、遺品を手渡さんが為に、はるばる訪ね参り候。

アイ　(立ち語り、三ノ松で)

仰せ尤もにて候。子細をも存ぜず聊爾《りょうじ》を申して候。されば李東人と申す人の妻女、夫の空しくなりたることを聞き及び、しばし哀號の涙に明け暮れ申し候ところに、父母兄《ぶもきょう》弟《だい》もやがて空しくなりて候えば、いまだ年若き身なればとて妻にとすすめ申す人もござありたれども、なかなか二夫《にふ》には見《まみ》え申さずとて、ひとり家にとどまり、ひたすら死者を弔いて年月を送り候。やがて訪う人も稀となり、いつの頃よりか人に見ゆるをも厭い、童《わらんべ》が来るをもあらけなく追い払い候えば、誰が申すともなく「牛の尾の老婆」と呼びならわして候。なかなか人に会うこともござなく候えども、かくの如きおん事にて候えば、ねんごろに慰め申され候え。某《それがし》、案内申し候べし。

ワキ　ねんごろにおん物語り候ものかな。さあらば「牛の尾の老婆」を訪ねうずるにて候。案内者あって賜わり候え。

アイ　これこそ「牛の尾の老婆」のおん住まいにて候え。老婆はうちにありげに候。それがしはいとわれ申し候ほどに、お僧ご一人《いちにん》にて御訪い候え。はや月も出でて候えば、それがし立ち戻り、村の長《おさ》にも伝えおん待ち申そうずるにて候。

シテ　（作り物の中より）

〽日暮れて水鳥啼き
今日も空しく過ぎぬ。
かの年月の戦火もはや、
老いの彼方に去りぬれども、
養うべくもあらざれば
身を慰むる営みもなし。
あら定めなの生涯やな。

ワキ　いかにこの家のうちに、李東人の妻のござ候か。九州の地より参りたる僧にて候。
門をお開き候え。

（沈黙）

ワキ　いかに李東人のわたり候か。
おん入りあらば門をおん開き給え。
（沈黙）

ワキ　いかに李東人が妻のわたり候か。火たきの煙の立ち候えば、
さだめて内におん入り候べし。李東人の妻どの。（扇で打つ）

シテ　なに李東人とは人の名かや。
よし人の名なりとも物の名なりとも、
此の姥の耳には聞き忘れてあるぞとよ。
定めて門たがえなるべし。
とうとう御帰り候え。

ワキ　暫く。此程九州筑豊にて、先の戦《いくさ》に斃れし人の遺骨遺品を、弔
い候いしところに、李東人空しくなる前に書き連ねたる、お

ことにあてし手紙の出で来たり候。其の文をひと目見せ申したく、遥々これ迄持ちて参りて候。門を御開け候え。

シテ　何とわれにあてたる、李東人が文とかや。
みるかいもなき身にては候えども、そと見うずるににて候。
(引き廻しをゆっくりと下げると、鬘桶にかかった老女の姿が現れる)

ワキ　これこそ、その文にて候え。

シテ　是が、李東人の手紙とかや。文字も薄れ、覚束無うこそ候え。
月明りのもとに出で候べし。
(作り物より出でて正中に座。笛アシライしばらくじっと読んだのち)

シテ　〽アア、イゼヤ、マンナンネ

ワキ　（朝鮮語。ああまたお会いしましたね、の意）
御嘆き尤もにて候えども、李東人の事ども、語っておん聞かせ候え、お慰め申し候べし。

シテ　〽思い出《い》ずるも憂き年月、訪う人も稀にして、
（詞）童などにあざけらるるを、あらけなく追い払うほどに、牛の尾の老婆と呼ばれつつ、
〽髪には霜を頂きたり。
夫《つま》とは言いながら、
今は子や孫の年と異ならず。
今更何を語り候べき。
（別に）折ふしここに酒の候。これを飲みて心を慰め候べし。

シテ　〽折しも秋夕の魂祭《たままつり》

月諸共に憐れまん

地謡　〽遠き打鼓《だこ》の音送り来る
秋風も聲添えて
憂き物語り申さん
（クリ）〽さても先の世の戦には
我が夫《つま》李東人も引き立てられ
九州とかやに至りしに
やがて便りも絶え果てて
遂に空しくなりしとかや

シテ（サシ）〽聞くだに心くれはとり

地謡　〽織る唐衣色失せて
暗き帳《とばり》となりにけり。
夜毎に歌う喪頭歌《そどうか》の
聲も枯野に道暮れて

シテ　〽肉《ししむら》を噛み、胸引き裂き

地謡　〽腸《はらわた》を断つばかりなり

（クセ）〽哀號の聲は空を覆い
恨みの涙《なんだ》地に満てり
さるほどに宵々は
帰らぬ夫《つま》を思い
ぬしは市に通うらん
山の端の七星は
冥土を照らす星なり。
心静かに歩めよや
泥濘《ぬかるみ》に足とらるなと
胸さわぎ肝をけす。

シテ　〽せめてや心慰むと

地謡

〽から砧《きぬた》取出し
打てば心の月清み
寝られぬ長き夜すがら
恨みの砧　空に鳴り
契りは麻衣
断つ思いでの数ふみて
ひとつ、ふたつ、みつよつ
吹きすさむ風にまじるは
露か　時雨か　氷雨か
流るる時の滴か
今の砧の音に添えて
はや暁の鶏も鳴き
白む軒の草深み
去年《こぞ》の涙ぞ今日落つる

ワキ　いかに老女。かたみにひとさし御舞い候え。

シテ　眼《まなこ》は脂《やに》に閉ざされ、脚も萎え、おぼつかのうこそ候えども、心の亢《たか》ぶりて候ほどに舞い候べし。

（物着）

シテ　〽砧にも

地謡　〽打たれぬ袖のあわれさよ

シテ　〽断ち更うすべもなき衣《きぬ》の
恨みの舞を　恨みの舞を
舞おうよ

（乱拍子）

（恨の舞）

シテ　〽山の端の、月よ高みに昇り給え。
地謡　〽四方《よも》を遠く照らし給え。
シテ　〽明らけく
地謡　〽明らけく
　　照らし給えや真如の月
　　ありし昔の相愛の春
　　楊柳の野辺も蒼茫として
　　ひともなき野面に老いの姿
　　面やつれ衰え　足もとはよろよろと
　　立ち舞う姿、
シテ　〽心はからむしの　絲は尽くるとも
　　此の恨み尽くるまじ。

忘れじや　忘れじ

ワキ　〽かかる思いはまたあるまじや
忘れじや　忘るまじ

地謡　〽月影の霜の凍てつく野面に
名残の袖を返して
舎廊《さらん》の内にぞ静まりける。

一石仙人

創作ノート

二十世紀最大の科学の発見といえば、量子力学、相対性原理、そして遺伝子DNA構造の解明であろう。ことにアインシュタインの相対性原理は、私たちの時間と空間の認識を一変させ、宇宙の概念、さらには人間観そのものまで変革した科学思想として大きなインパクトを持っている。

ところが、相対性原理についての専門書や入門書は山ほどあるが、その思想がわれわれ人間に何を語りかけているかについて説いたものは少ない。科学者にとってさえ難解な相対性原理は、たとえ入門書であっても複雑な数式を用いたやり方でしか語られず、人々の心に直覚的に訴えかけるようには伝えられていない。

私が相対性原理のふしぎな世界に初めてふれたのは、大学に入って間もなく、友人と朝から晩までとりとめのない議論をしていたころのことであった。物理学が得意だった友人が、光に向かって高速で進むと光の波長が変わって青く見えるという「光のドップラー効果」について話してくれた。救急車が、ピーポーという警笛音を鳴らしながらこちらに向かってくる時その音は高くなるが、目の前を過ぎて遠ざかってゆく時には低い音になる。光もそれと同じだ、と絵に描いて見せてくれた。オートバイに乗って雪の中を突っ走ると、雪は前方の一点から降ってくること、そして後方の一点に向かって消えてゆくことなども、この友人のオートバイにまたがって実際に経験したことである。そんなきっかけから、相対論の入門書を読みあさり、そのふしぎな世界にのめりこんでいった。勿論すべてを理解したわけではないが、時々は相対論の世界の夢をみるほどだった。やがて、原子爆弾も、太陽熱エネルギーも、ビッグバンに始まる宇宙も、そしてやがて訪れたコンピューターネットワーク社会も、相対性原理によって生じ、それを基礎に発展したものであることを知った。相対性原理は、私たちの身の周りにあったのだ。

人間の世界認識まで変えてしまったこの思想を扱った芸術作品はあるのだろうか。相対論は芸術にどんな影響を与えたのだろうか。

現代芸術には、何らかの形で相対性原理の影がさしている。この思想が、時間や空間、世界と人間の認識に全く新しい観点を導入したのだから当然であろう。そういう眼で、ピカソやエルンストの絵を眺めることもできるし、現代音楽にそのエコーを聞くこともできよう。

でも相対論の世界を、演劇で直接的に表現することはできないものだろうか。乱暴かも知れないが、私は能で表現することを考えた。

能には相対性原理を表わすのに適当な技術が使われていると思った。それにこれまでの能の作品にも、仏教思想や東洋の自然観など、ある種根元的な思想を題材にしたものが多い。

たとえば、能の中ではしばしば時間が伸縮する。「急ぎ候ほどに、はや都に着きて候」といえば、瞬時に時空を超えて旅することができる。観客もそれを受け入れる下地がある。「張良」という能で、後シテが現れるところを思い出してみよう。大べシというゆっくりした音楽のうちに、「黄石公」という人物が橋掛りに現れる。うなりのような大べシの響きが、ドップラー効果をもって、はるかかなたにいたはずの黄石公を一瞬のうちに舞台に出現させ、しかも彼がすでに長い間土橋に腰かけて待っていたことを観客に納得させてしまうのだ。勿論、名手が演じて初めて、こんな時間の伸縮を表現することが可能なのだが、この種のトリックは能のいたるところで使われている。

私は数年来、この考えを胸に抱いて相対性原理の入門書を再び読みふけった。二〇〇〇年に入って、いよいよ能の形にまとめてみようと思いたった。

用意していたメモを頼りに、舞台の構成を考えた。一石《いっせき》仙人という名は、アインシュタインをドイツ語読みした時の洒落である。そのアインシュタイン自身が舞台に現れて、相対性原理を実現するという筋である。

まず「次第」の囃子で、ワキ、ワキツレを従えた女（ツレ）が現れる。能「山姥」と同工である。そしてこの能の背景が語られる。場所は異境の砂漠。女の一行はここで日蝕に出合い、闇の中でふしぎな羊飼いの老人に呼びとめられる。老人は日蝕時に観測される光の歪みについて語る。蝕を晴らして消える謎の老人。これが一石仙人の前身なのである。

そこに都からの早打が現れて、相対論に含まれる有名な時間の相対性を語る。高速で移動する者と、地上に静止している者の時間の速度が異なるという、いわゆる「双子のパラドックス」の話である。はるか西の国の砂漠に、唐織姿の女や、中世の早打が出現してもおかしくないのが能の面白さである。

やがて大ベシの囃子で、一石仙人が橋掛りに本体を現す。実際のアインシュタインを思わせる茗荷《みょうが》悪尉の面を着けて。そして星降る銀河のもとで相対性原理の宇宙観と、それをふまえた人間存在についての摂理を述べる（クリ、サシ、クセ）。

私はかつてアフリカの砂漠で、降るほどの満天の星を眺めたことがあった。またたく間にいくつもの星が流れたので仰天した。砂漠で宇宙を思うというアイディアは、この経験から生まれた。

クセでは宮沢賢治、『万葉集』の柿本人麻呂、仏教の「一月三舟《いちがつさんしゅう》」の説話などをひきながら、相対論の主要な問題を提示した。在来の能でも、「白鬚」などには天文学的数字が現れるが、ここで扱う何十億光年という時空には匹敵できまい。しかし「歌占」や「山姥」で語られる世界には、ほとんど相対論を超えた宇宙観があったことを知って、改めてびっくりした。

一石仙人はやがて核子たち（子方）を解き放ち、縦横に舞台を走らせて核エネルギーの力を見せつける。この能のメッセージのひとつは、それを戦いや破壊に使うことを固く戒めるところにある。

そして一石仙人は、時空を旅する「立廻り」を演じ、ビッグバンに始まる宇宙観を説き、ついにはブラックホールに吸い込まれて消える。このような無限の世界を知ることができるのも有限の人間である。そういう人間存在のふしぎをわれわれに示しながら、シテは再び無の世界に帰って行くのである。

この能は、いうまでもなく相対性原理や量子力学の解説をしようとしたものではない。

二十世紀に入って展開した新たな時空認識の世界を象徴的に垣間見せ、そのふしぎに眼を開いてみようというのが、この能の目的である。能の言葉の限界もあって、理論の詳細を記載するなどということはもちろん不可能である。表現しにくかった部分について、観客は註を参照されたい。

しかし、この新作能の試みで、私たち一般の人間が、相対論の世界の存在に気づき、それに思いをいたらせることができたならば、作者としては幸いである。子供の頃、星を眺めて夢見たメルヘンの世界だと思ってもよい。またこの新作能は、古来の能の形をかなり保守的に守ってはいるが、相対論を題材にすることで新しいキャラクターを能に取り込み、能の限界を少しでも広げることができるのではないかと思っている。舞台の上でこれが実現できればどんなにありがたいことか。

本文中のわかりにくい言葉には、最後に註をつけた。参照されたい。

一石仙人《いっせきせんにん》

前シテ　羊飼いの老人
後シテ　一石仙人
ツレ　女大学
子方　二人　核子
ワキ　男
ワキツレ　従者
アイ1　強力の従者
アイ2　早打

（次第）

ワキ、ツレ　〽時世《ときよ》の外《そと》の旅なれや　時世の外の旅なれや
真理《まこと》の法《のり》を求めん

ワキ　（詞）これは東方より来たれる者にて候。またこれにまします御事は、都に隠れもなき女大学にて候。さてもこの君、女の身にてありながら、宇宙万物の理《ことわり》を知らんと、窮理《きゅうり》の道に志して候。（万巻《まんがん》の書をひもとき、星辰をはかり、数理天文の術を重ぬれども、いまだ時の初め空《くう》の涯《はて》をも知らず。ついに人間の本性《ほんじょう》、物の本質に至ることかなわず候。）　＊（　）内なしにも
さて海山《うみやま》万里の彼方、欧亜《おうあ》の涯に、（一）一石仙人と申して尊き知識のましまして候。相対《そうたい》の摂理、量子の論議、果ては揺らぎの機微までもことごとく解き明かしたると聞き及び、世界の

根源をも訊ねんため、はるかなる旅に出でて候。

（道行）

ワキ、ツレ　〽万里の波濤、絹の道　万里の波濤、絹の道
氷の山と死の湖《うみ》の
果てに広ごる黒き森。
異教の寺や、市の人
駱駝の脚にまかせつつ
恒沙《ごうじゃ》の国を過ぎゆけり　恒沙《ごうじゃ》の国を過ぎゆけり。

ワキ　（詞）かかる荒野にいでて候。いまだ日も高く候えば、岩根の蔭に
おん休み候え。
（別に）あら、ふしぎや。いままでは、日輪中天に輝きしに、にわか
に鉛のごときものに閉じられ、あたりは闇に包まれて候。
〽天に星々現われ

遠く雷《かみなり》、稲妻走る
げにもこの世の終りかとよ

ツレ　(詞)いまさら驚くにあらず。これは蝕と申して、月、日輪をかくして光至らず。しばらく静かにおん待ち候え。

シテ　かかる奇跡に会うことも、げに一隅の縁なるべし。

(羊飼いの老人、呼びかけ)

のうの旅人。方々はいずく(二)より来たり、いずかたへおん過ぎ候うぞ。

(問答)

ワキ　(詞)これは東方より来たれる者なるが、にわかの闇に前後を忘じて候。そもこれはいずくの国にて候か。また、いかようなる時にても候うやらん。

シテ　ここはいずく(三)にてもなし、またいずくにてもあり。また時とても、過去にても現在にてもあるべし。
確かな時空などあると思うなよ。

ツレ　ふしぎやな。この時が、今にても昔にてもありとのたまうや。

シテ　まずあの星をごらんぜよ。(四)いま目前に輝やけるも、十万光年の過去の光。
〽今と見るも昔。昔とみしも現在なり
(五)またあの暗黒の太陽の、そばにまたたく星の光も
重力に曲げられて

地謡　〽彼処《かしこ》にては無かりけり。
(六)時空は歪み、光さえ
曲がる世界のありけるぞ。
とらわれ給い候な　とらわれ給い候な。

ツレ　(詞)げにも妙《たえ》なる理《ことわり》を、おん告げ給うありがたさよ。おん身はいかなる人やらん。

シテ　これは羊飼いの老人なるが、日ごろ砂漠をさまよい、夜は星、昼は日。砂の流れ、風の向き。飛鳥の叫び、獅子の声。また は雷、稲妻。隕石の落つを見ては、天地万象のことを思い候。あら、はや光の戻りて候よのう。

ツレ　〽げにげに新月に閉ざされし、

地謡　〽日輪ふたたび光《かげ》を現わし、さんさんたる日の光《ひかり》あたりを照らし給うぞや。

ツレ　されば時空の理《ことわり》を、なおも詳しくおん語り候え。

シテ　われらごときの羊飼いの、しるべきことにあらざれば、眞《まこと》の宵の闇を待ちて、一石仙人に問い給え。
〽蝕の闇、明くるとともにわが名をも。

地謡　〽明くるとともにわが名をも、
明かしつ星も消えゆけり。
いまはわれも帰りて、

かの星々の廻りくる
まことの夜の闇のうちに
再び姿を現わさんと、
いうかと見るやたちまちに
砂嵐をまき起して、
光り物にうち乗り
空の果てに消えにけり　空の果てに消えにけり。

【中入り、来序】

アイ1　（早打、杖にて現われ一巡）
（七）ふしぎや、ふしぎや。ふしぎや、ふしぎや。ふしぎや。不思議のことやな。とうど息が切れた。
（作り物の陰で休む）

ワキ　（シテに向かい）

ただいま砂漠の彼方より、何者か喚《おめ》き叫び走り来るもののござ候。何事か、尋ねさしょうずるにて候。

アイ2 （別に）いかにたれかある。

ワキ おん前に候。

アイ2 あの騒がしきは、何事を申すぞ、急ぎ聞いて参り候え。

アイ1 かしこまって候。まことにかまびすしきことじゃった。あれそこにいる。のうのう、そこな者。何をふしぎとわめいていたぞ！ ふしぎとは何のことじゃ。語って聞かせいやい。

アイ2 おことこそ、このような砂漠で何をしているぞ。

アイ1 それがしの主人は、一石仙人とやらをたずねて、はるばる来たれる旅のものじゃ。

アイ2 なんと、一石仙人とや。仙人はここらにござ候か。われらも一石仙人に不思議なることを告げんために、これまで急いできたるものでござる。

アイ2　して不思議とは何のことじゃ。

アイ1　これをふしぎといわれず候か。さてもさてもふしぎなることの起こりたるものかな。

アイ2　さればこそ何事なるぞ。

アイ1　（語り）このほど日本の都の空に、怪しき光り物降りくだり、世にもふしぎなることの起り候。
そもそもことの起こりは、十年あまり前の神かくしにて候。都、下京あたりに、双子の兄弟ありけるが、世に瓜二つと申すごとく、顔かたち寸分たがわず親も見分くることかなわざりけり。さるほどに、兄たる男の子、七つの年天狗にとられ行方しらずなり申して候。

アイ2　それは大変なことじゃ。してなんとした。早く聞かせいやい。

アイ1　はや十年あまりにもなりしとき、あの比叡の山のかなたに妖霊星の如きもの現われ、電光のごとき迅さに飛び来たり、四条河原のあたりに落ち申して候。

アイ2　してそれは何であった。

アイ1　京童大きに驚き、河原に行きて訊ねけるに、光り物の落ちしあたりに、十ばかりなる幼き者の立ちて候。名を問えば十年あまり前天狗にとられし、双子の兄と申す。
よくよく見れば面ざし少しもたがわず、兄弟の対面をなさせ申して候。

アイ2　それは良かった。喜んだであろう。

アイ1　さにあらず。都にありし弟は、十年の間に成人なし、たくましき若者となりて候に、天狗にとられし兄は、いまだ前髪の小人のままにござあり候。
この兄、弟に語りしは、七つの年に天狗にとられ、光り物に乗りて電光のごとく中有を旅せしが、帰りて見れば、弟ははや年長となり、父母も老い、親戚の者は世を去り、まことにアイ2　うつつとも覚えずと申して涙を流しけり。

アイ1　げにも二人の者に流れし光陰は異なりしか。

アイ2　そうよ、そうよ。京の物見高き人々は皆いぶかり申して候。

アイ1　もっともじゃ。それは一石仙人といえる賢者の説かれし、双子の話とそっくりじゃ。

アイ1　げにもげにも一石仙人の申せし如く、光とともに飛び行く者の光陰は遅く、止まる者のときは迅しとはこのことなるべし。あまりにふしぎのことにて候えば、このことを人々にも伝え、仙人にもしらせ申さばやと、いま国々をめぐり歩き候。仙人はいずくにましますか。急いで伝え申さばやとこの国へも来たりて候。

アイ2　まことにふしぎなことじゃ。われらも急いで帰って、あるじにお伝え申そう。

アイ1　ふしぎや、ふしぎや。ふしぎや。えい、ふしぎなることよのう。

（本幕で去る）

アイ2　（詞）ただいまの話をおん聞き候か。

ワキ　確かに聞きて候。（ツレに向かい）これは何としたことにて候ぞ。

ツレ　まことに不思議なる事にて候。

ワキ　かかるふしぎを知る上は、眞《まこと》の法《のり》を聞かんため一石仙人を待とうずるにて候。

ワキ、ツレ　（待謡）〽夕陽《せきよう》砂に隠るれば　夕陽《せきよう》砂に隠るれば

星、満天にまたたきぬ。

星雲乱れ嵐吹き

獅子座に流星流れたり。

（八）これぞゆらぎのきざしかや。

（オオベシ）

シテ　（一声）〽おお渺々《びょうびょう》たる宇宙よな。
（九）十万光年の彼方より
一千億の星々が
一《いっ》の銀河を織りなせる。
かかる銀河が億千と
たんだく先はいまもなお
（十）遠ざかりゆく涯ぞかし。
さて、星々は、天空に

地謡　〽大渦巻きを描きつつ
（十一）時空輪廻の理《ことわり》を現わす。
この大宇宙に、

(十二)星は生れ、星は死す。

シテ　〽まして人間においてをや。

ワキ　(問答)〽ふしぎやな　星降りかかる地平より
光に乗りてたちまちに
現われ給う老人は、
一石仙人にてましますか。

シテ　〽われ幼少の昔より物の本性《ほんじょう》を求め
時空の源を尋ね
ついに知り得し理《ことわり》を
相対の理《り》とは申すなり。

ツレ　〽今宵は星も天に満ち
廻る銀河の流れを引きて
宇宙の摂理を語り給え。

シテ　(詞)語り申さん。このために

会うこと稀なる蝕の日を
選み申して来たりたり。
よくよくおん聞き候え。

地謡　（クリ）〽それ時空の開闢《かいびゃく》と申すも、
（十三）一点より始まれり。
（十四）一《いっ》の火球と現じて膨張とどまることなし。
億の銀河を生み出し、星辰限りもなし。

シテ　（サシ）〽（十五）百億年の昔とかよ。

地謡　〽（十六）またその前は絶対の無、
時もなし空《くう》もなし。
やがて光と物質を生み
宇宙の根源をなせり
（十七）さらに天体を凝《ぎょう》じて
天地《あめつち》分かれたり。

シテ　〽五蘊《ごうん》のうちに生《しょう》(十八)を発し、

地謡　〽雨露鳥獣をはぐくみ

ついには人間(十九)を生めり。

シテ　〽(二十)さらに五億年を経ぬれば、

地謡　〽地球とても氷に閉じられ

絶対温度のそのもとに

死の星となり果つべし。

地謡　(クセ)〽地を走るけだもの、空を飛ぶ鳥

花木虫魚に至るまで

この法《のり》を免がるることなし。

ましてや人間、

(二十一)もろともに宇宙の、微塵となりて

無方に散乱すべし。

しかるに　万物の理《ことわり》は

時空には歪みあり
（二十二）止まるものとゆくものに
光陰は等しからず
（二十三）重力もまた異なれり
たとえば千仞《せんじん》の
谷に落ち行く獅子の仔は
己が重きを知らぬなり
（二十四）力は質量にことならず
日輪の燃え尽きざらんゆえなり。

シテ　〽しかれば天の海

地謡　〽（二十五）光の舟にうちのりて
星の林を漕ぎ行けば
（二十六）星はみな、一点より現れ
一点に向かい消えゆけり。

近(二十七)づく星は青くして
去る星は赤かりき
また激流に流さるる
弧《こ》舟《しゅう》より月をながむれば
一月三舟《いちがつさんしゅう》の理(二十八)あり
月(二十九)なき夜の葦舟は
止まるも行くも覚えず。

シテ　〽いで核子らを解き放ち
核の力を見せ申さん。
核子らよ来たれ。

（子方二人、舞働）

シテ　〽かかる力を見る上は
戦、争い、破壊には

（三十）原子の力よも使うまじ。
忘るなよ、人間。

シテ　〽されば重力に逆らいて
宇宙の有様見せ申すべし。

（立廻り）

シテ　〽（三十一）かようの不思議を知ることも
人間にほかならず
この世のまことの不思議とは、
無限を知れる人間。

地謡　〽（三十二）“Raffiniert ist der Herr Got aber boshaft ist Er nicht”

シテ　〽混沌《カオス》の海に秩序《コスモス》を生じ

地謡　〽混沌《カオス》の海に秩序《コスモス》を生じ
生命《いのち》を宿せし、輪廻の時計も

いまは見えたり、さらばよと
彼処《かしこ》の星雲、宇宙の微塵《みじん》を
波立て　打払い　時空に飛行《ひぎょう》して、
ここと思えば彼処に立って
あれあれ星も死にゆくぞと
天を指さし、地軸を貫ぬき
たちまち起る電磁の嵐《あらし》
重力を越え、時を戻し、
歪める地平のさかしまの天地に
すなわちひとつの火球《かきゅう》となって
すなわちひとつの火球《かきゅう》となって
黒点（三十三）に引かれて失せにけり。

（幕に跳び込む）

註

（一）ドイツ語で読んだ、アイン＝一、シュタイン＝石、からの洒落。
（二）人間はどこから来てどこに去るかという謎。
（三）相対論ではニュートンの絶対時空は存在しない。また量子論では場所や速度は確定できない。
（四）太陽系銀河で最も遠い星は、十万光年の彼方ということになっている。したがっていま眺めている星は十万年前の星の姿である。
（五）日蝕の時、太陽の近くでは太陽の重力に引かれて星の光が曲がっていることが観測された。アインシュタインの一般相対性理論の証明。
（六）「時空は歪む」は、一般相対性理論を基礎に証明された。
（七）双子のパラドックス。光速に近い速さで移動している方の時間は遅れる。「浦島効果」とも呼ばれる。
（八）無から有を生じた最初の事件は、ゆらぎ」とされる。
（九）太陽系宇宙の縁は十万光年の彼方である。太陽系宇宙は二千億ていどの星からなる銀河である。
（十）大宇宙の最も外側は、いまも光速を超える速さで膨張し続けている。
（十一）宇宙は死と生成を繰り返す。
（十二）宇宙では、星は褐色星として生まれ、数億年輝いたのちに白色矮星から黒色矮星となって死ぬ。重量級の星は爆発して超新星となり、その後、白色矮星、中性子星、あるいはブラックホールに変わって一生を終える。
（十三）宇宙の始まりは、特異点という微小点であるとされる。
（十四）いわゆるビッグバン。特異点に大爆発が起って急速に宇宙が生じたという説。

（十五）宇宙の始まりは、宇宙の膨張の速度から計算して百数十億年ていど前であろうと考えられている。しかし、測定法に応じて七十億年から二百億年ほどの幅がある。
（十六）特異点より前は、時間も空間も、現在のような物理法則も存在しなかった。
（十七）われわれの太陽系は約四十五億年前に生まれた。地球を含む太陽系の惑星は全てこのとき生成された。
（十八）生命の誕生は、三十五億年前、原始的な細菌のような生命体として生まれた。
（十九）人間がチンパンジーから分かれたのは四百五十万年前といわれる。
（二十）地球もあと五億年ていどで冷え、死の星となる。
（二十一）宮沢賢治『農民芸術概論綱要』。「まづもろともにかがやく宇宙の微塵となりて無方の空にちらばろう」
（二十二）前述のように光速に近い速さで動くものでは時間が短くなる。特殊相対性理論。
（二十三）落下するエレベーターの中の人間の重力はゼロとなる。逆に上昇するエレベーターの中では重力が強まる。アインシュタインの、重力に関する相対性理論。
（二十四）アインシュタインの有名な式。$E=mc^2$　エネルギー（E）は質量（m）に光定数(C)の二乗を掛けたものに等しい。この考えによって原子核から原子力エネルギーを取り出すことが可能になり、原子爆弾の理論的根拠が与えられた。太陽が百億年も燃え尽きないのは、核エネルギーを絶え間なく作り出しているからである。
（二十五）『万葉集』巻七「柿本人麻呂、天《あめ》を詠む。天の海に　雲の波立ち　月の舟　星の林に　漕ぎ隠る見ゆ」。
（二十六）相対性理論では、光速に近く移動するとき、すべては一点より発して一点に消えてゆく。したがって星は前方の一点に集まり、後方の一点に去る。
（二十七）光速近くで飛ぶとき、前方から来る光の波長は短くなり、したがって青の方向に変化する。逆に、遠ざかる後方の光の波長は長くなるので赤方に偏移する。いわゆる「光のドップラー効果」。
（二十八）仏教説話「一月三舟」における相対性理論。動いている舟から月を見ると、止まっている月が、下流に流れているようにも上流に動いているようにも見える。見る者の立場によって対象の姿が違うことのたとえ。
（二十九）慣性系におかれた物は動いていてもそれを感じない。たとえば電車が移動しても、周囲が動いていると感じる。もし光がなく、周囲を見ることがなければ、電車が動いていることを感じることはできない。
（三十）核戦争の脅威にアインシュタインはいつも警告していた。それというのも、核エネルギーは彼の $E=mc^2$ の式から導き出された。
（三十一）アインシュタインは、人間が限られた存在なのに無限のものを認識することができることを最大のふしぎとした。
（三十二）プリンストン大学のホールの石に彫りこまれたアインシュタインの言葉。「主なる神は老獪だが意地悪ではない」の意。
（三十三）ブラックホール。中心は著しく質量が大きく、全てのものを重力で引き寄せる。光も時間も空間も吸い込まれる。

原爆忌

作者ノート

私は一九九五年、原爆投下五十周年の八月六日、広島大学の創立五十周年記念講演に招かれた。そのとき初めて原爆慰霊祭に参加した。

広島大学は、原爆が投下された年、いわばそれを契機に創立されたのを知ったのはこのときだった。創立の経緯を聞き、講演の前日には原爆資料館を訪れた。展示された被爆の資料の、あまりの悲惨さに言葉を失った。自分の講演などは吹き飛んでしまい、何時間もそこに立ち尽くしたことを覚えている。話には聞き、書物には読んでいたものの、現実はこんな惨状だったとは。

この事実をもとに能を書いてみようとそのとき思った。でも事実の重さ、能舞台にはそぐわない生々しさに、足がすくんで書き進めなかった。

ところが昨今、日本の核武装が声高に議論されるようになった。ここでもう一度、歴史の証人である死者の声を聞いてもらいたいと思った。今こそ、石に刻まれた言葉「過ちは繰り返しません」に耳を傾けてもらいたい。能にはそれを語る力がある。

観世榮夫さんから、原爆の新作能を書かないかという相談があったのは、二〇〇三年、改憲の声が高まった時だった。観世さんは戦前に生まれ、戦争の悲惨さを身をもって知っている。やはり原爆の能を上演したいという念願を長い間持っておられた。かくして条件はそろった。もう逃げてはいられない。

だからいったん書き始めれば、プロットくらいは一気呵成に書き進めることができた。しかし、今度もすんなり完成したわけではなかった。私は事実のあまりの重さに押しつぶされ、どうしても詞章が空疎なものに響いた。日をおいて、何度もはじめから書き直した。被爆という、いわば表象不可能な体験を、能のミニマリズムで表現しようというチャレンジである。容易なわけはない。

私の意図したのは、原爆の悲劇を、生き残っている被爆者の娘（前シテ）と、犠牲者となって死んだ彼女の父の幽霊（後シテ）の両面から描くことだった。前半は現在能で、被爆者である老女の慟哭と核武装への抗議を表わす。後半は夢幻能のかたちをとり、地獄絵のような被爆の惨状を表現したかった。

前シテ観世榮夫の姥が静かに語る、被爆のすさまじさと、核武装への抗議と慟哭を受け止めて、後シテの父の幽霊は阿鼻叫喚の群衆の惨状を、たった一人の演技で表現する。後シテ梅若六郎の独擅場である。

能では幽霊が、死後に堕ちた地獄の苦患を物語るのが普通である。地獄は、だから常にあの世の物語である。それを体験してこの世に戻った幽霊は、現世のわれわれにそれを語って聞かせるのだ。これが夢幻能の常套手法である。

ところがこの能では、生きたままこの世で見た地獄を、死者が振り返って恐怖とともに物語るのである。後に続く救いは無い。それこそ広島に落とされた原爆の現実である。

前半の「静」と後半の「動」とを、アイ狂言、山本東次郎ほかの重厚な掛け合いがつなぐ。さらに、付祝言のように灯籠流しの「鎮魂の段」をつけた。人々はこの悲劇を二度と繰り返さないという誓いの言葉とともに、灯籠を流す。その中に、いつまでも後を見送って立ち尽くす、前シテの老女の姿がある。「広島の鎮魂」は、「長崎の復活」（「長崎の聖母」として、今秋〔二〇〇五年〕浦上天主堂で初演される）と並んで、私が長年表現したいと心に決めた主題である。

被爆六十周年のこの年に、「原爆忌」を初演できるのはうれしい。それも広島を含めた三つの都市で。この能が、毎年この季節にどこかで上演されることを期待している。何度も上演して、磨き上げられ、演出が定まっていくのが、新作能の特権である。能の地謡の胸に響く訴えが、遠く国を超えて響けばいいと願っている。

あらすじ

被爆六十年の原爆忌にあたる今日、旅の僧が広島を訪れます。原爆ドームを眺めながら、今また世界で核武装についての論議が交わされていることを嘆き、ますます平和が遠のいている現状を憂いていますと、年老いた女に呼び止められます。彼女は今宵の原爆忌の灯籠流しに行くのだというのです。被爆者であるその老女は、八月六日、原爆が投下された朝の惨状を物語ります。あの灼熱の爆風で母は息絶え、父の行方はついに知れずになってしまったと。そして六十年たった今も核武装の兆しがあることを憂い、戦争は許さないと強く抗議し、平和を願い祈るのです。雲行きが怪しくなり雨が降りはじめるなか、老女は立ち去ります。

烈しい雷雨にうたれるホームレスの男二人（一人は被爆者、一人の若者は被爆三世）の会話を聞く僧は、核のもたらす計り知れない非人道的事実に深い衝撃を受けます。

やがて灯籠流しが始まる時刻になり、激しい夕立にけぶる川辺にかの老女（前シテ）の父の霊が現れます。そして一瞬にして地獄と化した広島、水を求め黒い雨にうたれてさ迷い命を落としたありさまを語り舞います。

灯籠流しの川辺には犠牲者を弔う声々が、鎮魂の祈りが、平和を願う叫びが響き渡ります。

原爆忌

前シテ　被爆者の老女。面「姥」。持ち物、灯籠に竹筒。数珠。
ワキ　旅の僧
ワキツレ　若い従僧
アイ1　気が触れたホームレスの老人（狂言面ありもなしも）。
アイ2　ホームレスの若い男。
後シテ　被爆者の男の霊。前シテの父親。面「かわず」、痩男の類。絓水衣、着流、腰縄。

場所　広島。灯籠流しの川辺
時　原爆忌の夕暮れ

（名乗笛）

ワキ　これは東国よりの巡礼の僧にて候。さても先の世の戦さには、失われしもの多き中にも、核の力を用いたる爆弾、この広島の地に落とされ、瞬時にして数万《すまん》の人々、犠牲になりたると申し候。早六十年《むとせ》を経たれども、いまだ思いは失せず候。その戦いの後を訪ねんため、はるばる広島に参りて候。

ワキツレ　これが聞き及びたる原爆ドームかや。げに恐ろしき破壊の力なるかや。

（カカル）石の壁吹き飛び、鉄の骨もあらわに、雲の峰たつ夏の空に、吹きぬける風熱く、そぞろに被爆の有様思い出でられ、心も暗くなりて候。

ワキ　（歩みつつ）

（別に）かかる惨禍の後を見るにつけ、気がかりなるは今、核武装の

ワキツレ　議論沸き起こりしことに候。

ワキ　この広島も六十年《むとせ》平和を保ち候が、今またかかる不安を負いて候。

戦の惨禍を忘れ、過ちを繰り返すは、人の性にてありけるか。

あらうたてのことやな。

（シテ、橋掛かりを歩みつつワキを聞きとがめ、やや激して）

シテ　何と、この国にても、核武装の論議あるとかや。

（カカル）うたてやな、この広島は、先の世の戦に、一瞬にして数万《すまん》の命を失い、恒久《とわ》の平和を誓いしを、忘れしか。あら心寒のことやな

われも被爆し、父を失い、

（別に、カカル）かくみつはぐむまで年老いて、今日灯籠を捧ぐるなり。

ワキ　よしなき独り言を申して候を御聞き候か。

シテ　（詞）今宵はしかも原爆忌、
犠牲者の霊を慰めんため、
（カカル）われも灯籠を流さんと。
（拍子合）〽比治山に立つ夕煙
地謡　（初同）〽比治山に立つ夕煙
踏みしだかれし夏草の
匂いもしげき蝉の声、
灼熱の陽もかげり行く
夏の宵なれば先の世の
戦さの憂い晴れやらぬ
暗き思いの灯の
灯籠を流さんと
元安川の水辺に
閼伽水を手向くるも

死せる人々を悼むなり
犠牲者の霊を悼むなり

（初同の間に舞台正中にひざまずく）

ワキ　（呼びかけ）
いかにおうな、おことの持ちたるは、竹筒に水を供え持ちたり。何かいわれにても候やらん。おん教えそうらえ。

シテ　いかにおん僧、われも今宵は灯籠を流し、死者の霊を慰めばやと思い候。また被爆の後、あまたの人々、水をくれ、水飲ませよと、求めつつ、そのまま息絶えたるものの声忘れられず、せめてのことにこの竹筒に水を汲み灯籠に添え流さばやと思い、竹筒を用意つかまつり候。

ワキ　あら優しやな、おうなも戦争のこと見知って候か。

シテ　われも幼なきころながら、原爆の惨禍に遭いしことども、今もありありと覚え候。

ワキ　これは巡礼のものなるが、原爆に遭いしこと、語って聞かせ候え。

シテ　（サシ）〽さても広島の惨状、思うにつけて浅ましや。

地謡　（クリ）〽天も裂くると見る光に
轟音耳を劈けり。
灼熱の爆風身を襲えば
家も木も炎に包まれ
町は一瞬に燃え上がる。

シテ　（サシ）〽瓦礫となりし路頭には、
四肢崩れたる死骸あふれ、

地謡　亡者のごとき人々は、
口々に水を乞いつつ倒れ臥す。

シテ　〽われも爆風に身を焼かれ、
父母を求めて泣き叫ぶ。
地謡　〽母は火の下となり。
苦しみ悶えつつ息絶えぬ
シテ　〽われは眼もくらみ足も萎え
地謡　〽母のむくろを後にして
父を求めてたずね行く
シテ　〽太田川の川岸は死屍に埋まり
地謡　〽川水は血に染まりけり。
生きて地獄を見ることも
これのことかと知られたり。（サシ止め）
（クセ）広島は
火の海となり、燃えさかる
黒煙空を覆いけり

人々は襤褸のごとく倒れ臥し
口々に水を乞い
助けを求め
母を呼び子を呼ぶ声は
叫べども帰らず
ただ焼け野が原に尾を引きて
煙の内ににこだます。

シテ　〽われも巷に流離《さまよい》て

地謡　〽荒れ狂う業火の中に
父の名を叫びつつ
逃げ惑い倒れ伏す
うち重なれる死骸のうちに
父かと見て走り寄れど
火にくすぼりて見分きもあかず

心絶え魂消え
ただおらび泣くばかりなり
広島の廃墟をさまよいつ
おりしも天より
黒き雨降りかかり
生けるものも死すものも
ともに黒き雨に晒され
死の灰に身をおかされて
命も涸るる太田川
阿鼻叫喚の広島の
葉月六日のことなりき。（クセ止め）

シテ（クドキ）〽父はいずくと
探せども求めども
あるは屍骸と骨ばかり

地謡　〽ただゆきくれて呆然と
泣き叫ぶ力も失せて
火炎の辻に立ち尽くす

シテ　〽されど幼き身なれば
人の手に助けられ
かく星霜を永らえたり。

地謡　〽それより後の年月は
病の床に身を任せ
おどろの髪も抜け落ち
父の面影抱きつつ
いつしか六《む》十《と》年《とせ》を
夜空の星に数えつつ
石に刻めるこの恨み
忘るることはよもあらじ。

ワキ　詳しくおん物語り候ものかな。さて父ごは探しおおせて候か。

シテ　あの惨状にて候。われらも親類を頼み、手を尽くして探し求めども、ついにゆくえは知れず候。爆心地に近ければ、失われ候べし。

ワキ　（カカル）無残やな。その日より早六十年。かかる惨事に遭いしこと、よも忘るることはあるまじ。

シテ　〽しかるに何とこの国に
今核武装の兆しとかや
われも被爆者
戦争はゆるさじと

地謡　〽声打ち震え胸迫り
涙とともに訴えるも
原爆の悲惨さを

知るゆえにほかならず。

ワキ　もっともにて候。

シテ　のうおん僧。これも縁《えにし》にて候ほどに、父の霊をおん回向あって賜り候え。

ワキ　それこそ出家の望みにて候。はるばる広島に来た甲斐もあったということにて候。回向申し候べし。

シテ　あらありがたや候。

ワキ　はや日も暮れ初《そ》めて川風も出で、遠雷もきこえ候。

シテ　急ぎ立ち返り、灯籠に水を添え、再びおん目にかからんと。

地謡　〽夕風に
近づくしげき雨脚に
近づくしげき雨脚に
水嵩増さる太田川の

川面に映る灯籠に
現なき影を落としつつ
女は泣く泣く立ち帰れば（笛アシライ）
空黒々と掻き曇り
にわかの雨、稲妻
（気をかけ）雷鳴とともに風募り
後冷え冷えと影もなし
後冷え冷えと影もなし
（中入り、早鼓、または送り笛）

（アイ1、ホームレスの老人ひとり本幕で走り出る）

アイ1　おそろしやおそろしや、おそろしやおそろしや、ドンドロが
鳴りくさるワイ。
桑原桑原（舞台を逃げ惑う）

アイ2　あの日よりドンドロが鳴ると、おとろしうてかなわぬ。あれはまさしうピカドンのようじゃ。どこへ隠れたらいいものか。雨も降ってきた。ほうれ、しとど濡れたわい。

（アイ2、若いホームレス後からのっそりと現れ）

そのように恐れるものがあるかやい。この石段に腰をかけ、雨の上がるを、ゆるりと待つがよかろう。

アイ1　そのようなのんきなことがあるものか。桑原桑原。身が震える。

しかし、連れのあることは心強い。わしもそこに行くから待ってくれ。少しは収まったようじゃ。

アイ2　何ゆえそのようにおそるるか知らん。たかが雷ではないか。

アイ1　雷とは知っても、どうにも恐ろしうてならぬ。まるでピカドンのようじゃ。あの日のことが思い出されてどうにも震えがとまらぬわ。

アイ2　それがしは港の方に行っていたので命拾いしたが、ここにいたとしたら、到底命はおぼつかなかったワイ。この世で何が幸いするかは分からぬことじゃ。

アイ1　なんの話じゃ。またおぬしの得意の原爆のことか。

いわずと知れたことじゃ。

朝の八時十五分過ぎくらいのことじゃった。あの相生橋の方から、ビーが一機静かに近づいてきたのが、音もなく落下傘のごときものをひとつ、ゆらりゆらりと落としよった。途中でピカと光ったと思うと、後は目もくらんでよう分からぬ。後で聴けば恐ろしいことになった。ドーンと雷が百も落ちたようなすさまじい音とともに、灼熱の爆風がふき、土も木も炎に包まれた。この広島の町は一瞬の間に瓦礫となって砕け散り、一万六千度の熱で火の海となってしもうた。

また雷が鳴りよった。まるであのときのようじゃ。気味の悪いなりようじゃ。胸の悪くなることじゃ。落ちねば良いが。

アイ2　落ちることはない。遠くに鳴っているだけじゃ。

アイ1　それが危うい。あの日も、遠くからとて、ピカをまともに見たものは目を潰され、光にあたりし者は火に焼け爛れて、苦しみもだえて焼け死んだ。女も男も丸裸のむくろとなり、眼を向くるもかなわじゃった。それが何百と折り重なって火のうちにあったは、さながら地獄絵図であったわい。

それがしは、一瞬の違いで眼をそむけたが、石垣の陰に吹き飛ばされたが運が良いことじゃった。右の方よりの光に当たっただけで、ほうれ、片面が焼け爛れて、顔が捻じ曲がった。長い年月のうちに、かようの姿になってしもうた。

助かったものとても、衣焼けおち、皮膚は襤褸のごとく焼けただれた。叫べども声は出ず、あるものは天をかきむしり、またあるものは水を乞いつつ彷徨うた。水をくれ、水をくれやーい。あの声が聞こえるようじゃ。犠牲者のむくろは山をなし、八月の暑き陽にさらされ、臓腑はむき出しとなり、男、女、たれがしをもみわくることあたわず。後ともなれば、腐肉に蛆わき死臭鼻を突く。こういうも恐ろしい。オヨヨ、オヨヨ、オヨヨ。（とすすり泣く）

人びとは、わが子、兄弟を求めて巷をさまよい、西東《にしひがし》とありくうちに、力絶え息絶えたるもあり、また水を求めて川に身をなぐるもあり、あの三滝の橋の下はむくろ折り重なって川面も見えず、または山となりて路面を覆う。それがしも妻や子を探しありくほどに、夕べとはなりぬ。いままでの晴天、にわかに黒き雲に覆われ、風を呼び竜巻起こり、黒き雨降り来たり、人も死骸も瓦礫も、ただぬれそぼち見捨てられ、叫ぶ声もよわよわと、地にしみ込んで消えうせたわい。オホオホオホ……（と泣く）後は寂寞の夜となった。そのとき犠牲となりたるもの、二十万一千九百九十人と聞いた。
ああーっ。さればこそ落ちたわい。おそろしや。おそろしや。
空も真っ暗になった。この辺りには、死人の山があったから、
このような晩は、ここらあたりに犠牲者の幽霊が出るそうな。
おそろしいから、走って帰ろう。のうおそろしや、おそろし
や。（と言いながら本幕で去る）

ワキ　いまのひとの語りしは、まことにてあるか。

アイ2　昔よりこの話何度も聞きて候。

ワキ　原爆のこと今こそ思い知って候。今日は原爆忌にあたりて候
ほどに、雨の中にも回向申そうべし。

アイ2　さあらば、われらもともに弔おう。
この雨では、今宵の灯籠流しもかなうまいということじゃ。

ワキ　されば死者を弔わんと、祈る声も静かに、
（待謡）〽雨降りしきる川の面

雨降りしきる川の面
風吹きすさぶ太田川の
流れに浮かぶうたかたの
たむけの小さき灯籠の
流る川面におぼろげに
それかとみゆる人影は
かの犠牲者の影かとよ

（カシラ越のような手、一声）

（一の松）

後シテ　〽おお、荒漠たる廃墟やな、
さしもに広き広島の
町は六千度の熱に焼かれ
業火に包まれ

ごうごうと燃えているよ。
われはわが子に行き別れ、
(別に)水くれよ、のう、人々、
渇く、渇く、火のように。

ワキ　雨降りしきる川霧の
暗きに走る稲妻の、
光に浮かぶその影は
原爆の犠牲者か。

シテ　〽わが広島の天は裂け、街も潰え
満潮の黒き川のみ流れ、
(カカル)猛火は天より降り注ぎ

地謡　〽紅蓮の炎に包まれて
この広島は廃墟となって
音を立てて燃えさかる。

シテ　〽灼熱の光に当たりしものは
地謡　〽石に姿を刻まれて
形は消えて跡もなし
生き延びしものとても
焼けただれ地に倒れ
幽鬼のごとくさまよいぬ
シテ（ノラズ）〽われもいつしか
身にまとう衣焼け落ち
火ぶくれの姿をさらし
地謡　〽悪鬼羅刹の如く
立ち上がり杖にすがり
シテ（一声）右を見るも屍《かばね》、左をみるも屍
地謡　〽むくろは焼けただれ引きちぎれ
人の形はいずくぞ

骸骨までも燃え上がる
見渡すばかりの廃墟、瓦礫。
まこと集合地獄とは
これのことかや、あさましや。
ワキ（カカル）〽あらおそろしや、耐えがたや。
あれに見えたる人影は、かの犠牲者の姿なり。
かの広島の惨状を、
語らんために見みえしか。
シテ〽時流るとも忘れめや、
脹れ膨れたる人の群れ、
口々に水を乞い、
死屍を踏み分け、
子を求め親を探す。
われも幼子を失いつ、

焦土の街に求め行く。

シテ（カカル）〽おお、わが子は何処にありや。妻も死にたるや。
などてかかる憂き目に会うぞ。おそろしや。

地謡　〽子を捨てて、逃げし報いか、この業火、
足裏《あなうら》を焼き、身を焦がす。
衣も炎に包まれて、
皮膚ははがれぶら下がり、
ししむらも裂け血は流れ、
立ち迷う姿は、げに
現の人か、地獄絵か。

シテ　〽あらあつや、耐えがたや
水くれよ、のう

（カケリ）

シテ　〽水くれよ、のう
水くれよ、のう、のう。
渇く、渇く、火のように、

地謡　〽求むれど
猛火《みょうか》に包まれ水はなし、
助けを求め水を乞い
常葉《ときわ》の橋に駆け上りて
川瀬を眺むれば無残やな
見渡す限り
死屍累々と折り重なって
足の踏み場もなかりけり。

シテ　〽おおわが子はいずくにありやと、

地謡　〽声を限りに叫べど呼べど

煙霧と炎に覆われて
道は広島、六つの川に
死骸は川面を埋め尽くす
シテ　〽折りふし潮満ち来たり
地謡　〽探すべき便りも波の
川岸にも焼け野原にも
見出すこともなかりけり。
ただよい、さまよい、眼を凝らせば
見慣れたる薄衣に
あれはわが子と走りより
抱きあげ見れば無残やな
たれとも分かぬ幼子の死骸なり
シテ　〽詮方もなく立ち返り
地謡　〽かなたこなたとたずねありく、

道黒々と広島の
空はにわかに掻き曇って
竜巻を呼び風募って
天より黒き雨降り来たり、
生けるものも死すものも
皆冷え冷えと濡れそぼち
死の灰は身に降りかかり
苦しみ悶え死に行きしは
所はここぞ広島の
太田川の川波に
叫ぶ声も消えにけり
叫ぶ声も消えゆけり
（シテ消え、ワキ唖然として見おくって止め）

（終幕、いったん暗転して、付祝言の形の鎮魂の段。シテ退場するとともに灯籠もちたる群衆二人三人と出てワキ、ワキツレ、アイの二に灯籠を手渡し、退場する。橋掛かりに明かり点く。

シテの姥は後から、幕から出る。鉦鼓を持って、一の松まで出てそれを打って、シオりつつ、灯籠を見送り終わる。ワキも数珠を持ち、立って見送る）

（鉦の音二、三して）

ワキ（カカル）〽犠牲者を、

弔う声の音高く、

黄泉路までも届くかと

平和の祈り天に満つ。

（峠三吉の詩、下音で、呪文のように単調に）

地謡　〽私を返せ。父を返せ。母を返せ。人間を返せ。人間につながるすべてを返せ。

ワキ（かぶせて）〽被爆者のおうなの父も、
安らかに眠り給えや。

地謡（ゆっくりとあまりノラず、行進曲にならぬよう）
〽夏の雨はや過ぎて
いつしか空に虹もかかり
己斐《こい》の山々夕映えの
川水に、沿いて流るる灯籠の
赤き灯影に影映る
戦いの犠牲者を
弔う心もろともに
死者を慰む一念に

揺るる流れの縁《えにし》を引きて
この灯籠を流さん
灯籠を流しつつ
灯籠を流しつつ
後の世に語り継ぐべし。
過ちは繰り返すまじ、
とことわに御霊《みたま》は
安らかに眠り給えや、

シテ　おうなも鉦を鳴らしつつ
涙とともに父の名を呼び
後消え消えの灯籠を
いつまでも見送りぬ

地謡　〽灯籠を流しては
灯籠を流しては

この悲しみ
忘るること無し、とこしえに
安らかに眠り給えと、
諸人もろともに
平和の誓唱えつつ、
鎮魂の声
鐘の音
夏の夜空に響きけり。
夏の夜空に消えゆけり。

長崎の聖母

作者のメッセージ

私の記憶のスクリーンに鮮明に映っているのは、一九五五年の夏の夕方、初めて訪れた浦上天主堂の風景である。崩れた煉瓦のアーチに首のない聖人の石像、有刺鉄線で囲まれた瓦礫の残った空き地に、質素な礼拝堂が夕日にさらされていた。

人類が初めて経験した原子爆弾。被爆当時の生々しさこそなかったものの、かつて繰り広げられた惨劇を想像することは、二十歳の若者にも容易だった。

それから長崎に来るたび、最初に見た風景と重ね合わせながら、天主堂の復興の軌跡をたどったものだった。まるで不死鳥のように天主堂はよみがえった。それはまさしく復活であった。なぜかそこには救いと希望があったのだ。

同じく被爆した広島では、印象が違っていた。そこには深い鎮魂の念の上に、後遺症に苦しむ人の怨念がいつまでも漂っていた。広島の原爆忌には何度か参列したが、何年たっても深い鎮魂と哀悼の念にとらわれるほかなかった。

長崎は違うのだ。同じ惨禍に遭ったのに、そこには不思議な希望が感じられた。何か救いがあった。それが信仰というものがもたらしたものではないかと、私は思った。

いつしか私に「広島は鎮魂、長崎は復活」という主題が住みついた。今年〔二〇〇五年〕被爆六十周年の記念に、二つの都市の被爆体験を、二つの新作能に書くことになったが、私が選んだ主題は、鎮魂と哀悼を描いた広島「原爆忌」と、復活と再生を現した「長崎の聖母」になった。

この曲も上演に当たって、いくつかの新工夫を行った。まず天主堂の祭壇をそのまま生かした舞台設定、特にキリストの磔刑の像に光を当てその前で奇跡が起こるという荘厳、グレゴリオ聖歌を効果的に使った音楽的効果、期せずしてアンゼラスの鐘が挿入された幸運などが重なり、感動的な初演が実現された。その間には能管とコーラスのコラボレーションなど囃子方の努力があり、ワキ方も「キリエエレイソン」のメロディを待ち謡の中で歌うなどの試みをしてくれた。シテも狭い祭壇での早舞で、クツロギの入った厄介な舞をのびのびと舞い、感動のうちに昇天した。本当に奇跡的な舞台であった。

いつかはバチカンや、アッシジで上演したい。今回の上演に際しては、長崎純心大学の片岡千鶴子学長、浦上天主堂の平野司祭の献身的援助があった。また純心女子学園のコーラスの協力があって、天使たちの声が鳴り響いた。心から感謝したい。

この新作能を書いて、瓦礫と破壊の中から奇跡的によみがえった長崎の繁栄と平和が、信仰に裏打ちされた長崎の伝統の賜物であったことを改めて確認した。深い追悼と畏敬の念とともに、この能を長崎市民に捧げる。

あらすじ

あの日からはや六十年、今年も夏の日はめぐってきた。津和野からの巡礼者（ワキ）が浦上の丘に登れば、夕暮れの長崎の町は静かに暮れなずんでいる。聖堂は高くそびえ、聖歌の声あたりに満ち、アンゼラスの鐘も響き、まことに荘厳な景色だった。旅の疲れを癒そうと佇んでいる旅人の前に、よしありげな老女（シテ）が一人の乙女（アナスタジアとルチア）を伴い、夕べのごミサに参るために坂道を登って来る。

巡礼者が言葉をかけると、被爆者の老女と二人の信女だった。久しくミサにも来られなかったが、夏の日の夕風に誘われ、ふと参ったのだという。原爆の日のことが、昨日のように思い出だされ、そぞろに涙にくれている。

問われるままに老女らは、被爆の日の有様を語って聞かせる。一瞬の閃光、爆風と共に瓦礫と化した会堂、阿鼻叫喚。見渡す限り黒煙と炎に包まれた長崎。死体の山に埋もれ、水を乞い、助けを求めさまよう人々。

その夜、なお召され逝く人々の中、傷つきながらも互いに助け合い励まし合う人々に混じり、誰とも知らぬ信女が一人、かいがいしく立ち働き、傷ついたものらを助け慰めたと物語る。恐怖の一夜が明けてみれば、信女の姿は見えず、後には白百合の花一輪だけが残った。もしやその信女は、聖母マリアの化身だったのでは……と物語るが、若い二人は被爆のことなど知らぬはずなのにと不審に思った旅人に、我らはそのときの被爆者の霊と告げ、夕風に鳴る鐘の音にまぎれて、信女らの影は消え失せる。

やがて、修道僧が現れ、原爆の惨状を物語る。美しい夕映えに、アンゼラスの晩鐘が鳴り響く。

人々の祈りと、キリエエレイソンの歌声が響く中に浮かび上がった姿は、聖母マリアに違いない。聖母は、瓦礫のうちよりよみがえった人々に祝福を与え、破壊と争いの世を打ち捨てた犠牲者に、今こそ天国に永久の命と平安を得よと、復活の舞（早舞）を舞いつつ昇天する。

長崎の聖母

前シテ　被爆者の女の霊、老女面。イロなし唐織。杖持つ。
ツレ1　犠牲者の信女、ルチアの霊。百合の花持つ。
ツレ2　犠牲者の信女、アナスタジアの霊。
里女いでたち、いずれも白いベールを花帽子のようにかぶる。
ワキ　巡礼者
後シテ　聖母マリアか被爆者の女の霊か。増面。青の水衣または舞い衣、青い花帽子をベールのようにかぶる。天冠。復活の秘儀。主よ哀れみたまえ（キリエエレイソン）のグレゴリー聖歌のうちに現れ、早舞クツロギを舞う。

場所　浦上天主堂の丘
時　現代
アイ狂言　修道僧の述懐

（囃子、次第一段）

ワキ　〽夏の旅路は長崎の、夏の旅路は長崎の、戦《いくさ》のあとを訪ねん。

ワキ　（詞）これは石見の国、津和野よりいでたる巡礼の者にて候。わが故郷の津和野と申すもキリシタン殉教のゆかりの地にて候。またこの長崎はキリシタン受難の跡多きところなれば、そのあとをもたずねばやと思い候。また長崎は、先の世の戦いに原爆の惨禍受けし所なれば、そのあとをも見定めたく、はるばる九州の地まで来たりて候。夏の日の長ければ、急ぐ暇なく、はや浦上というところに着きたり。
浦上と申せば、名に聞こえたるキリシタンの名所にて候が、先の世の戦にも原爆の破壊をこうむり、復興したる美しき聖堂ありと聞き及びて候。そのあとをも訪ね、原爆の惨禍を知らんため、しばらくここに一見せばやと思い候。

（別に）ここが浦上天主堂とかや。先の世の戦《いくさ》には、原爆の破壊をうけしに、いまは再建されて美しき聖堂そびえ、荘厳の玻璃に夏日さし込み、信徒の歌は絶えることなく御堂を満たす。ほむべきかな主はここにみそなわす。われも祈りに加わるべし。

（一声）

シテ、ツレ　〽忘れぬは、魂《たま》を宿せる火垂草《ほたるぐさ》
　なおも沸きくる思いかな。
ツレ1・2〽草の露にもよみがえる
シテ、ツレ〽戦いの日の残像。
シテ　（サシ）〽雲の峰高くそびえて、
　灼熱の陽は隠るとも、
シテ、ツレ〽まだ暮れやらぬ夏の日。

（下歌）星にも霜にも忘れぬは
原爆の日の閃光
（上歌）草いきれ
露も涙も乾きつつ
六十年《むとせ》の越し方は
ただ茫漠と後もなし
心の霧は晴れやらず
思いも深き浦上の
御堂にまえり祈らん
御堂にまえり祈らん
（アユミ）
ツレ1　さても今宵は、原爆忌、ごミサにいそがばやと存じ候。
とくとくあゆみ候え。
ツレ2　のう、ルチアどの、さのみないそぎ候な。夕べのごミサには

シテ　まだとき早し。

ツレ2　（やや遅れて胸杖し）
アナスタジアどのも、しばらく御待ちそうらえ。重なる年に足も弱り、御堂に登るも胸苦し。ゆるりと歩みそうらえ。安き間のこと。老女を御待ち候べし。こなたへまえりそうらえ。

シテ　六十年前《むととせ》は夏草茂り、首もなき聖人像あまた打ち捨てられ、かつて聖歌もなかりしが、いまは荘厳《しょうごん》の聖堂に夏日さし、聖歌あたりにみちみち、共にみ名を讃えるありがたさよ。
（カカル）〽げにありがたき御慈悲の聖母《みはは》サンタマリア、われらもひざまづきて涙とともに祈らん。
（間）

ワキ　のうのう、それなる女性《にょしょう》に尋ね申すべきことの候。ごミサの始まらん前に、何故に涙を流し祈り候ぞ。

シテ　これはこの所に住める女なるが、ひさしく御堂に御参りすることもなく日を送りしに、夏の日の夕風に引かれてここにまえり候。

ワキ　（カカル）へ先の世の戦いの末。原爆に焼かれし有様、昨日のごとく思い出だされて、そぞろに涙にくれ候。

シテ　されば被爆者の女にて候か。さん候。

ワキ　われも戦いのあとをたずぬる巡礼のものなり。原爆の日の有様、御身に起こりしことなど、語って聞かせそうらえ。

シテ　忘るるべくもあらざれば、御聞かせ申し候べし。
（語り）さてもその朝、空より青白き閃光ひとつ閃きしに、灼熱の爆風轟音とともに襲いぬ。あたりは火の海となり、一瞬にして御堂は崩れおわんぬ。そのとき会堂にては、告解の秘蹟おこなわれてありしに、御司祭もろとも、焼かれ申して候。

（シオル）

（別に）信者の女ら、会堂に祈りてありけるが、一瞬の爆風に会堂ともに吹き飛び、瓦礫の中に死体散乱し、阿鼻叫喚の地獄となりたるぞ。

（カカル）〽見渡す限り長崎は
黒煙と火につつまれぬ。

地謡（初同）〽路頭を行けば、おそろしや、
四肢崩れたる死骸散乱し、
人々は幽鬼のごとく、
親子兄弟を求めて、
泣き叫びつつさまよえり。
あるものは水を乞い、
またあるものは、

助けを呼び
このところなる古井戸に
折り重なりて息たえぬ。
生き延びしものらは、
これなる壕のうちに
餓鬼のごとくにおらびなく。

シテ　（詞）わきても学徒動員とて、若き乙女らあまた働くところには、死者、負傷者その数を知らず、信女らもまた傷つき苦しみて、壕のうちに打ち臥したり。

シテ　（サシ）〽夜となり疲れ果てて、

地謡　〽人々倒れ臥し、
傷つきたるもの、
心痛めるもののうめき、

この壕に満ち満ちたり。

ツレ1　〽互いに助けあい、
名を呼び合えども次第に

地謡　〽その声も弱り弱りて
ただ消えぎえになるこそうらみなりけれ。

ツレ2　〽アナスタジアといえる信女は、

地謡　〽血潮おびただしく流しつつ、
痛みに打ちひしがれ
声も絶え絶えに臨終の祈りをあげ、
死を覚悟せり。

ツレ1　〽信女のうちにもルチアといえる女、

地謡　〽自らも血を流しつつも
ロザリオを手に持たせ、ともに祈り、
心静かに十字を切り、祈りの声は絶え間なし。

ツレ2　〽アナスタジアはこれを聞き、
臨終のもだえの時にもわれを助けたまえと
地謡　〽臨終の祈りとなえつつ
静かに身まかり給いぬ。（サシ止め）
（クセ）さるほどに、
いずくともなく
名も知れぬ信女一人、
身は傷つきたれども、
瓦礫の内より
人々を助けだし
傷つきたる者を手当てし、
かいがいしくも立ち働く。
名を問えども答えず、
ただ神の子とのみ名乗りて

返すは微笑のみ。
シテ　〽恐ろしき一夜明け、
地謡　〽人々安堵し、（シテ立つ）
みれば信女の姿は見えず、
残りしはただ一輪の白百合の花。
（ルチアの持つ百合の花を舞台中央に置く。シテそれを持ち所作）
乙女らいぶかり、
あわれ信女は倒れたるかと、
むくろはいずくとたずぬれど、
行方は知ら雲の、
定めなき空に行き惑う
さては聞き及ぶ
聖母マリアの御魂の

信女と現じ給いしかと、
乙女ら涙し祈りけり。
さるほどに長崎は、
草も木も焼けあとの野原は
寂寞の町とぞなりたりける。
きのこ雲崩おれし
夏空は果てもなく
信女の行方知ら雲の
在りし夜《ゆうべ》の働きを
知らすよすがにたておきし
木の墓標《しるし》のみ残りたる。

（ロンギ）

ワキ　〽不思議なりとよ、かくまでも

詳しくことを物語る
見れば若きも交じりたる、
御身らいかなる人やらん。
シテ、ツレ〽いまはなにをかつつむべき
われらは被爆者の信女なり
ツレ2　〽われはアナスタジアの霊。
ツレ1　〽ともに倒れしルチアなり
シテ、ツレ〽原爆の犠牲者も
戦いに倒れしものも、
天つ御国によみがえりを、
なさしむべしとの
聖母マリアの御慈悲を
伝えんために来たりたり
地謡　〽日もおちこちの野面吹く

夕風に鳴る鐘の声
心の水も引く潮の
入り江ぞ深き浦上に
鳩の一群れ飛びたてる
天主堂に立つ影は
聖像とも見まがいて
なおも奇跡を待ち給えと
いう闇の中にうせにけり
夕闇の中にうせにけり（中入り、送り笛）

（アイ、修道士、原爆の有様語る）

アイ　さてもさても美しい夕焼けであった。この丘から見申せば、夕映えにかすむ長崎は、荘厳なるアンゼラスの晩鐘の音に溶けゆき、さながら天国《バライソ》のように、静かで平和な景色であった。

や、夕闇の中におたちあるは、旅のお方にて候か。あらぬ方を眺めて、ご放心の体にて候が、何かご不審のことにてもござあるか。

ワキ　さん候。先の世の戦の跡を訪ねて、長崎に来れる者にて候。御身はこの御《み》堂にゆかりの御方にてござ候か。

アイ　この御堂にお仕え申すフランシスコ会の修道者にて候。

ワキ　さあらば、御尋ね申したきことの候。

先の世の戦いに原爆の惨禍に会いしこと聞き及びて、浦上の里に来たりて候が、このあたりにて若きおみな子、あまた被爆せしと聞き及びて候。御最後はいかようなる有様なりしらん。語って御聞かせ候え。

アイ　これは思いもよらぬ仰せにて候。われらも人に聞きし事ながら、あまりに御いたわしく思いしままに、聞き覚えたることども、御語り申すべし。それに座して聞き候え。（ワキは鬘桶

にかかって聞く）

（立ち語り）さても戦火も終に近き八月九日、午前十一時二分のことにて候。あの松山町の上空に、青白き閃光ひとつひらめきしと見るや、大いなる火球となりて、轟音とともにあたりを覆えり。この美しき長崎の町は、一瞬のうちに燃え上がり火の海となり、人も木も焼き尽くされて後もなし。この浦上にても、聖堂は焼け落ち、犠牲となりし信者ら数しれず、ただ焼け焦げし聖書の紙、爆風にのりて降り来たれりと申す。町を見れば、家々は崩れ燃え上がり、しばしは地上に人影も消え、ただごうごうとばかり風渦巻き、さながらこの世の終わりかと見えて候。

やがて、巷は悲鳴、うめき声にあふれ、口々に水を乞うもの、泣き叫ぶもののみぞひしめきたれ。親を訪ね子を呼ぶ声辻辻に満ち、さながら阿鼻叫喚の煉獄に異ならず。軒は焼け焦げたる死体山をなし、生き残れるものらは、皮膚は襤褸のごとく裂けぶら下がり、体も顔もはれふくらみ、幽鬼のごとくさまよう姿は、生き地獄とこそ見えたりけれ。

さるほどに、この三山といえる地に、修道女と若きおみなご松脂を取りて働きいしが、山陰《やまかげ》に在りし幸いならん、壕に隠れて多くは生き残り、燃え崩れし建物より人々を助け出し、泣き叫ぶものを慰め励まし、死体を探し弔いて、抜群の働きをなせしこと、いまだに語り草になりて候。

そのときの乙女らの犠牲者、二百を越えたると申す。その名は石に刻まれ、かしこの御慈悲のマリア像のもとにござあるなり。何ぼう哀れな話にござ候わずや。毎年それを悼み、ごミサをあげ候。不思議なるかな、今日はその日にあい当たりて候よ。

まずわれらが知りたること、かくのごときに候。

ワキ　詳しく御物語候ものかな、原爆の有様目の前に見るがごとくにて、心もくれくれとなりて候。かく御聞き申すも余の儀にてはあらず。先ほど年たけたる信女と若き女二人、この坂を上り来たりしが、原爆の日の有様をわがことのように語りて、夕闇の空に上る気色にて、すなわち姿を見失いて候。

アイ　それは奇特のことにて候。それがし察し申すに、犠牲になりたるものの霊が、仮にこの世に現れて、奇跡を物語りたると存じ候。さらばともに御祈りそうらえ。なおも恩寵の徴《しるし》の現れ候べし。これに留まり御祈りそうらえ。

ワキ　真に不思議なることにて候。さればわれらもこれに留まり、ともに御祈り候べし。

ワキ　（待謡）〽ともに祈らん、先の世の、
原爆の惨禍を思い
犠牲者を悼み

繰り返すまじ過ちを
とわの平和と復活のために。
戦いに倒れしものらに
おん慈愛をたれたまえや。
キリエエレイソン
（グレゴリー聖歌）
キリエエレイソン　サンタマリアエレイソン
クリストエレイソン（太鼓入ル）

（出端、越シあり）

シテ　〽忘るなよ、忘るべきかや、原爆の悲惨、
光は六千度の熱を伴い
地獄の業火のごとく地上を襲えば

地謡　〽人は石に影を刻まれて

　　形は消えてあともなし
　　ひと時にして七万余の命を奪い
シテ　〽または被爆の病に倒れ
地謡　〽癒しがたき苦難にのたうち
　　蟻のごとくに地を這えり。
ワキ　〽不思議やな聖歌のうちに現われ給うは、
　　かの被爆者の女の霊か、または聖母のみ姿か、
シテ　〽よしや姿は何とも見え
　　夏草に血を流し、戦いに倒れしものも
地謡　〽または原爆の犠牲者に
　　哀れみの涙を注ぎ、
シテ　〽復活の願いをかなえんと
　　いまこの所に現れたり
地謡　〽被爆者の女の姿を借りて

被爆者の女の姿を借りて
無限の慈悲の御母、
　マリアと現じ給いたる。

地謡

〽不毛とみえし大地より、
ひともとのオリーブの若木萌えいで、
枝を広げ空を覆い、
もろ手を伸ばし救い上げ
すべての悩めるものら失われしものらに
祝福を与え
死せるものらを蘇らせたもう
われらはひざまずき涙を流し
ただ祈るばかりなり

哀れみたまえ、哀れみたまえ、
キリエエレイソン、キリエエレイソン
（ノル）人々は、瓦礫のうちより蘇りて
天使《あまつみつかい》に導かれ
天空指して昇るけしき
ありがたかりけるけしきかな。
喜びの涙はほほを伝い
ホザンナの声地に満てり。

（早舞三段、クツロギの間に聖歌が入る）

シテ　（ノル）〽聖母マリアは降臨まして
地謡　〽妙《たえ》なる御手を伸ばさせ給えば
原爆の犠牲者も並《な》べて世の人も
破壊と争いの世を打ち捨てて

いまこそよみがえりの、天つ国
永久《とわ》の命をともに与えられ
肉のよみがえり、魂の救い
御法のままに
尊《たっと》き命は常世の国の
白き薔薇の花咲く園に
主の恩寵を
得しこそ有りがたかりけれ
（ワキ、燭をもち退場）

沖縄残月記

創作ノート

太平洋戦争の最大の悲劇は、広島、長崎の原爆投下と並んで、沖縄戦であった。血みどろの地上戦が、三ヶ月にわたって南国の島々で繰り広げられた。四月に上陸を果たした米軍は二ヶ月のうちに沖縄全土を掌握し、死者は双方合わせて二十万人を超えたという。

そこにはひめゆり学徒隊の悲劇や、チビリガマの集団自決など民間人が巻き込まれ犠牲となった局地戦があった。その多くは記録されているが、あまりの悲惨さに当事者が口をつぐんで、記録としては伝えられない悲劇も散在しているという。

私は、そのいくつかを聞き、これを能として書き残したいと思った。事実を一つ一つ取り上げるより、沖縄戦の犠牲者が、生きて見てしまった地獄を、遠い目で物語るというパターンが、この悲劇の普遍的な意味を表現することができると思ったのだ。

そうはいっても、私の沖縄についての知識は、はなはだ少ない。学会で訪れたほかは、二〇〇一年の春比較的長く滞在し、沖縄戦跡を巡っただけだ。私はその直後に病を得、半身不随になったので、もう取材にかの地を訪れることはできない。

東京で沖縄芸能の公演があればいつも見に行ったので、ある程度の知識はある。沖縄組踊りには、能という先行芸能が影響を与えた。また沖縄戦の犠牲者の本も、涙を流して読んだ。何とかそれを能にはできないか、そう漠然と思っていた。

今回シテを務める清水寛二さんはこれまで私の新作能「一石仙人」、「長崎の聖母」などを演じた能楽師である。しかも今、沖縄芸術大学に於いて能の芸を講義している。頻繁に沖縄を訪れ、現地踏査をしてくれる。

そのほか、沖縄県庁に長く勤められた池田竹州さんから、沢山の得がたい資料を貸していただいた。こうして創作の骨組みはだんだん出来ていった。

そのころNHKの番組で、戦争のことには口を閉ざして来た読谷村の老女が、沈黙を破って話したのを視た。それを骨組みに、沖縄のユタの口寄せの儀礼を取り込み、能の修羅ノリで沖縄戦の惨禍を語るという全体の構想ができたのは一昨年〔二〇〇七年〕の夏のことである。

でもそれを肉付けして「劇」として訴えるためには、長い道のりがあった。現地を知らない私に、清水さんは現地を踏査してさまざまの問題点を指摘してくれた。実験的舞台なので初演がどうなるかは、シテの力量と演出にかかっている。今は期待に胸を膨らませている。

本土での終戦記念日は八月十五日であるが、沖縄では一般には六月二十三日と聞いた。六月二十日という説もある。沖縄の招魂の季節、この曲を沖縄戦の犠牲者の霊にささげたい。

私は今までも、新作能には何かほかの芸能の一部を取り込む試みをしてきた。前作「望恨歌」では朝鮮の杖鼓《チャング》のリズム、「長崎の聖母」ではグレゴリオ聖歌が取り込まれた。今回は琉球舞踊と琉歌を取り込んだ。これは世阿弥のころから使われた技法である。こうした新しい血を入れることによって、伝統芸能がさらに豊かになるものと信じている。

あらすじ

沖縄本島の北部、山原《やんばる》の深い森、清明節の月（四月）の十三夜。十二、三の子供を伴った旅人は、「月のかいしゃ」を歌う女に森の奥のウタキにある「カミンチュ舟魂のおんば」を教えられる。その子は近頃夢見悪しく、夜な夜な曾祖母に会いたいと泣き叫ぶので、彼女の霊を呼び出してその声を聞きたいとやってきたのだ。オンバの口寄せの御願《うぐあん》により、生前決して戦争の事を語らず、昨年九十六歳でこの世を去った祖母大ばんばの霊が呼び出される。曾孫をその戦禍で失った長男と混同して涙に咽びつつ、初めて自身の口で、その生い立ちや戦火の中のことを語り始める。「一緒に逃げていた長男は砲撃に一瞬に頭を撃ちくだかれ、ようやく隠れたガマ（洞窟）では……」

沖縄残月記

シテ　おおばんばの霊、面、痩女系の老女、または姥
ツレ　ユタのおんば、面、増す髪
ワキ　男
子方　清隆
時　清明節の宵、四月初め
作り物　大屋台（ユタの屋敷）

（何もなくて、ツレ、笛座前におかれた大屋台に座す。アイの代わりの、沖縄の里女たち舞台うらに座つく）

（次第、ワキ、子方を連れて登場）

ワキ　〽珊瑚住む、翠の海の沖縄に
祈りの旅に出《いで》ようよ

（名乗り）

ワキ　これは沖縄本島に住まいするものにて候。さてもわが祖父母は、先の世の戦の末、読谷村というところにて戦いに巻き込まれ、辛酸の末に生き延びたると申し候。
（別に）祖母は祖父亡き後も生きながらえ、一年《ひととせ》前に齢《よわい》八十五歳にて身まかりて候。
この祖母を「おおばんば」と呼び習わし候が、生前、話、戦《いくさ》のことに及べば、粒貝《つぶ》の如く口を閉ざし立ち去るにより、われらは往時のことは一切知らず候。父は稚かりしため、古き戦のこと知るべくもなければ、祖母は何も語らぬまま世を去りて候。

然るにこの沖縄にては、ユタと申す巫女のありけるが、けしからず死人の言葉を、口寄せに語る。この宮古島に、「舟魂《ふなたま》のおんば」と申す一人のユタあり。ウタキと申す神域深く住まいます。このユタを買いて、おおばんばの声をも聞かんために、はるばるこの島のウタキまで参り候。

（道行）

ワキ　〽光る海
水脈も緑の宮古島
ガジュマルの木々かさなりて

蛇も眠るや羊歯の道
ディゴ花咲く深き森
石碑《いしぶみ》暗き道すぎて
ウタキの森に着きにけり。

ワキ　(詞)はや夕暮れになりて候。今宵は清明の月の、十五夜にて候えば、若きおみな子、月見の歌歌えり。しばらくこれに休らい、舟魂のおんばを訪ね申すべく候。
(沖縄民謡、月のかいしゃの組踊り、短く)

ワキ　のうのうおみなご、このあたりに、舟魂のおんばと申すユタの家は無きか。

女　あの森のお暗き道をたどりて行き給え。「石敢當《いしかんどう》」と申す碑《いしぶみ》の候。その向こうに、古き館《やかた》の候。そのあたりにて聞きませい。霊能高きカミンチューなれば、心して尋ね候らえ。

ワキ　有難う候。
さらば森の奥へと参ろうずるにて候。
（女、踊りながら退場）

ワキ　のうのうこれは「舟魂のおんば」の住まいなるか。おんばは、内にあり候か。頼みたきことの候。

ツレ　（作り物の中から）
騒がしや騒がしや。このウタキにては、先祖《うやふじ》の霊、外精霊（フカゾーロウ）もましますぞ。声高の問いは、堅く戒めてあるぞ。何をおたずね候や。

ワキ　これは沖縄本島よりのものなるが、わが祖母のことを問い申したく、これまで来たりて候。

ツレ　さて問い申したきこととは、何のことにて候ぞ。

ワキ　さん候。先の世の戦に、わが祖母は、子供二人を引き連れ、戦

ツレ　火の中を逃げ惑いたると聞き及び候。そのときわが父は乳飲み子なりしが、十二、三の兄をこのとき失いたると申す。祖母は多くを語らざりけるが、齢八十五にて世を去りて候。その祖母をば、われらは「大ばんば」と呼び習わして、慕い申して候。「大ばんば」は心優しき女にて、あまたありし曾孫どもを慈しみ申し候。

生前とりわきいとしがりし、ひ孫にて候清隆と申す幼きもの、近頃夢見悪しく、夜な夜な死せる「大ばんば」を慕いて泣き叫ぶ。ここに清隆を伴い、この島の名高きユタに、「大ばんば」の霊を呼び出させようと、これまで来たりて候。さては口寄せの御願《うぐあん》ごとにて候な。こなたに来たりて、座りたまえ。

(子方を見て)

この子供のウヤフジヌイン(祖先の霊が憑いた)なるべし。すぐに霊《チジ》を呼び寄せ申すべし。

（ノット、はじめは静かに）

ツレ　（呪文）ウートウトウ（あなかしこ）ミーグシクのリュウグシンにタマシーマヌチヌ、ググアンスン（三重城の竜宮神に魂寄せの御願する）

（後は地に頭をすりつけて祈る。ノット、大きくなる、打ち上げ）

地謡　（ノル）〽不思議やユタは御願のうちに
胸苦しみて天を仰ぎ
地に倒れ伏す
冷汗《れいかん》噴出し震えおののき
あれよあれよと見るうちに
榕樹の森に辻風吹き募り、

天は暗く、地は月白に
魂《たま》招きか、神おろしか
口寄せの御願《うぐあん》は聞き届けらる。

（一声、シテ橋掛かりに現れる）

シテ、ツレ　〽なつかしや、
この世に帰る死出の旅、
庭の端なるグソーバナは咲いてあるか
今宵は清隆ははや眠ったか。
（詞）いーや、これは戦いのうちなるぞ。
われは幼子を二人抱え
戦火の中を逃れきしが、（舞台に入る）

シテ　（サシ）〽芭蕉林海風に揺らぎて
サトウキビ畑に兵は逃げ惑い

ツレ　爆音とともに砲弾降る

（ワキに向かい）

定めし、かの人にて候べし。

ワキ　疑いもなくおおばんばの霊にて候。

いかに大ばんば、清隆を伴いて候。何か語りたきことあらば申し候え。

子方　のう、大ばんば。なつかしや、清隆にて候。

（駆け寄って取り縋る）

シテ　（詞）おお清隆か。なつかしや。大きくなりたるな。

（別に）いーや。それなるは戦にて失われたる、わが長男にてはなきか。なつかしや、いとしやのう。さぞや苦しかりしことならん。砲弾当たりし時は痛かったろうのう。

ワキ　（ツレに向かい）

戦いに死したるわが伯父御のことを申し候べし。

（カカル）〽沈黙の枷は破れたり。その戦いの有様をわれらに詳しく語りたまえ。

シテ　いままでは口を閉ざしてきたれども、月の今宵の御招きに、語り申そうずるなり。

（語り）あのときは、弥生初めの朝なりしが、あの海岸《うみきし》に真っ黒に戦《いくさ》船《ぶね》現われ、艦砲射撃とて、降り来る弾丸は驟雨のごとく、村は燃え田畑は焼け広がりて、われらは着のみ着のまま、幼子の手を引いて逃げ惑う。ガマという洞窟にこもりしが、互いに身を寄せ合いて、おののき震え声潜む。

地謡　〽さるほどに
敵兵上陸と聞きしほどに
いまは一期と思い
教えられたるとおり
生きて虜囚の恥を受けずと

自決を覚悟せり。
されどこの子らを
幼きままに死なせんかと
悲しみのあまり声も涙に
打ちしおれてありたれば

シテ　〽年嵩なる男《お》の子は、

地謡　〽絣の袖で、三度、
われの涙をぬぐいつつ、
声を忍びておらび泣く。
（清隆、シテの顔を三度ぬぐい、安座モロジオリ）
抱《いだ》き寄せ、抱き寄せ、
これが一期と思いて
見つめあい手を取りて、
声を潜めて泣きいたり。

されど片手に
抱きし乳飲み子の
むずかりて泣き叫ぶ
乳も涸れたる乳房を
含ませんとせしほどに
（気をかけ）にわかに集中砲火とて
あたりに銃弾雨あられと
降りかかる、火の海に
彼方、此方と
逃げんとすれど
目の前にて
幼子の頭は
砲火に吹き飛ばされ、（清隆離れる）
一瞬のうちに幼子の

露の命は散りうせぬ
残りしわれはせんもなく
血の涙にてかき抱く。

シテ　〽乳飲み子のみを抱きて、

地謡　〽あれなる
隣のガマに逃れしに、
無残やなガマのうちは
累々たる屍骸山をなし
生き延びたる日本兵ら
自決せよとぞ迫り来る。

シテ
（拍子不合）〽いまはこの子を死なせじと　心に決めて
（カケリ）

シテ
（拍子不合）〽そのときガマの入り口に人影あり。何か一声ふた声あって、
火炎吹き寄せ、壕の中は火の海となる
（詞）われは物陰に隠れて助かりしが、数多の村人火にあぶられ、阿
鼻叫喚の地獄となりにけり。
シテ（拍子合）〽火炎の中を逃げ惑い、
地謡　〽あれは人かと尋ぬれば
銃を構えし米兵の影なりき。
胴体のみのわが子に
ただ呆然と立ちわかれ
声も涙も涸れ果てて、
見返りつ、見返りつ、
榕樹の影を伝いて
人目をしのびて逃れ行く

泥にまみれて
腐乱せる死骸の山を
踏み行けば生ける人なく
赤子の泣く声消え消えに
今日は三夜か四夜かと
時をも分かずに逃れゆきしが
見も知らぬ
米兵に助けられて
からくも命助かりしが、
（囃子、手あり）

シテ　〽ややあって見返れば

地謡　〽一筋の煙のかなた
打ちかさなれる屍骸の上に
清明の月は昇り

焼け残りたる椰子の葉に
降り注ぐ光さやけく
ふけわたる戦の夜に
時折ひびく銃弾と
サーチライトの光の縞の
影のかなたに沖縄の
在りし戦は後の世に
語り継ぐべし、沖縄の
海風に語りつつ
清明の月にぞ失せにける。
（暗転。ここで終わっても、組踊りの女たち数人、供養の踊り踊ってもいい。静かに退場して終わる）

横浜三時空

作者ノート

この能は横浜のＮＰＯケンタウロスの求めに応じて書いた。

横浜に因んだ能を作りたいという相談だったが、横浜という地名もごく新しいものらしいし、能の題材となる適当な物語もない。世阿弥が能の書き方を説いた『三道』で、「名所・旧跡の曲所ならば、其の所の名歌・名句の言葉を取ること、能の三段の内の、詰めと覚しからん在所に書くべし」といっているが、そんな名歌・名句も思い浮かばない。

困ったなと思っていたところ、ケンタウロスは卓抜なことを思いついた。ケンタウロスのホームページで、「横浜の能のネタ大募集」という企画を発表したのだ。

はじめは驚くばかりだったが、五〇あまりの真摯な作品の応募があった。観世榮夫さん始め何人かの審査員で精読した。でも、それだけで一曲の能となるストーリーは得られなかった。

かろうじて万葉集の柿本人麻呂の歌、「石見の海　角ヶ浦廻を　浦なしと　人こそ見らめ　よしえやし」を引いて、横浜の海の繁栄を祝いだものや、同じく万葉の、相模の国より召された防人と、彼を恋う乙女の交わした相聞歌が目にとまった。そのほか横浜の海に関して、伝説の竜神を扱ったのや、第二次大戦に材をとったものなど、多種多様な主題が提示された。いずれも横浜の海と港に関連づけた、イメージ豊かなものであったが、それで一曲の能を作ることは難しかった。私は考え込んでしまった。

こうなったら、一つ一つの題材にこだわらず、オムニバスという手法を使うほかないなと思った。しかし単に並べただけでは散漫になるだけである。一本筋を通さなければと思いつつ日を送った。

思い切っていいところだけをとって合成しながら、交錯し輻輳する夢の混交のような能を一曲書いてみようと思った。そこで応募作とはいったん離れて、横浜の持つさまざまなイメージを、能というコンテキストに照射して、どうなるかを考えた。

そう思って横浜を考えると、そこには古代より平和に栄えた漁村があり、戦いのたびに戦士を送り出した横浜の海があった。それが幕末維新を経て、一転して文明開化の中心地として現在の繁栄に至り、豊かな海に囲まれた、世界でも有数の国際的文化都市、横浜がある。

郷土史を紐解いてみれば、百年程前まで、横浜の一帯は漁村としての賑わいが残されていたし、横浜十二天の神々は、港の守護神として信奉を集めた。洲崎神社には、なんと日本産業の大祖神が祀られていることがわかった。それらを輻輳する一連の夢に託するという構想に落ち着いた。

まず第二次大戦で、南洋の戦に散った兵士の妻の思いを、この港に投影する。背景として、今では不夜城のように灯りの森となっている横浜港の夜景を、狂言方の開口《くちあけ》で語らせる。

出征して戦死した夫を追慕する未亡人に、やがて古代の相模の乙女のイメージが重なり、兵士であった夫には、古代の防人のイメージが重奏して現れる。早変わりや夢の混乱という技法が使われよう。そうやって、現世では結ばれなかった二組の男女は、今、時空を超えてやっと結ばれるのだ。そのとき舞われる美しい祝婚の舞は、永遠の平和の賛歌になるだろう。

そうなると重々しいワキは無くして、狂言方に舞台回しの役割を持たせるのはどうか。横浜の持つ、長い錯綜した歴史が積分されて生まれる登場人物たちだ。はじめの幕開けを担った狂言方、「石見から来た老人」は、古代の世界では結婚を告げる立会人となり、神話の世界では、神々の従者として来迎を導く役となる。同じ老人が三つの時空を旅する、文字通りの狂言回しの役割を持つ。こうして三時空が結ばれるのだ。

横浜の古老に聞けば、昔、本牧あたりには、海苔を干す網が連なり、漁村の風景があったという。十二天のお祭りや、洲崎神社の祭礼にも繰り出したものだという。洲崎大社の御神体は、日本産業の大祖神、天太玉命だというのだからいかにも横浜らしい神様である。

こうして神話の世界を巻き込んで、大桟橋に出現した神々が、時空を超えた恋の成就の祝婚に加わる、ワグナー的な、壮大な能になると私は予感した。兵士の妻も、古代の乙女も、防人も、神話の神も、シテの扱いにして差し支えない。演劇として取り上げても、新しい可能性を示した、実験的な劇になるだろう。

その上、祝婚の場面は、世界に羽ばたく横浜港への賛歌でもあり、キリの謡は、横浜の繁栄と平和を祈る合唱として一曲を締めくくる。さらにこの謡は、今繰り広げられている「ハマには浜を！」というエコロジーの運動とも呼応し、それを応援する。長く横浜を讃える能として、演じることが出来よう。

これは楽しい能ができると、私は書くのが楽しくなった。現代と古代、神話の世界を自在に行き来し、現実と夢の混交のうちに、横浜の港と都市の繁栄を織り込んだ、能ならではできない世界になったと思う。もちろん再演ごとに、新しい発見が続々と追加されていくだろう。

あらすじ

第二次大戦で戦死した桜井中尉の妻のもとに、その墓参りのため遠く*石見《いわみ》に住む叔父が訪ねてきた。

六十年ぶりに訪れた現在の横浜の変わりように驚いた叔父。その語りからこの物語は始まる（狂言開口）。

思いがけぬ叔父の訪問を受けた桜井中尉の妻は、叔父と昔語りをしたその晩、夫をしのびながら眠った枕に古代の*防人《さきもり》、*服部《はとりべ》の於由《おゆ》の亡魂を見る。

彼は桜井中尉の前世の姿であり、桜井中尉の妻もまた、服部の於由の妻、*服部の呰女《あさめ》の生まれ変わりであった。

ようやく出会えた二人は、この世では二度にわたって遂げられなかった永遠の愛と婚姻を果たし喜びに舞う。

その祝婚のさなかに、*袖ヶ浦洲《そでがうらす》崎大神《さきおおかみ》の*安房神社《あわじんじゃ》の神、*天太玉命《あめのふとたまのみこと》が船で海上に現れ、

*十二天《じゅうにてん》の神々とともに彼女らの婚姻を祝福し、横浜の平和と繁栄を祈る——。

現代と古代の重層した時間、神話の世界を自由に行き来し、現実と夢の混交のうちに、横浜の港と都市の繁栄を織り込んだ、能ならではの世界がそこに広がる。

注

*石見　旧国名。現在の島根県西部に相当。

*防人　大陸からの侵入を防ぐ目的で、主に東国から九州地方に派遣された兵士。

*服部の於由　万葉集に登場する都筑《つつき》郡の人。都筑郡は横浜市の北西部。天平勝宝七（七五五）年、防人として筑紫《つくし》（現九州の北部）に派遣される。

*服部の呰女　服部の於由の妻。

*袖ヶ浦　埋め立て前の横浜湾の呼称。

*安房《あわ》大社《たいしゃ》　現在の神奈川区青木町にある洲崎大神のこと。源頼朝が安房の国（現在の千葉県南部）の安房神社の神を招いて建立。

*天太玉命　日本神話に登場する神。忌部氏（後に斎部氏）の祖の一つとされる。

*十二天　仏教における十二の神。四方・四維の八、上・下の二、日・月の二からなる。帝釈天《たいしゃくてん》（東）、閻魔天《えんまてん》（南）、梵天《ぼんてん》（上）など。現在、本牧に本牧十二天の地名が残る。

横浜三時空

石見の老人（アイ）　後で従者（アイ狂言、狂言回しの役割）

桜井中尉の妻（前シテ1）　面、若い「姥」、または「曲見」、「深井」の類。紅
無し唐織、着流し、物着で服部《はとりべ》の呰女《あさめ》となる。

防人《さきもり》の男《おのこ》、服部の於由《おゆ》（ツレ）　面、「怪かし」、単法被、半切、甲冑の埴輪の
ような扮装。

服部の呰女、防人の妻（前シテ2）　面、万媚、または小面。古代の女のよう
な裳裾。

洲崎大神（後シテ）「悪尉系の面」あまり強くなく、「石王尉」にても良し。
白垂、あるいは白頭、竜戴に似た冠、狩衣、衣紋に着る、半切。

子方二人　赤頭に小竜戴。

作り物　前、一畳台、寝所引き回し、後で婚姻の座、神の座となる。

（狂言開口）

叔父

（幕より走り出て見所の奥を眺めながら、さも驚いたように）

あれよ、あれよ、あれよ、あれが横浜の港じゃと！　左から右のほうにツツ、ツーッと、大きなビルが光の箱を並べたように、すきもなく立ち並んでまばゆいばかりじゃ。まこと横浜には浜はなくなったか。

それがしがこの前来たは、もう六十年も前になるじゃ知らん。その昔、あのあたりは、袖ヶ浦と申して海広く、美しい砂浜があったと聞いて居る。あれから十二天の岬にかけて、海苔を干す網が連なり、のどかな景色があったものじゃ。あれは本牧のあたりかしらん。袖ヶ浦というもあのあたりじゃ。昔漁船に賑わっていた浜も埋め立てられ、いまはまばゆいばかりの光の海じゃ。メリケン波止場はこの方角か。あれは観覧車じゃ、首飾りのように光がともっている。夜というても、わしの故郷、石見から見ると、まるで昼のようじゃ。

わしがふるさとにては、柿本人麻呂が「石見の海、角ヶ浦廻を浦なしと、人こそ見らめ、よしえやし」と詠ったが、いまこの横浜は「横浜は、浜はなけれど、よしえやし」とでも詠うであろうか。

おう、驚いているうちに、はや八時過ぎじゃ。五十年も会わなんだ、一人で住んでおる姪御を探しにきたところじゃった。確かこのあたりじゃったが。すっかり町並みが変わって、まるで外国に来たようじゃ。どこか知らん。姪御の住まいはどこじゃ。

えい、さればこそ、この番地じゃ。いまだ桜井の表札が出ている。姪御はここにお住まいあるか。姪御どの、姪御殿あるか。（と幕に向かい呼ばわる）

桜井の妻　（幕内より）
あら思い寄らずや、石見の叔父御にてはなきか。夜も更けたるに、突然のお訪ねとは。まずこなたへおん通りそうらえ。
（舞台中央に入る）
叔父　さてこたびは何のためのご上京にて候か。
突然上京したのは、ほかでもない。そなたの夫、桜井中尉殿が戦死してより、早《はや》六十年の月日がたった。それがしも、老い先短くなったいま、死ぬ前に一度、墓参りもし、お目にかかりたくなり、急に思いたって、これまではるばる参ったのじゃ。
桜井の妻　それは遠路はるばるのおん参り、有難う候。出征する我夫《わがつま》を、横浜の港に見送りたるは早六十年の昔なれども、今も思わぬ日はなし。

（カカル）〽妻となりて一年《ひととせ》も
蜜月の夜は重ならで、
無常にも召集の令くだり。
南の海に召されたるとは、

地謡　（初同）〽別れの日、
軍服に涙こらえつつ、
白き軍手の挙手の礼、
海行かば水漬くかばねと送られて
「ようそろ」と船に乗り込みし
夫の姿を、
今も思わぬ日はあらじ。
サイパンと言える南方に、
行く船は撃沈され、
水漬く屍となり果つる

定めこそ悲しかりけれ。

桜井の妻　（カカル）おりしも今日は旧盆の、魂祭りにて候なり。
昔語りして思い出を偲ばん。

地謡　（クセ）偲ぶ思いも天の川
会う瀬ままなき星月夜
酒を汲み昔語りして
憂き年波を忘れん。
語るうちにも夜はふけて
軒漏る月のさやけきに
おん疲れにて候べし。
今宵はひとまずおん休みあって
明日、おん墓まえり申すべしと
夜の臥所にいりにけり。（アイは切り戸口より退場）

桜井の妻　〽眠れぬ夜半の襖にも、

地謡　〽月影は皓々として、
すだく青松虫の声
尽きぬ思いを秋の夜に
りんりんりんれいれいれいと鳴き渡る
仮寝の夢浅き縁《えにし》の
枕を濡らす涙かな。（作り物のうちに入る）

桜井の妻　（ワカ）〽わが背子を南へやりて愛しみ、
帯はとかなあやにかも寝ん。

地謡　（上歌）〽不思議や唇《くち》に上りしは
聞きしも知らぬ万葉の
相模なるおみなごの
夫を恋ゆる一人寝の

夢になりとも見え給えと
東歌
口ずさみつつ思い寝の
涙かた敷く袖の端を
枕の夢や濡らすらん。
枕の夢や濡らすらん。（下音に）

（笛アシライ）

（幕、半幕に上げ、ツレの姿見せる）
（東の防人の霊、実は桜井中尉の前世、橋掛かりを静かに歩んで、一の松に立つ）

於由　（一声）〽我が行きの　息づくしかば　足柄の　峰這ほ雲を　見とと
偲はね
（サシ、クドキ）〽恋しやな我妻、

幾百年のときを隔て、
今この枕辺に愛を語る、
この想いをばいかにせん。
(別に)われはいにしえ東より、
筑紫の海に召されたる、
防人《さきもり》の男《おのこ》、服部《はとり》の於由の亡魂なり。
東に残せし妻を恋いつつ、
時を超え、空を過ぎて、
今この枕に映るなり。

従者

はや御目覚め候え。
(そのままの装束で、ツレの従者となっている)
とくとく御眼を覚まし候え。恋しのお方の来たりて候。
(作り物を扇で二、三度たたく。作り物の几帳開く)

呰女

（アシライの間に、物着にて防人の妻となり、面は小面、また
は万媚、舞衣に瓔珞のついた天冠、薄物のピンクの舞衣、ひ
れ）

〽おう、わが夫《つま》桜井中尉の来たれるかや。
いや、さにあらぬおん姿は、
古代の防人の、甲冑に身をかため、
言葉を交わす不思議さよ。

於由

〽騒ぎ給うな、われこそは、
いにしえ筑紫に召されける防人の男、
西海の戦いに死したる
御身の夫、服部の於由と申すものなり。
われ転生の末桜井中尉となり、
再び御身を妻といつくしみ、

一年ともにくらせども、
また外国《とつくに》との戦いに引き裂かれ
無残や再び南の海の
藻屑となりて死す。

地謡 （下歌）〽戦いはいつの世にても、
かく悲しみを与うるなり。
（上歌）〽哀れや輪廻のめぐりは
再び妻と別るる定め、
かく悲しみの姿を現す。
姿かたちは異なれども、
転生の果ての姿なり、
疑わせたもうなよ。

呰女 〽げにもふしぎやわが姿も、
裳裾綾なす東女、

従者　若き服部《はとり》の砦女《あさめ》の姿なり。
やあら服部の於由殿、服部の砦女殿の祝婚の儀の用意が整いて候。こなたに参り候え。

於由　（一声）〽なつかしや、

砦女　〽夢の織り成す逢う瀬の時

於由　〽星のめぐりに会いに逢う

於由、砦女　〽帯を解く間ももどかしや。

地謡　〽妻どいの
夜の帳の短さに
時こそ今よ浅からぬ
縁《えにし》こそ二世の契りなり
この祝婚の喜びに
袂を返す舞の袖

従者　　早婚儀のしたくも整いて候。とくとくおん出で候え。

（太鼓入り中の舞三段、または下がり端。相舞）

於由、呰女

（ノル）〽時世を隔つる　祝婚の

袂を交わす双蝶の舞、

返せや返せ昔の袖を、

峰の穂雲を、

見つつしのびし、

帯も解くらん、なつかしや。

従者　　あら不思議や。はるか海上に白雲たなびき、にぎやかの音楽

聞こえくるは、そも何の兆しかや。

地謡　　〽にわかに海上どよめきて、

風も薫じて空に満てり、

かの乙女らを寿ぐ気色に
輝く海上に浮かびたるは。

(早笛、または大べし)

(後シテ、橋掛かりの船より)

大神　〽やあやあ、それなる祝婚の儀に、手向け申すべきことの候。

砦女　〽不思議やな
光まばゆき海上に、
現れいでし老人の、
招き給うはいかなる人ぞ

地謡　〽岬にもゆる漁火狐火、
光の海に浮かびたもうは、
安房大神の来臨か。

大神　〽われは横浜袖ヶ浦に、

古より民を守り、港を守護する
日本産業の総祖神洲崎の大神、
天太玉命《あめのふとたまのみこと》なり。
今十二天の神々をつれ、
その婚儀をば祝わんと、
海上に参内申したり。

地謡　〽桜井の妻も防人の男《おのこ》も
今は昔の嘆きを捨て
さきわい豊かに暮らし給えと、
祝福の言葉を掛け給えば、

大神　（ノル）〽本牧十二天の神々、

地謡　〽東に帝釈、西には水天、
南に閻魔、北に毘沙門、
上は梵天、地は地天、

日天月天、火天、水天、をはじめとして、
仏法垂迹、神仏混合、
同じく異国の神々も隔てなく
大桟橋の埠頭にひしめきひしめき、
天に飛行し地に蟠り
かの乙女らを寿ぎ給えば、
（打ち上、子方の舞い働きあってもなくても良い）
（大神、一畳台に上がって袖を巻くなどの型、前シテ、ツレ、
子方、両側に居並ぶ）

大神 〽よきかな、よきかな

地謡 〽世界に羽ばたく横浜の港
四海の国々と仲睦まじく
越し方の恨みを忘れ、友好を尽くし、
永久《とこしえ》の平和を守りたまえと

神々は海上に連なり、
この婚姻を寿ぎたもう
ありがたかりける景色かな。
横浜の、横浜の
袖ヶ浦廻を浦なしと
人こそ見らめ、潟なしと
人こそ見らぬ、よしえやし、
浦はなくとも、よしえやし、
潟はなくとも、いさなとり横浜よ
海も豊かに
外国《とつくに》との交易
平和の礎
日本開国の基《もとい》となれる
横浜の港ぞひさしけれ。

花供養

新作能「花供養」に寄せて

私は、しばしば死んだ人に会うために能楽堂に足を運ぶ。その能の主人公に会うためだけではない。能を見ているうちに、身近の死者たち、たとえば太平洋戦争で戦死した従弟や、老いて死んだ父や母、毅然としていた先生、若くして世を去った友人などの面影が、シテの姿に重なって思い浮かぶ。

いい能に遭遇したときは、私の回想の劇中の死者も、切実さを増して蘇える。「鎮魂の詩劇」といわれる能の、もうひとつの効用である。

白洲正子さんが逝ってもう十年、時々無性に会いたくなる。寒い夜半に、一人で酒を飲むときなど、ふと声が聞こえるようで、身をすくめることもある。

白洲さんを偲ぶにいい能には、「姨捨」があるが、白洲さんの一面に偏っている。白洲さんには、もっと艶めいた「驕慢」な一面があるし、「山姥」みたいな凄みもある、青山二郎や小林秀雄に鍛えられた潔さがある。そして何よりも両性具有の美意識が現れていなければならない。悟り済ました老女では済まない。

晩年になってから知遇を得たので、そんなに古い友達ではなかったが、「生涯の最後のお友達のつもりです」とはっきり言われた。新潮文庫の拙著『ビルマの鳥の木』の解説を書いてくださったのが、白洲さんの絶筆となった。

亡くなる三週間前に、病床でお目にかかった時、なんだかまぶしいような、キラキラした顔が今でも目に浮かぶ。一週間ほどして病院に見舞ったときは、もう面会謝絶であった。あのキラキラは何の輝きだったのだろうと今でも思う。今一度お会いしたいという望みは永久に絶たれてしまった。

白洲さんの能を書いてみたいと思っていたところ、たまたまNHKのディレクターから、書いてみないかといわれ決心がついた。この公演も、やがて紹介されるという。

この能は白洲さんのいくつかの側面を立体的に描こうとした。お好きだった椿に事寄せて、花供養する清らかな前シテ。世阿弥や小林秀雄を引いた鋭い花問答は、若き日の白洲さんの才気ある面影を描いた。面は白洲さん愛蔵だった、是閑作の「増」である。

アイの語りの代わりに、女優の真野響子さんに、白洲さんの能との関わり、特にあれだけ執心を持った能を、ある日ふっつりと止めてしまった経緯を語ってもらう。白洲さんの一生を彩った、能という芸術との出会いが、いかに重い経験だったかが伺われる。

後場は、年老いた白洲さんが、両性具有の花の精として現れ、友と過ごした昔を語り、現世を限りなく懐かしみ、椿の数々を引いて謡い舞う。やがて、老いの寂寥を「序の舞」に託すが、そこには多くの友との邂逅に彩られた生涯の思いがこめられる。衰えてなおも歩み続けようとする旅路は、ただ茫漠として果てることがない。寂寞のうちに幻の花は落ちて、この能は終わる。どなたも、どこかで白洲さんの面影に会うことができるだろう。

舞に入る前に謡われる「月を映して輝く面」とあるのは、最後に私の見た、もう死を受け入れた白洲さんの、キラキラした面差しである。なお随所に白洲さんやその友人の文章からの引用がある。面は私所蔵の、近江作の「姥」である。*

今回は、白洲さんに幼少のころから可愛がられた能楽師、梅若六郎さんのシテ、生前白洲さんの影響を受けた花人の、川瀬敏郎さんが捧げる花供養で、白洲さんを偲ぶにふさわしい催しになると信じる。

ご家族しか知らないお話を教えてくださった、白洲信哉さんと牧山桂子さんに感謝する。

このつたない能を、白洲さんの没後十年の忌日にご霊前にささげる。

*初演時の面は「小町老女」(梅若家蔵)を使用、再演用には「姥椿」(臥牛氏郷作)を新作。

あらすじ

旅の男が夕暮れの鶴川の里で、路傍に咲く椿の花を手折る。花供養に参るという尼に咎められるが、花の美をめぐって小林秀雄、世阿弥などを引いて美学論議となる。名を問われて椿の精とも、世阿弥の妻、壽椿尼とも、白洲正子とも取れる答えを残して、椿の藪の中に消え失せる。

〈中入り〉

やがて藪の中から声がして、老女姿の後シテが現れる。白洲正子の愛した椿の数々を挙げて、花の美を説き、自然のめぐりに、老いて死ぬ運命を花の命に託し、静かな、しかし艶のある序の舞を舞う。

そして昔の友や現世を限りなく懐かしんで終わる。

花供養

前シテ　尼、面は「増女」
後シテ　白洲正子の霊、面は色の白い「姥」
ワキ　旅の男
語り　正子を知る者
作り物　白椿をあしらった塚

ワキ　（次第）〽心の奥の隠れ里、心の奥の隠れ里、花の行方を尋ねん。

これは旅のものにて候。われ白洲正子の書を数多《あまた》読み、深く傾倒し、旅の跡をも訪ねんと思い立ちて候。

正子逝きて早十年と申す。生前は身近く感じていたれども、死して後、なおも会いたしと慕情止み難く、旧跡を訪ね歩き候。

急ぎ候ほどに、武蔵相模の境なる、鶴川の里につきて候。このあたりには、白洲次郎、正子夫妻の住みなせる、武相荘といえる旧居あり。また近くには、椿の園もござあると聞く。冬至過ぎたるころなれば、短き日のはや暮れなずみて候。しばらくこの道の辺を逍遥し、正子のことを偲ぼうずるにて候。

あら可憐やな。早咲きの椿一輪、道の辺の垣根に咲いて候。一枝手折り持ち候べし。

シテ　（呼びかけ）のうのう旅人。その花な手折らせ給いそ。

ワキ　不思議やな。よしありげなる尼僧一人《にん》。

花を手折るを止《とど》め給う。

シテ　これは数ある椿の花、などてさのみに惜しみ給う。

花を惜しむにあらねども、花供養に参る道なれば、花物言わぬ夕暮れに、影、唇を動かして、咎め申して候なり。

ワキ　あらやさしや、

花一本《はなひともと》にも水を手向け、

ねんごろに供養する。

さて花を供養するは

いかなることにて候ぞ。

シテ　草木国土悉皆成仏。

自然《じねん》のうちに開ける花

時を待たずに散る花も

等しく摂理を現すなり。

などて佛果を得ざるべき。

ワキ　さて花の命の短きは。

シテ　咲く道理あれば、散る道理あり。花は時を得てこそ美しけれ。

ワキ　理《ことわり》や、かの世阿弥居士も
まことの花とこそ記せしなれ。
さて、花の美しさとは何やらん。

シテ　野の花なべて、一もととして、美しからざるものはなし。
かの小林秀雄の言いしごとく
美しき花あり、然れども
花の美しさなどなしと知れ。

ワキ　面白や、花の美を、かくも正《まさ》しく説きたもう、御身はいかなる人やらん。

シテ　われは名もなき尼なるが、椿の園に名を問えば、壽椿尼とや答うべけれ。または知らず（白洲）ともいうべきか。

ワキ　住《じゅう》するところなきを、まず花と知るべし。
壽椿尼とは世阿弥の妻。
シテ　〽まことの花の影にこそ、
人知れず咲きし花もあり。
今の世の名は知らずとも、
名乗るもはずかしやと。
地謡　（初同）〽夕闇に、
散り行く椿、名を問えば、
世を侘びて棲む隠れ里
侘び助とこそ答えけれ。
椿の園の仮の宿
花の庵はここぞかし。
花は根に帰るなり。
古巣に帰る鳥の声

鐘の音ともに聞こえて
白き花弁を
散らすと見えて失せにけり
知らずと見えて失せにけり。

（中入り）

ワキ　まことに不思議のことにて候。このあたりの人に正子の晩年、とりわき能とのかかわりを知るもののありと聞く。詳しく話を聞こうずるにて候。

正子を知る者の語り　これは正子様にお仕え申した者でございます。お呼びと聞きましたので、急いでここに現れましてございます。さようでございますか。正子様のことですね。それもお能とのお付き合いを……。

お能は、厩橋の梅若実先生のところに、足しげくお稽古に通われていました。今の六郎様のお祖父様でございます。舞ばかりでなく鼓も笛も一通り習われ、先生の梅若実様からは、もう素人には教えることがないとまでいわれるほどでございました。

ご夫君の次郎様のお友達、河上徹太郎様を通じて小林秀雄様や青山二郎様とお付き合いあそばして、正子様はいつもお二人にいじめられて悔しがっておられましたが、小林様は、京都ではいつも正子様に、シャッポをお脱ぎになったそうでございます。それは、京都には、お能でなじみのある地名が沢山ございますから、その所縁を、正子様がすぐ解説なされたからでございます。

ところが五十歳を過ぎたころ、あんなにご熱心だったお能を、ぴたりとおやめになったのでございます。それがなぜかは正子様はどこにも書いておられませんが、私はこう思います。

正子様が、「蝉丸」のお能を遊ばされたときのことでございます。シテの「逆髪」が正子様、ツレの「蝉丸」は実先生のご長男、名手として知られた先代梅若六郎様でした。客席には、小林秀雄様や河上徹太郎様のお顔も見えておりました。次郎様もでございます。いずれも口うるさい連中です。

さて見せ場のカケリ、道行、そして盲目の弟宮の蝉丸との、邂逅と別離の場面へと続きます。延喜の帝の皇子《みこ》と生まれながら、姉弟ともに身体に障害を持ち、宮廷を追放された悲運、放浪の末やっとめぐり会えた喜び、その後に待っている永遠の別れ、名手がやれば感動の名曲でございます。

クライマックスの出会いの場面で、正子様の「逆髪」は、盲目の弟宮の「蝉丸」に、抱き付かんばかりの激しい演技を見せたといいます。盲目の弟宮と再会した喜びが全身にあふれ、悲劇の内親王は、飛ぶような思いで弟宮をかき抱いたと申します。有名な能評家が来合わせていらっしゃいましたが、一言『激しいな』と吐き捨てるようにいったそうにございます。ここは激情を抑えて、静かなうちに、姉弟の愛と悲運を、力強く描かねばならないのだそうでございますが、正子様は情をむき出しにされてこの場面を演じ、後の酒席で、小林様や青山様からこっぴどいご批評をお受けあそばしたのではないかと思います。能を舞うためには、表に出る力より、それをねじ伏せるだけの男の力がないと出来ない、悔しいが女には能は舞えないと、正子様はそのとき悟られたらしいのです。これが、お能をぷっつりと思い切られたわけではないでしょうか。お能という物の怪を、振り払った正子様は、お能で培った力を、代わりに文章のほうに渾身で注がれ、簡潔で無駄のない、まるでお能のような力を持った文体を手に入れられたのでございます。そのころお書きになられた「近江山河抄」などは、私にはお能の道行のようにさえ思えます。

六十歳をお過ぎ遊ばしたころから、親友の河上様、青山様、小林様、そしてご夫君の次郎様まで、次々にお亡くなりになられて、正子様のお寂しさはいかばかりでありましたでしょう。しかしその寂寥を振り払うように、貪婪に美しいものがあれば、どこにでも足を伸ばし、おいしいものはどこでもお召し上がりに行くご気質は、若いころ、韋駄天お正と呼ばれていたころと、よそ目には変わりませんでした。そして新しいお友達を見つけては、美しいものの談義に、夜を明かしておられました。

八十歳になられても、一向に枯れ枯れとしたということはなくて、むしろ山姥のような妖気さえ放っておいでになられました。そうそう、なくなる前の年に、奈良の薬師寺の花会式に、藪椿の造花を、お友達に差し上げるのだとわざわざ参列なされたのでございました。とは申しますが、このころからは、足腰も弱られて、外出の機会もまれになり、武相荘の自室にこもられ、野の草、木々の花を愛で、数少ない親しいお客様とお会いになってお酒を召し上がるほかは、あの世とこの世の境に遊んでいらっしゃるように私には見受けられました。ひょっとすると、亡くなられた小林様、青山様などとお話しされていたのではないかと思われました。そういえば夢にお会いになったと懐かしげにおっしゃったこともございました。

お若いころは、色白で、洋装に洋髪がお似合いの、白椿のように清らかでお美しゅうございましたが、お年を召されてからも、いつまでも艶やかで、色あせず、なんとなく白椿が、月にきらきらと輝いていたようなかたでございました。お亡くなり遊ばされたのも、椿の花がポトリと落ちるように、あっけなく逝かれましてございます。（退場）

ワキ　この上は、なおも祈念して、正子を偲び申そうずるにて候。

（待謡）〽花、物言わぬ夕陰に
月、さやかに照る夕べ
雪を含める蕾の唇《くち》
開くと見えし夢のうち
花の声は響きけり
花びらの声は聞こえけり。
（一声、引き回しのうちより）

シテ　〽ありがたや、雨露陽光の恵みを受けて
四季折々の時を違えず

花は咲き花は散る。（引き回し下ろす）
自然の摂理《せつり》これかとよ。

ワキ　〽際前の花の精なるや。なおも花の供養して、椿の功徳語り給
え。

シテ　〽供養するとは愛《め》ずることなり。
四季折々の花を愛ずるこそ、
まことの花の功徳なれ。
今は師走の末なれば、
霜満つ夜半の白玉椿。

ワキ　〽月を映してきらめけり。

シテ　〽また如月は雪椿、

ワキ　〽雪を含んでいよよ重し。

シテ　〽何、雪とかや、
ふしぎや。むかしの詩《うた》の、

思い浮かびて候。

（笛アシライ）

太郎を眠らせ太郎の屋根に雪降り積む

ワキ　〽次郎を眠らせ次郎の屋根に雪降り積む。*

シテ　〽太郎も次郎も在りし昔、

ともに語りしともがらなり。

さあれ去年の雪、花はいずくにありや。**

今は椿の精として

かの友びとの供養せんと

これまで現れいでたるなり。

地謡　〽花の精とは女なれ、

心は男にことならず

ただかりそめに生まれきて

花の功徳を説くことも、
われに課されし性《さが》なれや。
花は両性具有なり
雄蕊雌蕊を取り巻き
心は男、姿は女、
その寂蓼の思い出を
変生男子の願いこめて
語り申さん、聞き給え。

地謡　（クリ）〽それ美の森に分け入るに、
縁《えにし》あって友となりしは、

シテ　〽青山、小林ら無頼の天才なり。

地謡　〽われも酒席に加わりて、
さらに女とは思われず。

シテ　（サシ）〽雪を踏み山をめぐり。

地謡　〽月を惜しみ、花を求め。
　　　歩き続けて止むことなし。
シテ　〽人は韋駄天、山姥の妄執よと笑えど、
地謡　〽これによりて技を種とし、
　　　心を花と文を磨く。
　　　美を愛し、酒を酌み、
　　　語り明かせし友はみな、
　　　逝きて帰らず。
シテ　〽ただ我のみぞ永らえて
地謡　〽みづはぐむまで老いにける。
　　　野の花木々の花を愛でつつ
　　　この里に隠れ住む。
シテ　〽とりわき椿は思い出あり。
地謡　〽わがおくつきに

一もと植えんと願いしに、
わが夫《つま》次郎は、
椿の花落つるは、
首打ち落とされし如し。
武士《もののふ》の家にはばかりありとのたまいて、
果たさざりける憾みなり。
シテ　〽その思い出にとてもさらば、
地謡　〽庭にあまたの椿を植えたり。
地謡　（クセ）〽椿とは
艶ある葉の木と聞こえけり。
古くは記紀にも
ゆつま椿と
記されし名花なり。
または万葉に

つらつら椿見つつ偲ばんと
詠じけん艶心
われも椿を
見つつ偲ばん昔人。
とりわき我が愛せしは
八千代をかけし玉椿、
または藪椿、侘び助。
一重の椿にしくはなし。
老いてなお、
枯木に咲ける
花一輪の山椿。

シテ　〽または奈良の京

地謡　〽薬師三尊の花会式
散華に混じる藪椿

求め辿りし旅もあり。
足萎えて胸苦し
老いの妄執と思うなよ。
われとてここに
老残の姿をさらし
一重椿の花衣
散り失せぬこそ憾みなれ。

シテ　〽あの世との、
あわいに咲ける白椿

地謡　〽驕慢の昔の色失せず、
月を映して、輝くおもて。

（イロエから序の舞）

シテ　（ワカ）〽契りあれや、

山路のを草《ぐさ》　鞘《さや》裂きて
種飛ばすときに
来あうものかも***
来あうものかも。

地謡　〽夢に見えしともがらの姿
賑わえる宴、
シテ　〽中に艶めく老い木の椿。
地謡　〽咲く花は少なく、
枝葉は枯れても、
残れる花は
シテ　〽凛として清く
地謡　〽今年ばかりの、
真白なる花弁、
黄金《くがね》なる蘂《しべ》は鮮やかなれど、

シテ　〽男に混じりて
面なや、恥ずかしや。
地謡　〽恥ずかしの姿も
老いを重ねて花端然と
咲き残る。
紅《くれない》の落花を踏みて、
同じく惜しむ少年の、夢、
醒むれば、隠れ里に、
シテ　〽一人残されて。老女は、
あら、恋しや、友人《ともびと》。
地謡　〽偲ばるる昔の友はみな
世を去りてただ一人
変生男子の願い空しく
なおも山路に分け入りて

行き暮れ迷う道の果ては、
白洲正子も壽椿尼も
椿の精と現じたる
夢覚めて幻の
花は落ちて跡もなし。
幻の花は失せにけり。

註
＊この詩は、三好達治のもの。白洲正子もお付き合いがあったという。お墓も近くにある。
ここでは、太郎は小林秀雄の親友の夭折した詩人、富永太郎や、河上徹太郎を指す。
次郎は、白洲次郎、青山二郎などを指す。
＊＊富永太郎によるフランソア・ヴィヨンの訳詩。富永は小林秀雄の親友、この一節を愛した。
＊＊＊これは折口信夫の歌、白洲正子が縁あって出会った人を懐かしんで口ずさんだ。

生死の川

——高瀬舟考

生死《しょうじ》の川――高瀬舟考

前シテ　男の幽霊（直面または淡男速男の類、小型の黒頭、笠、着流し、黒水衣）
後シテ　同前（怪士または千種男、黒頭、法被、その上に縷水衣、白大口または半切）
ツレ　妻の幽霊（瘠女または連面、着流し、白水衣、杖、ツレなしにも）
ワキ　高瀬舟の船頭（掛素袍、竿）
アイ　鴨川下流の村人
場所　高瀬川の下流の鴨川
時　特定せず
作り物　舟

（作り物出る。ワキ登場）

ワキ　（名乗）これは高瀬舟の船頭にて候。

そもそも高瀬と申すは舟の名にて、その通う川を高瀬川と申し候。いにしえ都にて罪人遠島を申しつけらるるときは、この高瀬舟に乗せられて難波の港へ送られ候。いまはかようなることもなく、大阪より荷駄を脚積み都へ運び候。今日も五条あたりに積荷を下ろし候えば、大阪方へ下らばやと存じ候。

（サシ）〽はや夕陽《ゆうかげ》もかたぶきて、

暮れなずみゆく寺の影

入相の鐘をあとに聞き

加茂の都もすぎむらの

川瀬にはやくいでにけり。

シテ　（呼びかけ）のう、我をその舟に乗せて賜わり候え。

ワキ　これは矢ばせの渡し舟にてはなし、荷を運ぶ高瀬舟にて候。

シテ　高瀬舟にて候えばこそ舟に乗らんと申し候え。岸辺に寄せて
賜わり候え。
ワキ　いや寄るまじく候。
シテ　寄らずとも乗り候うべし。
地謡（初同）〽灯《ともしび》も
暗き夜舟に寄る波の
寄るともみえぬ岸辺より
音《ね》もなく舟に乗り移る
黒き影はいぶかしや
黒き姿はいぶかしや
（すでに舟に乗って坐している）
やがて更けゆく朧夜に
舟人も　まれ人も

ともに小舟《おぶね》に黙《もだ》しつつ
黒き水をばゆく舟に
さかる水の音ばかり
聞こえてかいもなき夜舟なりけり

ワキ　そもいかなる人にてましますか。
シテ　これはこの舟にゆかりの者にて候。
いにしえこの舟にて加茂川を下り
遠き島に流されし囚われ人にて候。
ツキ　囚われ人とは、いかなる罪を犯したる人にて候か。
シテ　いや囚われ人とは申せ、罪人とは申さず候。
ワキ　囚われ人と罪人と、いかなる区別の候べきか。
シテ（カカル）〽人の苦患を救わんとの
心は慈悲にも似たれども

人の命をつづめたる
その苦しみのなおまさる
中有の闇に迷いいる
妄執の根となりし
わが罪とがのありかをば
たださんために来りたり

地謡

〽人目まれなる夜半の瀬の
夢にだにもといたまえ
昔は鵺《ぬえ》も流されし
淀の立つ瀬の高波に
かいもなき身のあかしを
同じく立て申さんと
櫓の水音も高瀬舟
黒き水面に影落ちて

川底に入りて失せにけり
川底に入りて失せにけり

（中入、送り笛）

ワキ　（詞）まことにふしぎなることに我を失ないて候。
この川べりに舟を寄せて、あたりの人にたずね申さばやと存じ候。
いかにこのあたりの人のござ候か。

アイ　これはこのあたりの者にて候。見申せば暗き岸辺に舟をもやいそれがしを呼び止め候は高瀬舟の船頭殿にて候か。
さん候。たずね申したきことの候。こうござ候え。

ワキ　さてもそれがし都にて船荷を下し、加茂川へ舟を進め参らせ候ところに、夜に入りていずくよりか男一人音もなくこの舟に乗り来たりて、この舟のゆかりの者と申す。いわれはと問えば、ありし日、人の苦しみを救わんため人をあやめ、さらに苦しみを重ねたる男の霊と申し候。その罪とがをたださんためここに現われたる由申してこの川底に姿を見失ないて候。所の人にて候えば、かようの人につきても、おん聞きあるべしと存じ候。御存知においてはおん教え賜わり候え。

アイ　これは恐ろしきことをおんたずね候うものかな。しかれどもそれがし思いあたることの候。語って聞かせ申し候うべし。

（語り）そもそも高瀬舟と申すは、昔罪人遠島に処せられし折には、この舟に乗せて港の方へと送りたると申し候。さるほどに罪人ら舟中より都の景色を眺め、もはや親子兄弟にも相見ることかなわぬを嘆き、船頭らに悲しき物語をなしたると申し候。

ここにひときわあわれなる物語の候。

都下京のあたりに若き夫婦の住み申して候。貧しくは候えども、むつまじく暮らしおり候いしが、この妻ある年胸乳《むなじ》にしこりを生じ、腫れ広ごり、病い臥して候。夫貧しきなかにも薬石をあがない、医師《くすし》にも診せ日夜看病仕り候いけれども、病勢奔馬の如くついに期を待つばかりとなりて候。

胸乳は岩のごとく腫れ、その痛みたえがたし。餓えても食することあたわず、渇しても水は喉を通らず、息も絶えなんばかりにて、その苦しみは目もあてられぬばかりと申し候。ある時この妻、夫に申すよう、かように我が苦しむは前世の戒行拙なき故なり。しかれどもわがために、おことがかく苦しみ給うはわが本意にあらず。はやはやこの生を遁れて安楽の地に趣きたく候と、涙ながらに申し候。夫は泣く泣く、心弱く思しめすな、死なば一緒とこそ申し候いつれども、かように死するは狗の子にも劣るべけれと、ともに嘆き悲しみ候。

さるほどに病い甚だ進みて、命《めい》旦夕とも見えたりし宵、夫薬を持ちてねやの内をのぞきしに、妻は喉もとに刃《やいば》をあてて枕辺におびただしく血の流れおり候。このありさまは何ぞと妻に問いしに、苦しき息の下より申すよう、我が病い快癒のすべなく、かように衰弱してその苦しみ耐えがたし。されば苦しみより遁れんとて、喉かききって候えども、かくあやまちて刃喉もとに止まり、いまだ死ぬることあたわず、苦しみの至りに候。かくなる上は一期の頼みにこの刃引きて賜わり候え。物言うもせんなし、と申し候えば、夫大いに驚き、「医師《くすし》を」と申しけれども、妻の切なる願いの目をみて、刃を一気に引き抜きたると申し候。

血潮おびただしく噴き出し、妻はそのまま息たえたると申す。されどもその顔はいと晴れやかにして、菩薩《ぼさつ》、薩陀《さった》の如くみえたると申し候。なんぼう哀れなることにては候わずや。

されどもこのこと、いつしか人の口より洩れ、夫は人を殺めし罪に問われ、この高瀬舟に乗せられ、遠き小島に流され、そこにて相果てたると申し候。
しかれども時移り事去りて、いまはこのことを思い出す者もなく候が、かようの苦しみはいまの世にもあまたござ候べければ、かく物語り申して候。

ワキ　さだめしその人は、妻を殺せしとがによりて遠島されし夫の霊にてもや候うべし。これも他生の縁と思いて、舟中にて御供養申し候え。

アイ　いしくもおん物語り候ものかな。さればかの男の苦患を思い出でて、おん弔い申そうずるにて候。

ワキ　われらも人数《にんじゅ》を集め、御供養に加わり申し候べし。
頼み申し候。

ワキ　（待謡）〽ともづなの
解けぬ悩みの深き川
想い尽きせぬおぼろ夜に
げに　疑いも
濃き川霧のたつ波に
亡者の声を聞かんとて
皆舟中に声をあげ
南無幽霊成道、罪業消滅

（一声、または出端）

シテ、ツレ　〽三瀬川、浮きつ沈みつ　ゆく水の
流れの末は　うば玉の
黒き水泡《みなわ》の魂《たま》にやあるらん

地謡　〽うつし世の

生死の川のうき波の
そのうたかたに身をたえて
深き業苦に沈むなる
われらが罪のありかをば
たださんために来たりたり
おん弔いを止《や》め賜え

シテ　〽のう、われらは罪人にて候うや。

ワキ　〽まことに無残なるおん姿にて候。
なおなおあかしをおん立て候え。

地謡　（クリ）〽そもそも病いといえるは
五運六気《りっき》の乱れなり
天地陰陽《おんにょう》の気に随い
虚実傷寒《きょじつしょうかん》を見するといえり。

シテ　（サシ）〽もとより老少不定とは申せども

地謡

〽うつろう花の夢のうち
かりの夜風にさそわれて
春秋《はるあき》多き身の露の
病いに落つる宿縁《さだめ》こそ悲しけれ
（クセ）さてもいにしえは
比翼の枕を並べ
妹背の契り深かりしに
ふとかりそめの風のうち
いたつきは襲い来ぬ
かねては熱かりし
その胸乳さえくずおれて
重き衾の下に臥し
飲食《おんじき》もかなわず
ただ衰ろうるばかりなり

胸を烈く想いに
胸をなずれば
乳《ち》はさながら巌おにて
脹れふくれ肉朽ち
膿血しただりて
その臭気たえがたし
げにや九相の
不浄相もかくやらん

シテ（またはツレ）〽いたつきの癒ゆることなき枕辺に

地謡　〽薬種本草をつくせども
かいも涙の深み草
露の間にだに去り得ぬは
肉《ししむら》を断つ苦しみ

さながら狼に
喰いちぎらるるばかりなり
骨を砕く痛みは
羅刹獄卒の
鉄杖もかくやらん
おぼえず空《くう》をつかむ手は
おのが髄をかきむしる
六腑はすなわち火炉となって
百節を焼くとかや
五臓は紅蓮《ぐれん》の氷となって
百虫も断絶す
地獄なればせんもなし
現し世なれば
いかでこれに耐うべき

ツレ　〽さればこの苦を免れんと
地謡　〽刃《やいば》をのどにあて
横ざまに押し切りて
死なんとすれど死なれずして
ただ苦しみを深めたり
いまは願いはひとつなり
おん身慈悲なればこの刃
ただ引き抜きて賜び給えと
血の涙にて申しけり
シテ　〽夫は泣く泣く立ちそいて
地謡　〽気色変わりし　わが妻の
切なる願いの眼を読みて
シテ　〽いまこの苦患を助けずば

人間にあらずとて

地謡

〽刃を一気に引き抜けば
せきの川水せきあえぬ
あふるる血潮
生死の川となって
たちまちにかの岸に
夜のむくろとなりにけり。
しかれどもその妻の
末期の面ざしは
いとはれやかにして
菩薩《ぼさつ》、薩陀《さった》の如くなり。
かく物語り申したる
高瀬舟の罪人の
その罪とがのありかをば

ただしたまえ舟人。

シテ　〽うつせみの
生死の川を渡したる
その舟底の盤石の苦しみ
ご覧候え舟人たち

（立廻）

シテ　〽耐えがたや重き錘《いかり》に沈みたる
この川舟の
（ノル）浅ましの身や

地謡　〽浅ましの身や
浅ましにも見えつらん
悔いも涙に落ち果つる舟板の

あら　おぼつかなの想いやな。

地謡

〽うつし世の
ひとの噂も高瀬川
川霧深き疑いに
苦を水草の
悔いの狭間にゆれゆれて
ちろろ燃ゆる狐火の
暗き心の鬼となって
中有の闇に沈みしを
獄吏らにひきたてられ
身は白砂に裁かれつ
ついに罪をば木津川の
流れも末は淀となる

高瀬舟の罪人の
その罪とがのありかをば
ただしたまえ舟人と
闇の底に入りにけり
闇の底に沈みけり

蜘蛛族の逆襲

——子供能の試み

創作ノート

この能は、大倉正之助氏が主催する「子供能チャレンジ」のために書いた。大倉氏は、大蔵流の大鼓方であると同時に、ジャンルを越えた打楽器音楽のコラボレーションで活躍している。またオートバイのライダーとして、能以外でも活躍している戦闘的な能楽師である。残念ながらまだ上演されてはいない。

「子供能チャレンジ」は、東京やその近郊の子供を集めて、本格的な能の稽古を通して、伝統文化を伝えようとする活動で、私もこの数年活動の一部にかかわってきた。その成果は、到底素人の、しかも子供の遊芸の域を超えた、しっかりしたもので、最近は一曲の能を演じるまでになった。シテ方、ワキ方、囃子の四拍子、狂言方、地謡、働きにいたるまで、子供たちがやる。その中には将来職分になるものも出るだろう。そうでなくとも、早くから稽古を通して能の真髄に触れ、日本の伝統文化を体験することになれば、どんなにいいだろうか。

私はそう思いながら、発表会を眺めた。言葉はわからないまでも、古典文学に触れ、日本音楽の複雑さに慣れ親しみ、日本の伝統文化に浸りながら、礼儀作法を知らず知らずのうちに身につけられるということの試みに、何か貢献できないかと考えてこの新作能をささげることにした。

子供たちにとって、シテ一人が主演者になる能には、不満があるかもしれない。登場した者全員が、結果的には主演者となって、劇を作ったという自覚が子供に達成感を与える。誰もが劇に参加したという構造にするためにいくつかの工夫をした。たとえば狂言方の小唄節などそれぞれに個性が出、誰もが面白く演じることが出来るだろう。それに「土蜘蛛」のように、シテ一人に巣を投げさせるのでなくて、何人もがスパイダーマンとして、活躍できる。

蜘蛛族の逆襲——子供能の試み

領主（ワキ）　烏帽子に素襖。
家来（ワキツレ）　二人。侍烏帽子、一人は太刀を持つ。
蜘蛛丸（シテ）　振袖、大口、稚児姿。
洗濯女1・2・3（アイ狂言）　鬘またはビナンカヅラ、小袖着流。
早打（アイ狂言）
蟷螂の翁（村長）（ツレ）　面「朝倉尉」、水衣の肩を挙げ、括り袴か着流。
村人1〜5（ツレ）　鉢巻の武装いでたち。

（名乗笛）

領主　（口開け、ワキ領主、家来を従えて）

これはこの国の領主にて候。昨年より日照り打ち続き、今年《こんねん》には、田畑は乾き井戸は涸れ、村々の百姓どもは、年貢の米を出し渋り候。

ことに葛城山のふもとに住いいたす蜘蛛族の村長《むらおさ》は、やれ飢饉、やれ不作と申して、粟一俵も納めず候ほどに、村長《むらおさ》の孫、蜘蛛丸とやらんを引っ立て申し、厳しく詮議申そうずるにて候。かの蜘蛛族は、葛城山に年を経て住める民なるが、ことあるごとに抵抗を繰り返し、いつかは攻め滅ぼさんと思いおり候。

（別に）いかに誰かある。蜘蛛族の人質、蜘蛛丸を急ぎ引っ立てい。

（ワキツレ家来二人）

家来　かしこまって候。

（別に）いかに蜘蛛丸、これに直れ。御領主のお召しにてあるぞ。

（蜘蛛丸、縄に引かれて現れる。無言でかしこまる）

領主　いかに蜘蛛丸。汝が祖父村長《むらおさ》の、蟷螂《とうろう》の翁には、年貢のこと固く申し付けたるに、いまだ粟一俵も差し出さず、くせ事にてあるぞとよ。代わりに汝を罪人として、引っ立てたるが、何か申し開きでもあるか。

蜘蛛丸　悲しやな、この年月。村の畑は乾き田は涸れて、米麦は実を結ばず、村人は飢えに苦しむ。ましてや年貢の取り立て厳しき故、村にては、

（カカル）飢え死にするものもあり、われらとても明日の命を継ぐべきよすがも無し。年貢をしばしご猶予あって賜り候え。

領主　何と年貢を納めぬとや。在所にてこの年貢の大法を守らぬは、もってのほかの大罪なり。されば大法に任せ、汝に罰を

与えんと。

地謡　（初同）〽蜘蛛丸を引き据えて、
散々にちょうちゃくする。
幼き命絶え絶えの、
涙ながらの訴えも、
聞く耳もあらばこそ、
一人打ち捨てかえり行く。
打ち捨て行くぞ哀れなる。

（領主、家来、中入り）

（蜘蛛丸は舞台右手に臥して残る）
（橋掛一の松、洗濯女たち小袖を持って出る。小川で小袖をすすぐてい）

女1（小唄節）〽流るる水のうたかたに
　　　　　掬うは木の葉、藁蘂《わらしべ》、
女2　　〽救われぬはわが蜘蛛族、
女3　　〽ふるさとに、残せし親や兄弟の、
女一同　〽便りも波の、
　　　　　ざぶり、ざんぶり洗わん
女1　　〽川波にさらわれて、
女2　　〽こき使わるる身のさだめ、
女3　　〽あら恋し父母。
女1　　〽川面にめぐる水車、
女2　　〽からから、からからと、
　　　　　唐衣をば洗わん。
女一同　〽この恨みをばすすがん。

（舞台に入って、蜘蛛丸を見つける）

女1　（詞）やあ、これに傷ついた幼き人がいる。

女2　これは村に残せし、蜘蛛丸では無いか。またもや領主らの、無慈悲なる仕打ちでござろう。あら口惜しのことやのう。

女3　いかに蜘蛛丸殿、なんとしたことぞ。蜘蛛丸村にては食うものもなきに、領主年貢を納めぬと、散々に打ち据えられて候。口惜しう候。

女1　われらも村よりさらわれて、かようにこき使われる身なり。

女2　哀れやこの苦しみをいかにすすがん。

女3　今日も遅なわれば、領主の咎め恐ろしければ、早く帰ろう。

女一同　さらばさらば。

地謡　〽蜘蛛丸を助けつつ
蜘蛛丸を助けつつ
しばし運命《さだめ》を嘆けども

時刻移ればまた咎め
あるぞとすすぎ女たちは
泣く泣く別れ立ち帰る
泣く泣く別れ立ち帰る
（中入り送り笛）

（後段、アイ狂言、早打姿で走り出）

早打

ただいま蜘蛛丸が、散々のていでお帰りあって、年貢を納めぬとあらば、この村を攻め滅ぼさんと、領主は軍勢を向かわしたそうな。
村の長老《おさ》、蟷螂《とうろう》の翁これを聞き、村人を集めよと、それがしにあい触れさせて候。
それにしても、戦い打ち続き、村は疲弊し、村の若き男《おのこ》は戦場に赴き、弓矢に傷つき、あるいは死し、または捕らえられ、女らも連れ去られ、村には老人、女子供のみ残りて働くものはなく候。村人は明日の命もおぼつかなき有様なり。されども蟷螂の翁は、われに秘策ありとて、幼きものどもを集め、これより談合せんとて、村長《むらおさ》の館へと急ぎおんと招きにて候。村に残りたるもの、急いで来たり候え。

この分、心得候らえ。心得候らえ。（本幕で去る）

（急調のアシライで出る。子方の鞨鼓群舞入れても）

蜘蛛丸（サシ）〽口惜《くちお》しやこの年月、われら安穏に暮らせしに、

村人一同　〽ところの領主戦さを好み、年貢を取り立て、人々を苦しめ、ついには村を滅ぼさんと、軍勢を送り来たりけり。

村人1　〽われらは戦わんとすれど

2　武器もなく、

3　策も無くて

4　ただ逃げ惑うばかりなり。
5　かかる時節に村長《むらおさ》の
1　蟷螂《とうろう》の翁の招集《まねき》にて
2　みな一堂に集まれり。
3　われら非力の蜘蛛族にも
4　何か秘策のあるべしとて
5　蟷螂の翁を待ちいたり。

蜘蛛丸　御前にみな集まりて候。

（蟷螂の翁、一畳台の上の吹き抜け屋台の上に座して）

翁　いかに村人。

村人一同　御前に候。

翁　この年月の辛酸難苦、ここにきわまって候。今蜘蛛丸が申すを聞けば、年貢を納めずば、われらを攻め滅ぼさんと、軍勢を差し向けたとな。

かくなる上は詮方なし。汝ら幼き者ながら、戦いに赴くべし。

村人1（サシ）〽われら平和安穏を願い
村に静かに暮らせしが
もはや我慢も尽き果てたり

村人2　〽されどわれらは非力にて
戦うに武器もなし

村人3　〽その上父母は連れ去られ
幼きもののみ残りたり

蜘蛛丸　〽多勢の軍勢に
いかで無勢にて戦わん

地謡　〽互いに顔を見合わせて
心弱くも泣きいたり

翁　〽蟷螂の翁は立ち上がり
臆せる村人に申すよう

地謡　〽いざや蜘蛛丸汝らに
長く蜘蛛族に伝えたる
秘策を授けん聞きたまえと
語って聞かせ申しけり
秘策を語り聞かせたり
(語り)昔、この葛城の山に、年経てすめるわれらが祖先に、土蜘蛛
といえる男《おのこ》あり。獣《けだもの》、鳥類を狩りて、生計《たつき》を立つる猟師なり。

地謡　(クセ)〽かの男、
蜘蛛の掛けたる網を見て、
千筋の糸といえる秘法を編み、
逃ぐる獣を追えるも
一頭として逃さず、
大猪、熊とても、
千筋の糸にかかれば

身動きもならず仕留めらる。

（ここに羯鼓入って、子方の群舞入れてもいい）

翁　〽然るに、領主これをねたみ、

地謡　〽土蜘蛛をうち
千筋の糸を取上げ
この村を領地にせんと
かの土蜘蛛の一族を
手取りにせんと
軍勢を差し向けたり。
土蜘蛛はじめは、
村人を助けんと、
慈悲を請いたれども聞かれず
千筋の糸にて
懸命に防ぎ戦いたれども、

ついに無慈悲にも討ち取られけり。（クセトメ）

蜘蛛丸　（カカル）さてその領主は誰なるや。

翁　（詞）今の領主の先祖にてこそ候え。その子孫が今の領主にて候。

村人1　今の領主も、日ごろ戦いを好み、争いごとに明け暮るるも道理なり。先祖のころより民を苦しめ、われらを虐げ、苛めたりしよな。

蜘蛛丸　かくてこの蜘蛛丸も、うち負かされて候よな。口惜しや。

翁　その恨みこそ今日のことにつながって候え。

村人2　さてその千筋の糸はいずこにござ候や。

翁　長年かかる危険な武具は、固く禁じ居り候なり。

村人3　このたびはあまりの難儀のことに候えば、それを教えて賜り候え。

村人4・5　さん候。千筋の糸あらば、百千の敵とても、打ち破ること難からず。

翁　さりとよ、汝らを呼び出《いだ》したるもこのことにて候。
（カカル）〽長く使うこと禁じいし
戦いの秘法たる千筋の糸を、
今こそ汝らに授くるなり。
これを使いて、
積年の恨みを晴らすべしと。
地謡　〽言いもあえず、深く隠せる地中より
千筋の糸を手繰りだし
翁　（カカル）〽蜘蛛丸らに
かく御使いあるべしと
地謡　（ノル）〽千筋の糸を投げ給えば（大きな巣を投げる）
天に広がる千筋の糸は
（カカッテ）敵《かたき》の上に落ちかかるべし。
そのとき敵を打ち破るべし

いかにや蜘蛛丸、合点せしかと
蟷螂の翁は高らかに
蜘蛛丸らに言い聞かせければ

村人一同　〽押し頂き懐中に
たもとにしのばせ、戦場《いくさば》にこそ立ち出《いず》る
戦場にこそ押っ立つる。

（早鼓）

領主とその軍勢
（一声）〽風早み
峰に近づく戦《いくさ》の声
山に木魂し、谷に響き
雄たけびの声おびただし

領主　（軍装に着替えている）

〽いでや郎党、蜘蛛族の村をば滅ぼさんと、
軍勢に下知して立ちいずる。

家来　〽蜘蛛族なんど数ならじ、
一もみ揉んで押しつぶさんと
勢いをなして攻めかかる。

蜘蛛丸　（襷鉢巻に身を固め）
〽あらものものしわれらとて、
いかでか敵に劣るべき

村人　〽力を合わせ防がんと
みな打ち物をとりどりに
（軍勢と村人の切り組、五、六クサリくらい）

蜘蛛丸（ノル）〽多勢に無勢の悲しさよ

地謡　〽追ったてられてたじたじと、
退《しさ》れば後ろは千尋の谷川

逆巻く水に足はすくみ
みな一方に斬りたてられて
前後を忘ずるばかりなり。
蜘蛛丸（ノル）〽そのとき蜘蛛丸進みいでて
地謡　〽千筋の糸を取り出し
投げかけ給えば、
村人らもそれを見て
ここを先途と諸共に、
千筋の糸を
敵の上に投げかけ投げかけ
戦い給えば
（舞働き、有りにも無しにも）
見る見るうちに
村の郎党は力を増して、

繰り出《いだ》す
千筋の糸は天に広がり地に蟠って
さしもの軍勢も
絡めとられ、足も動かず
力もうせて伏してんげり。

蜘蛛丸（ノル）〽蜘蛛丸静かに歩み出でて

地謡〽今は戦いこれまでぞと、
郎党を押しとどめ、引き離し、
千筋の糸を、
取上げ虚空に投げ給えば
（大きな巣を投げる）
花と広がる千筋の糸は
平和の輪となり、花の如く
あまねく人々に

振りかかれば（村人小さい巣をたくさん投げる）
憎しみを捨て和解を促し
無用の戦いこれまでぞと、
領主も村人も
ともに楽しむ村となって、
とわの平和を
得しこそ有難かりける。
（ユウケン扇、トメ拍子）

小謡　歩み

小謡　歩み

われをも歩ませ給えやと、
車椅子よりにじり立ち、
百歳《ももとせ》の媼《おうな》は杖にすがり
この一歩
涙とともに踏み出だす。
またはアフガンの
地雷を踏みて、
脚、失いし少年の
夢は砂漠を歩み行く。
思えば人類の歴史は
二足《にそく》の歩み知り得たる、

その一歩よりぞ始まれる。
重ぬる技《わざ》の歩みはいま、
月の表《おもて》にも印されぬ
さあれ平和とは、
花びら流る春の日、
はるかな未来、語らいつ、
わが身の影を歩ます る、甃《いし》の上。

平成十七年新春

「歩み」を作詞するにあたって

ご指名により、御題小謡「歩み」を作詞する栄に浴した。もとより薄学の身、はじめから美辞麗句を連ねるつもりはなかった。現代人が謡っても、おかしくないようにと心がけた。

まず老人が、リハビリにより一歩歩けた感激を詠った。それは私自身がリハビリ室で目撃した、実際の情景である。次に、アフガニスタンの戦争で、地雷で片脚を失った少年の無残な夢に思いをはせた。このような悲劇を繰り返してはならないことを訴えたかった。

このようにわれわれの使っている直立二足歩行は、人類（ホモ・サピエンス）にのみ許された移動手段で、これを獲得したことによって、あらゆる技術を手に入れて進化してきた。その結果、ついに月面に足跡を残すに至った。そこには百万年にも及ぶ人類の歴史があったのである。

最後に、若い頃愛唱した三好達治の「甃《いし》のうへ」を引いて、未来の平和を祈った。「あはれ花びらながれ　をみなごに花びらながれ　をみなごしめやかに語らひあゆみ」に始まるこの詩は、平和の歩みを祈るに適した名詩である。

はじめはもっと長かったのを無理に縮めたので、舌足らずの感があるが、新しい年に、現在、来し方行く末を思って謡うメッセージとして、恥ずかしくないものと思っている。

解題

笠井賢一

「無明の井」

作者の「創作ノート」にあるように、一九八九年ＮＨＫのディレクター高尾正克氏との会話から生まれた新作能である。東大教授として多忙な時期にもかかわらず、それまでの学生時代からの能の蓄積と、免疫学者としての生命観、脳死議論への見識が一体化して、多田富雄新作能の処女作となった。その意味でもこの遅い処女作には、作者が長い時間をかけて密かに発酵させてきた詩人としての累積がこめられていて、成熟した作品である。

この能は橋岡久馬によって一九九一年二月に初演され、内外のジャーナリズムの報道はじめ、ＮＨＫテレビの録画放映と、大きな注目を集めた。そしてアメリカ公演が実現、上演記録にあるように、多田富雄の新作能では最も多く上演された作品である。

創作ノートの最後に「この実験的な公演に参加することによって、能が現代的な問題を取り上げるための優れたメディアであることを再確認した。今現代人に問いかけられている生命科学の問題、たとえばエイズ、体外受精、遺伝子治療など、いずれも能の題材に適しているように思う。室町時代の能作者がいまここにいるとしたら、死んだ試験管ベビーを探し求める母親を真っ先に書いただろうと私は思う。また人種問題、戦争、性など人間の普遍的な問題を考えるための新作があってもよいと思う。能は、そういう人間の根源的な問題を鮮烈に問いかけるための力強いメディアである」とあるように、それ以降の新作能はこの予言を自ら実現する道行であり、続く世代への指針でもある。

また橋岡久馬と作者との密な交流については多田富雄の遺著である『残夢整理』の第六章「朗らかなデュオニソス」に書き残されている。

本書が上梓される二〇一二年四月二十一日、国立能楽堂にて多田富雄三回忌追悼能公演としてシテ野村四郎、ツレ片山九郎右衛門他の出演により、カット部分を回復し、より原作に近い形で、新演出で上演される。この催しは多田富雄が立ちあげた「自然科学とリベラルアーツを統合する会（INSLA）」の第四回講演会であり、能公演の前に、多田富雄の後継を自任する生物学者福岡伸一による基調講演「生命と動的平衡」と、対談「多田富雄の新作能をめぐって」で、能楽ジャーナリストの柳澤新治と筆者が、多田富雄の新作能が能の歴史にもたらした意義について語り合う。

「望恨歌（マンハンガ）」

この能が書かれたのは一九九三年で、『免疫の意味論』で免疫学の視点からの自己と非自己の関係を哲学的に捉え直し、スーパーシステムの理論を哲学まで発展させたとして大佛次郎賞を受賞した年である。新作能の第二作目で、社会的な視点を持つ能であり、この系譜が「戦争三部作」に続いていく。

植民地政策のなかで韓国人を日本に強制的に労働者として駆り立て、炭鉱などで働かせた戦争の傷が取り上げられ、残された孤独な老妻のTVドキュメントが出発になっている。

「その老女の残像は、長い間私の網膜に焼きついていた。それから、たくさんの資料や書物で当時の日韓問題を調べたが、そこには公式の記録には現れない不幸な歴史がひそんでいることも知った。従軍慰安婦問題などが話題になるより、ずっと前のことであった。私はそれを書こうと真剣に思った。この老女の痛みを表現できるのは能しかないと思った。感情に流されることなく、かつ説明的でなく、事実の重さを問いかける力が能にはある」。創作ノートに書かれたモチーフが、韓国の千年前から歌い継がれてきた百済民謡「井邑詞（チョンウプサ）」を取り込むことで、韓国の民衆の心象の奥底に届く表現が実現した。

物語は実に単純で、九州の寺から届けられた亡き夫の手紙を老女が数十年ぶりに読み、失われた時を回想し語り、新婚の飾りをつけて舞を舞うというもの。老女が手紙を読んで「アア、イゼヤ、マンナンネ（ああ、もう一度お会いしましたね）」という韓国語が発せられる。その必然、切実さ。切り詰められた物語の中にその失われた半生が、日韓の歴史的な不幸が顕わになる。老女は封印した過去を解きほぐし、この「井邑詞」そのままに帰らぬ夫への思いを謡い、砧を打ち、「恨《はん》の舞」を舞う。舞は孤独な女の見出された時である。

韓国人の比較文学者成恵卿はこの能の上演を見て「能と現代──新作能『望恨歌』をめぐって」という論考を書いた。この能のテーマ「恨」の主題を韓国の伝統と文化から論じ、「井筒」と「井邑詞」に共通する「恨」を指摘している。そして「恨」とは「外部からの衝撃を反射せず、心の中に受容処理するところから生まれるもの」、即ち「内部に沈殿し積もる複雑な心のわだかまり」や、「心の中に晴らすことのできない塊として残る未解決の心理」と説明している。多田富雄はこの論考に共感をもち、「第三の眼──成恵卿『西洋の夢幻能──イェイツとパウンド』」という文章を書いた。この中で後に自ら立ちあげたＩＮＳＬＡの重要なキィワードである「第三の眼」という言葉が以下の様につかわれている。「成さんは、能を伝統的に所有してきた日本人の眼とも、自らの劇的世界とも対立する異物として能を眺めた西洋人の眼とも離れた、第三の眼を確立した。それは能を現代の〈劇〉として位置づける〈離見の見〉だったのである」。

この言葉「第三の眼」は多田自身の新作能を書く視点でもあった。

初演以来橋岡久馬が二度上演し、以降は観世榮夫がシテを勤め、二〇〇五年の釜山国際演劇祭に参加上演した。その折は日韓関係が竹島問題で最悪の時期で開催が危ぶまれたが上演が実現した。この能はソウルをはじめ日韓両国での上演が待たれる。それが不幸な歴史を超克する真の文化交流であろう。

「一石仙人」

この能は多田富雄が二〇〇一年に倒れる前年に完成した能であったが、その出発は「私が相対性理論のふしぎな世界に初めてふれたのは、（中略）物理学が得意だった友人が、光に向かって高速で進む光の波長が変わって青く見えるという〈光のドップラー効果〉について話してくれた」ことから始まる。ということはこの作品も五〇年近い発酵期間を経ている。この友人は生涯の親友であり、癌で若くして亡くなった画家永井俊作であった。二人の交流の軌跡は『残夢整理』の「珍紛漢」に切実に書かれている。

この能を書き上げた翌年に脳梗塞で倒れたことで、上演までの経緯は一方ならぬ曲折があった。この能が最初に上演されたのは、モーターサイクルクラブ「ケンタウロス」の飯田繁男代表と大鼓の大倉正之助が立ち上げた「飛天双《ふた》〇《わ》能」であった。金沢で倒れリハビリに取り組んでいる多田富雄を勇気付けようと彼等が自前で進んで企画した。初演は横浜能楽堂、シテは津村禮次郎で、地頭は清水寛二であった。これは能舞台の公演であり作り物が新しく宇宙的な要素を取り込んだものであったが、全体としてはオーソドックスな演能であった。再演は同じ年に新木場のスタジオコーストで二回の公演があった。独特の場ではあったが、この新作能の力が発揮される環境と演出がなされているとは思えなかった。しかしこの公演が病に倒れ失意の多田富雄にどれだけ勇気と希望を与えたかは特筆されなければならない、多田富雄はそのような友情をことのほか大切にしていた。

同年には多田富雄の故郷茨城の結城市民文化センター、アクロスホールでも上演され、そのときからシテが清水寛二となり、筆者も演出として関わった。ホールに能舞台を再現するのは止め、上手下手にある仮花道を生かし、登退場を橋掛かりに限定するのを止め、舞台空間の中空に三メートル×二メートルほどの楕円形の隕石のような作り物を吊り上げ、照明を駆使して宇宙空間のイメージを創った。このスタイルが、翌二〇〇四年の金沢の石川県立能楽堂でパイプオルガンによるメシアンの曲を入れての上演、さらにユネスコ世界物理年の世界物理年日本委員会の新宿文化センター大ホールでの公演につながっていった。

二〇〇七年にはボストン公演の予定が、様々な事情で実現不可能となった。その代案として、京都の東寺の立体曼荼羅のある講堂を使っての野外能として公演がＩＮＳＬＡの公演として上演された。筆者はボストン公演の不調の責任を取ってその現場には参加しなかった。宇宙的な空海の立体曼荼羅の前での「一石仙人」公演は、その場の力と、建築家岩崎敬のユニークな舞台美術とあいまって、能舞台以外の場での上演の一つの到達点となった。

三・一一以降、原発の問題は日本だけでなく、運命共同体としての地球規模での緊急課題である。この新作能「一石仙人」の「かかる力を見る上は戦、争い、破壊には、原子の力よも使うまじ、忘るなよ、人間」というシテ一石仙人の言葉がますます切実さをおび、この能の上演がいよいよ必要とされる時代である。

「原爆忌」

戦争三部作の第一作である。戦中、戦後を生きた多田富雄にとって「戦争三部作」の能を書くことは「長年表現したいと心に決めた主題」であった。それが「望恨歌」を書き上演されたことで拍車がかかった。「望恨歌」のシテをつとめた観世榮夫の要請で二〇〇三年に書かれ、二〇〇五年の夏に、前シテ観世榮夫、後シテ梅若六郎、ワキ宝生閑、アイ狂言山本東次郎他で、荻原達子プロデューサーによって、「能楽座」公演として京都、広島、東京で公演された。終戦から六〇年の記念すべき年である。改憲や核武装論が声高に議論される時勢を危惧しての依頼であり、同じ思いでの能作であり、上演であった。以降、翌二〇〇六年の夏にもシアターX《カイ》で回向院の声明とともに能楽座が上演、また大阪でも同じ夏「反核・平和のための能と狂言の会」によって上演された。

この能は作者自身が「私は事実のあまりの重さに押しつぶされ、どうしても詞章が空疎なものに響いた。日をおいて、何度も書き直した」と述懐しているように、難産でもあった。どうしても言葉が、事実の圧倒的な膨大さ、悲惨さに追いつかないジレンマだった。アイ語りも実際の上演では、本書に掲載された多田作のアイ狂言から、山本東次郎作の一人語りのシリアスなものに変えられた。それはそれで説得力があるが、前場、アイ語り、後場と原爆の悲惨さが並ぶ。やはりアイ語りは原作のような違った視点が必要であろう。

「この能では生きたままで見た地獄を、死者が振り返って恐怖とともに物語るのである。後に続く救いはない。それこそ広島に落とされた原爆の現実である」と作者は書いた。その広島の原爆の悲惨さ、救いのなさにたいして、作者は能の最後に付祝言のように灯籠流しの「鎮魂の段」をつけている。悲惨さにたいして鎮魂と祈りがもたらされる重要な場である。その大事な灯籠が流れていく仕掛けが能舞台では無理がある。劇場空間で上演されればより自由で有効な演出が可能になるであろう。

「この能が、毎年この季節にどこかで上演されることを期待した」作者だったが、シテの観世榮夫が二〇〇七年に逝去し、それ以降の上演はされていない。

「長崎の聖母」

「原爆忌」に地謡として参加していた清水寛二の要請でこの能は書かれた。そして「原爆忌」が上演された二〇〇五年の夏に続いて、十一月二十三日に浦上天主堂でこの能は初演された。この日は被爆後初めて破壊された浦上天主堂でミサが行われた記念日である。終戦六十年の記念すべき年であった。

作者のメッセージに、「広島の原爆忌には何度か参列したが、何年たっても深い鎮魂と哀悼の念にとらわれるほかなかった。長崎は違うのだ。同じ惨禍に遭ったのに、そこには不思議な希望が感じられた。何か救いがあった。それが信仰というものがもたらしたものではないかと、私は思った。いつしか私に『広島は鎮魂、長崎は復活』という主題が住みついた。今年被爆六十周年の記念に、二つの都市の被爆体験を、二つの新作能に書くことになったが、私が選んだ主題は、鎮魂と哀悼を描いた広島『原爆忌』と、復活と再生を現した『長崎の聖母』になった」と書かれている。これが二つの能の本質を的確に表している。その意味でも「長崎の聖母」が浦上天主堂で初演されたのは意義深い。

筆者はこの教会での上演に演出協力で参加した。歴史的にも教会はミステリーといわれる神秘劇が行われる劇場的空間であった。その空間であるからこそ、磔刑のイエス像が見下ろす祭壇と同じ高さでの二間×二間半の仮設舞台での舞や、グレゴリオ聖歌の「キリエエレイソン（主よ憐れみたまえ）」の合唱が感動的なものになった。能のなかでアンジェラスの鐘を鳴らしたのは良きタイミングを見計らっての演出であった。そららの全てが浦上天主堂の場の力で奇跡劇に昇華していった。

その後この能は毎年夏には清水寛二によって上演が続いている。作者が「いつかはバチカンや、アッシジで上演したい」と望んでいたように、この能は教会という空間での上演が最も相応しい能である。

「沖縄残月記」

戦争三部作の最後の作品。『言魂』(石牟礼道子・多田富雄往復書簡、藤原書店刊)の第五信「ユタの目と第三の目」(二〇〇七年三月十五日付の手紙)に、広島、長崎に次いで沖縄戦の能を書き上げたこと、これで長い間の荷を下ろしたような気がしている、それも数日前に書き上げたので興奮がさめやらない、と書かれている。つづけて自らの能作品について自覚的に「私は能の技術のことも少々知っていますから、書いているときも、笛や大小の鼓の手、謡曲の節、役者の舞台上での動きまで眼前に広がります。謡の荘重な響、激した大小鼓の音が、耳に聞えて震えながら書くこともあります。そして、耳を貫くような笛のヒシギに誘われて言葉が出てくるのです。このことは能としての上演を容易にしますが、どうしても決まりごとに縛られてしまいます。あなたの『不知火《しらぬひ》』のような、型にはまらない自由な表現にはかなわない。私が能を超えられない理由です」と書いている。

この能が上演されたのは、年譜にもあるように二〇〇九年六月、清水寛二のシテでセルリアンタワー能楽堂であった。上演に際しては、シテ主導での大幅な改訂がなされた台本が使用された。二〇一一年の沖縄での上演も同じであった。本書には、作者が全集用にと指定した、改訂前の台本を収録した。

「横浜三時空」

この能はモーターサイクルクラブ「ケンタウロス」が横浜の能を創り上演したいという求めに応じて書かれた。その公募したネタのなかからオムニバス的に、交錯し輻輳する夢の混交のような能を一曲書いてみようと思った、と「作者ノート」にあるように、断片的な題材を重層化させた能作術は技巧を尽くしていて、作者が楽しんで書いているこ
とが伝わってくる能である。もう一方では石牟礼道子作の

「不知火」のような破格の、能の枠を超えた作品を創りたかったのであろう。

二〇〇七年九月に横浜能楽堂で清水寛二（服部の於由、桜井中尉）、西村高夫（桜井中尉の妻、服部の呰女）、梅若万三郎（洲崎大神）、茂山千之丞（石見の老人、従者）他で上演された。その構想の大きさにもかかわらず、能楽堂で上演すると、やや散漫な印象を与える上演だった。

野外で、たとえば海を背景にして上演されたなら、作品のスケールの大きさが生かされる可能性を大いに秘めた能である。


「花供養」


一九九八年十二月に白洲正子が亡くなるまでの晩年の三年間、二人は濃密な付き合いをした。その最初の対談が「お能と臨死体験」（『生命をめぐる対話』大和書房所収）である。お互いに能という共有言語をもつもの同士、大いに意気投合し、おなじ能を見、手紙を交わしあった。「生涯最後のお友達」と白洲はいい、多田富雄にとっては「お会いする度、まるでガールフレンドに会うように胸が躍る」お付き合いの後、白洲正子が亡くなる。その深い喪失感が「花供養」という白洲正子をシテとした能に結実し、没後十年の命日に追悼公演として上演された。シテは白洲正子と祖父の代から付き合いのある梅若六郎、ワキ宝生欣哉、アイ語りに相当する「正子を知る者の語り」を女優の真野響子で上演した。上演に先立って白洲正子と交流の深かった花人川瀬敏郎の白玉椿の献花をした。

「私は、しばしば死んだ人に会うために能楽堂に足を運ぶ」と「新作能『花供養』に寄せて」に記した多田富雄が、切実に白洲正子を思いだす行為として能を書いたといえる。その思いの深さが作品を高みに推し上げた。

初演の一年後の二〇〇九年十二月、同じ配役で、後シテに臥牛氏郷新作の面「姥椿」を使用して、水戸芸術館で上演した。

この作品の上演にあたっては、筆者は最初から演出家として指名され、プロデューサーとしても配役から様々な細部まで作者とメールでやり取りをしながら上演にいたる濃密な数ヶ月であった。その演出家と作者の膨大なメールでのやり取りは『花供養』（藤原書店刊）に纏められている。

「生死の川――高瀬舟考」（未上演）

森鷗外の小説『高瀬舟』は、安楽死を扱った作品としてよく知られている。この能はその「安楽死」問題を主題にした能である。小説では兄弟の弟が貧困と病苦ゆえに自殺を図るが、死に切れないでいる弟に懇願されて兄が弟を死に至らせるものである。

能では乳癌を患って苦しみ、自死を図るも死に切れずにいる妻を、夫が死に至らせて罪に問われ、高瀬舟に乗せられて島流しにされるという作品になっている。

安楽死の是非を能の形式で問いかけた、「無明の井」の系譜につながる作品である。

「蜘蛛族の逆襲――子供能の試み」（未上演）

この子供のための能は大倉正之助の「子供能チャレンジ」のために書かれたもの。この企画は子供たちに能の囃子を教えることから始まって、子供たちだけで能を上演するまでになっている。その活動を見守り、支援してきた作者は、参加する子供たち全員が楽しく、劇をともにつくりあげたという達成感を与えるべく、この能を書いた。「土蜘蛛」という千筋の蜘蛛の巣を投げる見た目も派手で面白い能をもとに、「シテ一人に巣を投げさせるのではなく、何人もがスパイダーマンとして、活躍できる」作品。

改正された教育基本法の、伝統を学び創造性を養うという精神に相応しく、教育的な観点からも上演が望まれる。

「小謡　歩み」

「歩み」は二〇〇五年の皇室歌会始の御題である。例年観世流ではこの御題で能の研究者や、能に心を寄せる文化人に委嘱して小謡の詞章を創作してもらい、それを観世宗家が節付けして観世流能楽師に配布し、観世流の機関紙である『観世』紙上に掲載する。

この作品の中にも古典主義だけでない作者の幅広さが刻印されている。

（敬称略）

編者あとがき

免疫学者として多田富雄は、人間の体は生と死が入り混じっていて、生きるということは常に死を育てながら生きているにほかならず、能舞台も死と生とが入り混じった場であり同じだと、常々いっていた。「鎮魂の芸能」である能は死から生を見返した劇である。鎮の旁の眞という漢字は、飢饉や疫病、災害等で非業の死をとげた者を意味し、その霊威は荒ぶるものであるが故に、鎮められなければならなかった。同時に絶対の死を経ることで真実の世界が見えてくるという考えから、真実、真理という意味が付加されていく。真実とは死を通して明らかになるという、漢字に刻印された古代人の考えは、能のドラマツルギーと同じだ。

脳梗塞によって身体の自由も声も失った代わりに、多田富雄はその能力、知性、詩魂のあらんかぎりを指一本にたくして、詩、新作能、回想記、エッセイ、さらにはリハビリ制限の医療行政への敢然とした異議申し立ての檄文、自ら立ちあげた「自然科学とリベラルアーツを統合する会(ＩＮＳＬＡ)」の活動のための趣意書を、あるときは自らを鼓舞するかのように、またあるときは自身への鎮魂歌のように書き続けた。

『残夢整理』のあとがきに「切実に思い出すと私の死者たちも甦る」と書いた。書くことは自らの死を成熟させていくことでもあった。鎖骨骨折によって執筆が不可能になったことにたいして、「まるで終止符を打つようにやってきた執筆停止命令に、もううろたえることもなかった。いまは静かに彼らの時間の訪れを待てばいい。昭和を思い出したことは、消えてゆく自分の時間を思い出すことでもあった」と書き遺した。懸命に生き、書ききった人間が到達した白鳥の歌の、なんと深く満たされた諦念であることか。

作者が残した新作能の全てが遺された夢であり、切実をきわめた残夢である。私たちは遺された能を上演することで、作者の見果てぬ夢を人々に届けてゆかなければならない。


この全集は作者自身が生前、藤原書店で刊行予定のために残した原稿をもとにしている。したがって実際の上演の能本とは違っている部分もある。能の上演現場では、稽古を積み上げていくなかで、字句が修正されたりカットされたり、前後を入れ替えたりという行為がなされる。また最初の「無明の井」から最後の「花供養」まで二十年の時の隔たりがあり、その時々で表記の仕方も違っている。演出的なト書きを多く書き込んでいるものもあれば、そうでないものもある。能の囃子に通じていたが囃子の指示の有無、多少も様々である。作者のその時々の思いを尊重し、編集上は最小限の表記の統一にとどめた。

この出版は、藤原書店の藤原良雄社主の情熱と刈屋琢氏の周到な準備、そして作者の執筆活動を全面的に支えてこられた式江夫人の整理された資料によって実現した。モーターサイクルクラブ「ケンタウロス」の飯田繁男代表のお力添えにより、クリス・ウイリアムス氏に四作品の英訳を担当して頂くとともに、英語部分の表記統一などでご協力頂いたことに深く感謝する。

第四回「自然科学とリベラルアーツを統合する会」での、講演と能「無明の井」の上演にあわせての『多田富雄新作能全集』の出版は、三回忌の命日の何よりの供養になると思う。

二〇一二年四月

笠井賢一

多田富雄　略年譜（1934-2010）

昭和9（1934）3月31日、茨城県結城市にて生まれる。

昭和21（1946）（旧制）茨城県立水海道中学入学（翌年、学制改革により県立水海道第一高校となる）。

昭和24（1949）県立結城第二高校に転校（26年卒業）。演劇部に入る。詩を書き、新川和江と交流す。朝日五流の能楽会。喜多六平太、梅若実の芸に圧倒される。

昭和28（1953）千葉大学文理学部入学。詩の同人雑誌『ピュルテ』を安藤元雄らと出し、詩・評論を書く。疎開していた大倉七左衛門師に小鼓を習う。

昭和30（1955）千葉大学医学部に進学（34年3月卒業）。

昭和38（1963）千葉大学大学院研究科修了（病理学専攻）。コロラド大学医学部、およびデンバー小児喘息研究所にリサーチフェローとして留学。

昭和41（1966）千葉大学医学部病理学教室助手。

昭和43（1968）東京女子医大卒井坂式江と結婚、千葉寺に住む。デンバー、小児喘研究所に再留学。

昭和44（1969）千葉大病理学教室に戻る。

昭和46（1971）第一回国際免疫学会でサプレッサーT細胞の発表をする。千葉大学医学部病理学教室助手。

昭和47（1972）千葉大学講師。

昭和49（1974）千葉大学教授。

昭和51（1976）「免疫応答の調節機構に関する研究」で第二〇回野口英世記念医学賞。

昭和52（1977）第一九回ベルツ賞。東京大学医学部教授に。

昭和54（1979）夏、東京都文京区本郷に転居。

昭和55（1980）エミール・フォン・ベーリング賞。

昭和56（1981）能楽堂に通いだし、能面を打ち始める。

昭和57（1982）朝日賞を利根川進、本庶佑氏と共に受賞。小鼓を再び習いはじめる。

昭和58（1983）第五回国際免疫学会が京都国際会館で開催。プログラム委員長を引き受ける。能「葵上」公演解説する。写真家森田拾史郎氏に会う。

昭和59（1984）日本医師会医学賞。文化功労者。結城市民栄誉賞。

平成3（1991）脳死と臓器移植を主題にした能「**無明の井**」初演。

平成5（1993）『免疫の意味論』（第二〇回大佛次郎賞）。朝鮮人強制連行を主題にした新作能「**望恨歌**」、国立能楽堂初演。

平成6（1994）東京大学定年退職、最終講義はほら貝で始め、半能「高砂」の小鼓を宝生能楽堂で打つ。東京大学名誉教授。

平成7（1995）東京理科大学生命科学研究所所長。国際免疫学会連合会長。白洲正子氏を見舞い、交流始まる。

平成9（1997）『生命の意味論』。

平成10（1998）12月、白洲正子氏死す。

平成11（1999）『独酌余滴』、二冊目のエッセイ集（日本エッセスト・クラブ賞）。『DEN』（伝統芸術）監修。

平成12（2000）相対性原理を主題にした新作能「**一石仙人**」を書く。『橋岡久馬の能』（森田拾史郎・多田富雄）。

平成13（2001）『脳の中の能舞台』。5月、金沢で斃れる。脳梗塞、右半身麻痺、構音障害。

平成14（2002）『懐かしい日々の想い』。能評、詩、エッセイなど文筆活動。

平成15（2003）横浜ケンタウロスの後援で「**一石仙人**」横浜能楽堂で初演。『邂逅』（鶴見和子・多田富雄の往復書簡）。

平成16（2004）『多田富雄全詩集　歌占』。

平成17（2005）『あらすじで読む名作能50』（森田拾史郎・多田富雄）。前立腺癌で去勢術を受ける。8月、「**原爆忌**」広島で初演。11月、「**長崎の聖母**」浦上天主堂で初演。NHKスペシャル「脳梗塞からの〝再生〟――免疫学者・多田富雄の闘い」放映。

平成18（2006）リハビリ日数制限に反対し署名運動。「自然科学とリベラルアーツを統合する会」（INSLA）代表となる。同会主催で「**一石仙人**」公演（京都・東寺）。

平成19（2007）『能の見える風景』。前立腺癌放射線治療。「**横浜三時空**」横浜能楽堂で初演。

平成20（2008）「**花供養**」（白洲正子没後十年追悼能）。『言魂』（石牟礼道子・多田富雄の往復書簡）。『寡黙なる巨人』で小林秀雄賞を受賞。

平成21（2009）ETV特集「もう一度会いたかった――多田富雄、白洲正子の能を書く」放映。「**沖縄残月記**」セルリアンタワー能楽堂で初演。瑞宝重光章叙勲、宮中参内。癌腹部転移部に放射線治療。『花供養』（白洲正子・多田富雄、笠井賢一編）。

平成22（2010）4月21日、癌性胸膜炎・呼吸不全にて死亡。

	上演日	場所（地域名・施設名）	主催、催し名	シテ
「横浜三時空」				
1	2007.9.8	横浜・横浜能楽堂	横浜飛天双○能実行委員会	清水寛二 梅若万三郎
「花供養」				
1	2008.12.26	東京・宝生能楽堂	「白洲正子没後十年追善能」	梅若玄祥
2	2009.12.22	茨城・水戸芸術館 ACM 劇場	財団法人水戸市芸術振興財団	梅若玄祥
「沖縄残月記」				
1	2009.6.20	東京•セルリアンタワー能楽堂	セルリアンタワー能楽堂	清水寛二
2	2011.7.17	沖縄・国立劇場おきなわ大劇場	響の会／沖縄タイムス社	清水寛二
3	2011.7.18	沖縄・国立劇場おきなわ大劇場	響の会／沖縄タイムス社	清水寛二

（大高翔子編）

	上演日	場所（地域名・施設名）	主催、催し名	シテ
6	2005.7.4	東京・新宿文化センター	一石仙人の会・世界物理年日本委員会	清水寛二
7	2005.10.16	千葉・船橋市民文化ホール	船橋市民文化ホール	清水寛二
8	2007.10.18	京都・東寺 講堂前特設舞台	INSLA（自然科学とリベラルアーツを統合する会）	清水寛二
「原爆忌」				
1	2005.8.29	京都・京都芸術劇場春秋座（京都造形芸術大学内）	能楽座	観世榮夫 梅若六郎
2	2005.8.31	広島・アステールプラザ（中区区民文化センター）	能楽座	観世榮夫 梅若六郎
3	2005.9.6	東京・国立能楽堂	能楽座	観世榮夫 梅若六郎
4	2006.8.25	東京・シアターX（カイ）	シアターX／回向院／能楽座	観世榮夫 梅若六郎
5	2006.8.29	大阪・大槻能楽堂	反核・平和のための能と狂言の会	観世榮夫 梅若六郎
「長崎の聖母」				
1	2005.11.23	長崎・浦上天主堂	純心女子学園・カトリック浦上教会	清水寛二
2	2007.8.9：I	東京・セルリアンタワー能楽堂	セルリアンタワー能楽堂	清水寛二
3	2007.8.9：II	東京・セルリアンタワー能楽堂	セルリアンタワー能楽堂	清水寛二
4	2008.8.9	福岡・福津市文化会館 カメリアホール	財団法人福津市文化振興財団	清水寛二
5	2009.8.9	東京・セルリアンタワー能楽堂	セルリアンタワー能楽堂	清水寛二
6	2009.12.24	長崎・長崎歴史文化博物館	長崎クリスマス推進委員会	清水寛二
7	2010.8.8	長崎・長崎市公会堂	長崎新聞社	清水寛二
8	2011.8.5	神奈川・ハーモニーホール座間大ホール	座間市／（財）座間市スポーツ・文化振興財団	清水寛二

	上演日	場所（地域名・施設名）	主催、催し名	シテ
16	2005.10.18	東京・国立能楽堂	NPO法人せんす	粟谷能夫
17	2012.4.21	東京・国立能楽堂	INSLA（自然科学とリベラルアーツを統合する会）	野村四郎
「望恨歌」				
1	1993.9.27	東京・国立能楽堂	橋岡會特別公演	橋岡久馬
2	1995.3.9	東京・国立能楽堂	橋岡會特別公演	橋岡久馬
3	1998.11.14	大阪・大槻能楽堂	「反核・平和のための夕べ」	観世榮夫
4	1999.5.3	京都・金剛能楽堂	「反核と平和のための能と狂言のつどい」	観世榮夫
5	1999.7.6	東京・国立能楽堂	「反核・平和のための能と狂言の夕べ」	観世榮夫
6	2001.9.29	東京・国立能楽堂	（望恨歌公演）	観世榮夫
7	2002.12.3	京都・京都芸術劇場春秋座（京都造形芸術大学内）	京都造形芸術大学舞台芸術研究センター	観世榮夫
8	2005.5.16	韓国・廣域市民会館	（釜山国際演劇祭）	観世榮夫
9	2005.5.17	韓国・廣域市民会館	（釜山国際演劇祭）	観世榮夫
「一石仙人」				
1	2003.5.8	横浜・横浜能楽堂	横浜飛天双○能実行委員会	津村禮次郎
2	2003.11.7	東京・新木場スタジオコースト	横浜飛天双○能実行委員会	津村禮次郎
3	2003.11.8	東京・新木場スタジオコースト	横浜飛天双○能実行委員会	津村禮次郎
4	2003.11.23	茨城・結城市民文化センターアクロス大ホール	結城市文化／スポーツ振興事業団	清水寛二
5	2004.10.29	石川・石川県立音楽堂コンサートホール	多田富雄の新作能を観る会	清水寛二

多田富雄作新作能　上演記録

1991.2.7 ～ 2012.4.21

	上演日	場所（地域名・施設名）	主催、催し名	シテ
「無明の井」				
1	1991.2.7	東京・国立能楽堂	橋岡會特別公演	橋岡久馬
2	1991.10.18	京都・観世会館	橋岡會特別公演	橋岡久馬
3	1993.10.20	仙台・宮城県民会館	橋岡會特別公演	橋岡久馬
4	1994.3.30	北米クリーブランド・The Cleveland Museum of Art		橋岡久馬
5	1994.4.2	北米ピッツバーグ・Masonic Temple		橋岡久馬
6	1994.4.5	北米ニューヨーク・Japan Society : Lila Acheson Wallace Auditorium		橋岡久馬
7	1994.4.6	北米ニューヨーク・Japan Society : Lila Acheson Wallace Auditorium		橋岡久馬
8	1994.5.8	東京・国立能楽堂	橋岡會特別公演	橋岡久馬
9	1996.10.5	奈良・興福寺東金堂前特設舞台	興福寺「塔影能」	橋岡久馬
10	1997.10.18	千葉・佐倉城址本丸址	第4回「佐倉城薪能」	橋岡久馬
11	1998.5.17	神戸・湊川神社神能殿	「能と脳」	橋岡久馬
12	1999.10.1	茨城・エポカルつくば（国際会議場大ホール）	「つくば能」	橋岡久馬
13	2001.2.25	東京・NHK ホール	地域伝統芸能まつり実行委員会	橋岡久馬
14	2003.7.5	愛知・豊田市能楽堂	豊田市能楽堂定例公演	橋岡久馬
15	2003.7.12	札幌・北海道厚生年金会館大ホール	橋岡會札幌公演	橋岡久馬

底本一覧

著者から指定・提供された版を底本とし，明らかな誤字・脱字の
修正と形式上の最低限の統一にとどめた。（編者あとがき参照）

無明の井

創作ノート　『脳の中の能舞台』（新潮社，2001年）所収
構　成　同前
無明の井　同前

望恨歌

創作ノート　同前
望恨歌　同前

一石仙人

創作ノート　『脳の中の能舞台』所収　原稿に若干の加筆修正
一石仙人　2009年4月著者提供

原爆忌

作者ノート　初演時公演プログラム所収
あらすじ　初演時公演プログラム所収
原爆忌　2007年2月著者提供

長崎の聖母

作者のメッセージ　2006年8月著者提供
あらすじ　2006年8月著者提供
長崎の聖母　2007年2月著者提供

沖縄残月記

創作ノート　初演時公演プログラム所収
あらすじ　初演時公演プログラム所収
沖縄残月記　2007年2月著者提供

横浜三時空

作者ノート　初演時公演プログラム所収
あらすじ　初演時公演プログラム所収
横浜三時空　2007年2月著者提供

花供養

新作能「花供養」に寄せて　『花供養』（藤原書店，2009年）所収
あらすじ　同前
花供養　同前

生死の川――高瀬舟考

生死の川――高瀬舟考　2006年8月著者提供

蜘蛛族の逆襲――子供能の試み

創作ノート　2009年4月著者提供
蜘蛛族の逆襲――子供能の試み　2007年2月著者提供

小謡　歩み

小謡　歩み　『観世』平成17（2005）年1月号

〈英訳〉

Well of Ignorance
初演時公演プログラム所収

BO-KON-KA (Lament for Unrequited Grief)
初演時に作成（未公刊）

The Hermit Isseki
本書のための訳し下ろし

Anniversary of the Bomb
本書のための訳し下ろし

Yokohama: Three Worlds
本書のための訳し下ろし

The Spider Clan Strikes Back
本書のための訳し下ろし

Contemporary Noh Plays by Tomio Tada

Well of Ignorance

Translated by Shizue Kita and B. Parker

Dramatis Personae

Ghost of a FISHERMAN	*shite*
Ghost of a WOMAN	*tsure*
An itinerant PRIEST	*waki*
A VILLAGER	*ai*

Place: On the coast of northern Japan

Time: Hundreds of years ago

Synopsis

An itinerant Buddhist monk, while traveling through a lonely countryside, decides to spend the night by an old well that has long since run dry. There he meets a young woman who has come to draw water from this "well of life." A fisherman appears and tries to stop her, saying that in doing so she will cause him great agony. They struggle and disappear together into the well.

A resident of a nearby village happens by, and the monk learns from him that the local lord once had a daughter who suffered a serious illness of the heart. She was given into the care of a famous doctor from China. This doctor decided to replace her heart with that of a comatose fisherman who had been washed ashore after his boat was lost in a storm. The woman recovered from her illness, but she was plagued by guilt at having gained her life at the expense of another. Meanwhile the village's "well of life" ran dry, and the vengeful spirit of the fisherman was blamed.

Once this story has been told the two ghosts reappear. The fisherman describes the horror of having his heart removed by the doctors while he yet lived, and explains that he was denied passage into the next world because part of him was still living. The spirit of the woman, for her part, seems unable to move on because her soul is bound to this world by his continuing torment.

The play references an account of an early heart transplant operation, recorded in the fifth volume of the *Manyôshû (Collection of Ten Thousand Leaves)*, and uses it to ask serious questions about modern medical practice: Can saving a life justify the taking of another? At what point is a patient truly dead?

Well of Ignorance

ACT I

*Enter the Priest from the wing to solo flute music (*Nanoribue*)*

PRIEST

I am a priest of no fixed abode.
Wandering through many countries.
To this unknown wilderness I am come.

Far beyond this withered field
The northern sea still shines
In the dusk of evening.
The wind from the waves
Drowns out the twittering of birds.
A desolate sight before my eyes.

Here there seems to be an old well
That weathered many years of stars and frost.
Yet there is no spring within.
Even dew does not rest on it now.

Finding neither shelter nor path,
I will stay here for the night.

*Music (*Shidai*) by three instruments*

Enter a young Woman with a pail from the wing

WOMAN How strange! I can see the moon rise,
Reflected on my sleeve,
As I draw this water of life.

PRIEST I must ask, young woman,
Why is it, In this deserted place,
That you come to a dry well
To draw water in the moonlight?

WOMAN I am one who lives nearby.
Each night I come to this well
That my wishes may be granted.

PRIEST Pray tell me the story of this well.

WOMAN This well was made dry
By the mournful spirit
Of an innocent young man
Whose life was sacrificed
To save a sinful young woman.

I come this night, as always,
To draw water from the well
That my soul might be released
From its endless suffering.
I will draw water now.

Enter the shadow of a Fisherman. He first speaks from the darkness behind the curtain. Then enters and stops to speak at the second pine branch by the bridge

FISHERMAN Priest, do not let this woman draw water, sir!

This is not water for making offerings
But the water of life
Exacted from a living man!
Should another draw this water of my life
It will surely cause my great agony!

WOMAN Alas! Now, as every night, that man appears.
He tries to wrest this heavy bucket from me
To keep me from getting water.
Even so, I will draw this water somehow,
Since it is the water of life I desperately need.

Man's ghost approaches Woman's ghost to prevent her drawing water

FISHERMAN My shadow clings to the woman's sleeve
To pull her away from the water.

WOMAN How sad!
It is nothing but icy frost in the well
Shining in the moonlight

FISHERMAN That we thought was water.

FISHERMAN *and* WOMAN Why is it that we two, as ghosts,
Are doomed by our unresolved agonies
To struggle for the water of eternal Life?

CHORUS Have pity an us, O priest!
Have pity on our souls!

The night passes into dawn.
Rising waves on the northern sea
Appear in the dim Light.

Now both ghosts disappear into the well.
Like a shade accompanied by a shadow
They go into the darkness of the well.

Woman's ghost enters the well. Man's ghost goes behind the curtain

Interlude

Enter a Villager, Ai Kyogen, *onto the stage*

VILLAGER I am one who lives near here.
I keep watch over this land
To guard against fires
On windy nights like this.
Hie, who are you,
Praying there at the old well?

PRIEST I am a travelling priest.

Do you live here?

VILLAGER Yes, I do.

PRIEST Then I have a question for you.

Come closer, please,

VILLAGER *(Proceeds to the center of the stage)*
Here I am.

What do you wish to know?

PRIEST I want to know about the old well over there.

Would you tell me the story about the well?

VILLAGER That is a strange thing for a priest to ask.

I do not know much, but I would tell what I know.

Story by a Villager (a role by a Kyogen player)

Many, many years ago,
There was a lord in this northern land
Who had a beautiful daughter, dearly loved.
Alas, in her eighteenth year,
She developed a serious heart disease.

Doctors were called in
And medicines applied, in vain,
Serving only to worsen her disease
Until she could no longer leave her bed
Nor rest within it.

Across the seas, in China, at that time
There was a legendary doctor named Henshaku
Who could, it was said, cure any disease.
And by means of a miraculous operation,
Save even those with such a serious heart disease.

The girl's parents sought Henshaku's advice.
"This patient is in critical condition.
Worse than any other I have seen!
She has but a few days to live.
There is no way to save her
Other than to transplant into her
The heart taken from a young man.
But it will be difficult to find a living heart!"

Soon thereafter, a heavy storm arose.
Many small ships were sunk and wrecked.
The next morning the body of a young fisherman
Was found lying on the shore.
He could no longer say his name nor where he lived,
But only lay, unconscious, on the sand.

Henshaku reasoned:
"His soul has left this world forever.
Only his body remains on earth
With his heart bearing feebly.
If we leave him here to die
All will be lost."

On the principle that one death
Can save the life of another,
Henshaku removed the beating heart
From the young man's limp body
And carefully transplanted it
Into the doomed young woman.

Through this miraculous operation
Her life was saved
And the young fisherman died.
The young woman recovered.
And lived happily for a while.
But then she was plagued by a guilty conscience.

"How can it be my life was saved
By taking the heart from a living man?"

Meanwhile, this well was slowly drying up.
The work of the young man's vengeful spirit,
The frightened villagers feared.
Haunted by her strong sense of guilt
The young woman repented for the rest of her life.

Time has passed, and the well has decayed.
Now it lies buried in the sand
And no one comes here anymore.

(After telling the story, he addresses the priest)
This is all that I know about this well.
Why was it that you asked?

PRIEST

What a sad tale!
This is the reason why I asked:
A short while before you came
A young woman appeared
And tried to draw water from this well.
Soon a young man appeared
And tried to stop her.
Then the two seemed to vanish
Into the darkness of the well

VILLAGER

How strange!
Without a doubt
You have seen the restless ghosts
Of the young woman and the fisherman,
Looking as they had when living.
They have appeared before you
In hopes the prayers of a priest
Would release them from their woeful agonies.

I beg you to stay here far a while
Praying for their peaceful repose.

PRIEST Pitiful souls!
I will stay and pray for them.

VILLAGER Tell me if there is any way I can help you.

PRIEST Thank you. I will call if I need your help.

VILLAGER I am ready to do anything.

ACT II

Music (Déha) *by four instruments*

PRIEST A strange wind is blowing through these fields.
The seething water of the northern sea is glimmering.
Eerie are the shadows appearing at this abandoned well.

FISHERMAN In this desolate place
Is it only beasts that hunt, for bodies in empty graves?
No! I, too, am wandering in the moonlight,
Seeking my separated body.
Am I of the living or the dead?

WOMAN Confined in this dry well,
Without release from the endless agony of my karma,
My soul can have no rest.

FISHERMAN — Why is it that we two are bound
Inextricably to a common fate
Imposed upon us with no redress?

WOMAN — Time passes and nothing is resolved.

CHORUS — To the bottom of this well we have sunk,
Burdened with our deep agony.
Rarely are we released from its depths,
Then only in the form of shadows,
Moving like a transient ripple
Across a stagnant pool.
Pray for our tortured souls, O priest!

PRIEST — You, ghosts of a young man and a young woman,
Tell me what befell you.
Surely that will explain why you suffer so.

FISHERMAN — Though one may be alive and rosy-cheeked

CHORUS — In the morning,
As he had been the day before,

FISHERMAN — He may be dead by evening,
Lying, rotting in the fields.
This happened to me on that day long ago

CHORUS — *(Song,* Kusé*)*
As is known from ancient times,
At death, first the spirit is released
And wanders along the six roads to transmigration,
To wait at the River Styx for the body to arrive.
Meanwhile, for the first seven days after death,

The body sheds pus and blood, and turns pale.
Changing after five moons have waxed and waned
To bleached bone, lying scattered
To return to the dust of the earth.
These "Nine phases of death" explain
In what manner the process of death is completed.

FISHERMAN I, a fisherman on the sea,
Was fishing from my boat
When a violet storm arose
Plunging me into the raging sea.

CHORUS A mighty wave brought me to the shore,
Unconscious, with my spirit already roaming
Along the path to the Land of the dead.
Although 1 was still clinging onto life,
Doctors came at me with blades and scissors,
Cold as ice,
Tore open my chest and took out my beating heart,
Making sounds of snipping and cutting
That I could hear, but my body was frozen
And no voice came out when I screamed,
"Am I living or dead?"

Kakeri, movement of intense feeling

My spirit was long lost
In the dark labyrinth of man's ignorance.
Ghostly flares, floating in the dark,
Led me to the path, bewildered,
And guided me to the River Styx.

Where a harsh boatman said to me,
Beating me off with his oar,
"The living cannot come on board.
You cannot go to the side of the dead!"
Even my hope to die was denied.

Broken by my grief at such a hopeless fate,
I could do nothing but cry out in anguish

FISHERMAN — The woman lived a while longer, it is true.

CHORUS — But, then the well began to dry up
And without the water of life
She died after all
O priest, pray that our souls might rest in peace!

The two ghosts fade into the old well.
They have vanished into the darkness of the well.

BO-KON-KA

(Lament for Unrequited Grief)

Translated by Shizue Kita

Dramatis Personae

The WIDOW OF RITOJIN	*shite*
A PRIEST from Kyushu, Japan	*waki*
A Korean VILLAGER	*ai*

Place: The village of Tangetsu in Zenra Prefecture of Korea

Season: Late autumn

Tsukurimono (stage prop): Dwelling of Ritojin's widow, represented by an enclosure wrapped in white silk. Long yellow and purple ribbons trail from one corner. *Shite* is sitting inside.

Synopsis

A Buddhist monk from Kyushu has come to Korea to deliver a letter written by a man named Ritojin, one of the thousands of Korean citizens who were taken as forced labor to work in the mines of Kyushu. The delivery is extremely tardy, as Ritojin died before the end of the war, and many years have gone by since. But the monk has lately discovered that the addressee — Ritojin's widow — is still alive, and he is determined that the letter should at last reach her hand.

Arriving in the isolated village where the widow lives, the monk encounters a villager who greets him with suspicion. It seems that the story of Ritjoin is known, and the old injuries are still felt keenly. When the villager learns the nature of the monk's errand, however, he apologizes and directs him to her home.

Ritojin's widow was young when he was taken away; now she is an old woman living the life of a recluse, alone with her grief. The delivery of the letter only serves to reawaken that grief. She offers the monk wine, and speaks of her woes: how she feared for her husband when he was taken, how she mourned when she learned he had died, and how she has tried ever since to come to terms with her loss. The monk tries to console her, but his words can do little to assuage her sorrow.

This play borrows a thematic device from the classic Noh play *Kinuta (The Fulling Block)*, which is about a woman who dies of grief while her husband is away dealing with legal matters in the capital, and adapts it to an eloquent expression of regret for the suffering caused by the war.

BO-KON-KA

Tsukurimono *is brought onto the stage*

Nanori bue, *Flute solo introducing* nanori

PRIEST

*(*Nanori, *Self introduction)*
I am a priest who comes from Yahata
On Kyushu Island in Japan.
During the struggle of the late war
Many thousands of Korean men
Were forced to work in the mines of Kyushu.
Some of them toiled in the Chikuho Mine,
Where many fell ill and died.
Their remains were left where they perished.

(To the audience)
Recently, we built a small temple there
So prayers could be said for their spirits.
Among the remaining relics nearby
There was found an unfinished letter
Written by a man named Ritojin.

Ritojin, I have heard it told,
Was one of those men taken to labor
In Chikuho Mine, taken from here,
Tangetsu Village, in Zenra of Korea,
Leaving behind his beloved young wife
After but one year of wedded life.

BO-KON-KA (Lament for Unrequited Grief)

Caught in the confusion of wartime,
He toiled in his forced labors until,
At last, he died on that foreign soil,
His heart overflowing with sorrow
And 10,000 unspoken thoughts.

To his wife, awaiting his return at home,
This unfinished letter had been addressed.
It was so full of his love for her —
Far, far away across the sea
And beyond many a mountain range —
As to move any reader to tears.

The widow of Ritojin, I hear,
Still lives in this village, Tangetsu.
Young when her husband perished,
She would not ever marry again.
In time, her parents passed away,
Leaving her alone these many years.
Season after season has come and gone.
Now she must be a silver-haired woman
Of full seventy years or more.

So wretched seems the fate of this woman
That I have journeyed the long way here,
To Tangetsu Village in Zenra,
To seek her and give her this letter …

PRIEST (Michiyuki, *Lyrical description of his journey)*
Crossing the waves of Ariake Bay,
To the swells of the turbulent open sea,
Where the islands of Iki and Tsushima

Can be seen far ahead on the horizon,
To this land of Korea I came.
After staying the night at Fusan,
I trod the mountain paths of Chii
Until I reached Tangetsu.

PRIEST *(Song)*
Here in the Village of Tangetsu
The autumn wind sweeps the reaped fields.
Mountainsides to the north reflect
The vivid glow of the sunset.

(Recitation)
In the distance the sound of drums
Rumbles and re-echoes through the valleys.
Flights of sparrows begin to hurry home.

(Song)
Oh, what a desolate place this is,
Where I have come, seeking Ritojin's widow.

(To a villager)
Are you one who lives nearby?

VILLAGER Who is it that asks me?
Are you a priest on a pilgrimage?
Pray tell me, sir, what brings you here,
To this lonely village in the mountains?

PRIEST I am a priest from Kyushu in Japan
Come seeking the widow of Ritojin,
Who, I am told, still lives in this village.
Pray tell me where to find her.

VILLAGER

Hei! Why is it you want to see her?
Ritojin is the name of a man
Who many years ago was taken
To Kyushu, in your country.
All we know of him since then
Is that at last he died there.
His widow, now an old woman,
Lives here all alone,
Hiding herself from others' eyes.

Why have you come now from your country
To revive this sorrow of the past?
Surely the widow never will see you,
Someone from Kyushu in Japan!
It's better you leave this village quickly!

PRIEST

You are right to doubt my purpose
But I have a good reason to seek her.
While praying for your countrymen
Who died in Chikuho during the war,
I found something among their relics
Left by a young man named Ritojin.
Since I heard his widow still lives
In this village of Tangetsu,
I have made the long journey here
To give this memento to her.

VILLAGER

I am sorry for my earlier rudeness,
Not knowing your kind intention.
I will gladly take you to her.
Please come this way with me.

(Story)
Hearing that her youthful husband
Taken from her one year after marriage
Had died in far-off Kyushu,
She was drowned in tears of sadness,
Weeping day and night.
In time, her parents left this world,
And also her brothers and sisters.
Still young, she was left all alone.
However, when suitors came to see her
Never would she consider marriage,
Living only to pray for the man she loved.

She no longer wanted to see anyone
And, finally, visitors rarely came.
When children did approach her house
She always chased them away angrily.
So, everyone began to call her
"Ox-Tail Old Woman."

(To the priest)
Although she now accepts no visitors,
She will surely ask you to stay.
Your visit will be welcome to her.
Kindly console her in her sorrow.

(Arriving at the house)
This is the house of the "Ox-Tail Old Woman."
It seems she is now within.
She will not want to see me

As I am not liked by her.
You must go in to meet her by yourself.

Now the moon begins to shine
And I must report to the village chief.
Together we will await your return.

PRIEST I thank you for telling me her story.
Now I will see the "Ox-Tail Old Woman."

Villager goes back to hashigakari *and exits through the curtain*

RITOJIN'S WIDOW *(From inside the* tsukurimono*)*
How empty is my life!
How miserable is my fate!
The war recedes into the past,
Taking the years with it.
The waterfowl cry at sunset.
Each idle day prolongs my sorrow.

PRIEST *(Calling)*
Hei! Is the widow of Ritojin at home now?
I am a priest from Kyushu.
Please let me enter.

(No answer)

Hei! Is the widow of Ritojin within?
Pray open the door, if you are.

(No answer)

PRIEST *(Loudly)*
Is the widow of Ritojin within?

You must be at home now
Because I see the smoke rising
From your kitchen fire.
Hei! Widow of Ritojin!

Priest stamps his foot once. Then, after an interval…

RITOJIN'S WIDOW *(Speaking from inside the house)*
Is "Ritojin" the name of a man?
I have not heard that name for years.
My old ears do not recall
If it is the name of a man or of a thing.

You have surely mistaken this house
For another. Please go away.

PRIEST Hear me, I beg you, listen!
Praying for the spirits of those who died
In their wartime toil at Chikuho in Kyushu,
We found among their remains and relics
A letter addressed to you,
Written by Ritojin just before he died.
Earnestly I have longed to show it to you,
And this is why I have come so far.
Please let me in, although it may be a bother.

After a while

RITOJIN'S WIDOW Did you say that you have a letter
Written to me by Ritojin?
Please let me see it,
Even though there is no use seeing it
Now that the past is so long ago.

As the white silk enveloping the tsukurimono *slowly falls, an old woman comes into view, sitting on an overturned wooden pail often used as a seat while cooking in rural homes*

PRIEST This is the letter I have brought you.

RITOJIN'S WIDOW Can this be a letter from Ritojin?
It is hard to read now
What was written so many years ago.
It is too faint to see.
Let me read it under the moonlight.

She steps out of the tsukurimono *and seats herself in the center of the stage.*

RITOJIN'S WIDOW *(After reading silently for a while…)*
(in Korean)
AH, IZEYA MANNANNE
(Oh, to see him again!)

She sits cross-legged with one knee drawn up, and now hides her eyes with both hands as she begins to cry

Ashirai, *solo music by flute*

PRIEST I do not know what to say.
I understand your anguish.
Please quiet your heart
And tell me about Ritojin
So that I can console you.

RITOJIN'S WIDOW I do recall in sadness
The passage of the years.
I had no visitors but children,

Laughing at me until I chased them,
Driving them away angrily.
So they called me "Ox-Tail Old Woman."

And now, an old woman I am,
Of wrinkled skin and silver-haired!
But Ritojin, my husband, is still as young
As my child or grandchild might be.
It is far too late to tell my heart now
What he said so long ago.

Turning with a sigh and offering sake

Let us drink sake and try to ease the grief.

RITOJIN'S WIDOW *(song)*
Tonight happens to be the night
Of the mid-autumn full moon,
The night of the festival
For departed loved ones.

CHORUS *(Speaking for the widow)*
It is fitting I tell my tale of sadness,
Accompanied by the full moon
And the sound of the autumn wind,
Carrying here the roll of festival drum.

CHORUS *(*Kuri, *a song in high tones)*
During the great war years ago,
Ritojin, my husband, was taken away
To Kyushu of Japan.
For a long time he did not write.
Then word came that he had died there.

RITOJIN'S WIDOW (Sashi, *recitation*)
When I heard those words "He is dead,"

CHORUS Like an elegant garment that suddenly fades,
Unraveling into tatters, all trace of beauty lost,
My young and hopeful heart, vibrant with
memories,
In an instant was torn to shreds,
Hanging limp and empty within my breast.
My cries of anguish were lost
On the withered field of despair.

(Kusé, *the main song*)
My lament resounded to the highest heavens.
My tears of grief flooded the earth.
How could I go on living in such sorrow!
Night after night I thought of my husband,
Who never would return.
Seven stars hanging over the hills
Light the way to The Other World.
I prayed, frightened,
"Walk with a still heart,
Lest you be mired in misery forever."

RITOJIN'S WIDOW Somehow I had to find a way to be saved.

CHORUS Taking out my *kinuta*[1], I beat cloth with it
To drive out the endless sorrow from my heart.
Throughout the nights I could not sleep
The blows to subdue my grief resounded in the sky.

1 *Kinuta*, a paddle made of hard wood, used to beat woven silk in order to bring a sheen to it. In rural areas of Korea this practice is still followed.

Were these sounds the thunder of storm?
Or the beating of my broken heart?
ONE, TWO, THREE, FOUR — beating that
The autumn wind could not drown out
Echoed in the night sky.
And what accompanied my *kinuta* blows?
Was it pattering dew drops?
Autumn shower? or wintry hail?
A cock was already crowing
At the dawn of another day.

Streaming from my eyes today
Are the tears of yesterday.

PRIEST Come, Aged One, dance.
Dance in gratitude for this long-lost letter
From Ritojin.
Dance out the rage in your tortured heart
And let his love for you
Fill the emptiness of your life
And bring you tranquillity.

RITOJIN'S WIDOW My sight is clouded with age.
My limbs are weak and useless.
Although my steps may be feeble
I will dance to my raging heart!

She changes garments

RITOJIN'S WIDOW *(*Issei, *a song)*
O pitiful, indeed, am I!

BO-KON-KA (Lament for Unrequited Grief)

Like a kimono sleeve unbeaten by *kinuta*
Its full beauty unrevealed

Ran-byo-shi*, slow steps to drum beats simulating the sound made by* kinuta.

Or like fine cloth, tattered and worn,
All hope of restoration lost,

CHORUS I dance the lament of my heart.

She dances accompanied by drums and flute

RITOJIN'S WIDOW *(*Waka*, a song after the dance)*
O moon, rise higher, higher
From behind the mountain slope

CHORUS And shine your beams in four directions
Until all is flooded with moonlight.
Bring light into the heart of this old woman
That she may recall her past, brief joy.
Brightly, brightly shine,
O moon of truth,
Until the truth is seen.

My face and form are already gaunt
And I am doddering in my dance.
Should the beating of my raging heart
Falter and come to an end
The lament within it will never die.
Can any know more pitiful torment?

The injustice done to me
Must never be forgotten!

On the frosty surface of the moonlit field,
The shadowy figure of Ritojin's Widow
Ceases to dance.

After a moment,
She signals departure with her sleeve
And calmly enters her dwelling.

The Hermit Isseki

Translated by Christopher Midville

Dramatis Personae

A MAN, a traveler from the Orient	*waki*
His SERVANT	*wakitsure*
A WOMAN, a noted scholaress traveling with them	*tsure*
Their PORTER	*ai*
An elderly SHEPHERD	*maeshite*
A MESSENGER	*ai*
ISSEKI, a hermit celebrated for his wisdom[1]	*nochijite*
Two children representing NUCLEONS	*kokata*

1 The name Isseki means "one stone," a play on the German meaning of the name Einstein.

Synopsis

A noted scholaress of ancient Japan travels to Europe with several companions to seek out a wise man known as Isseki the Hermit. While passing through a desert land they witness a solar eclipse, and in the darkness they meet an old shepherd who speaks to them about the principles that rule the universe. The scholaress asks him to continue his discourse after the eclipse ends; he refuses and leaves the group, telling them to wait for Isseki the Hermit, who will come to them at nightfall. The scholaress and her retinue then encounter a messenger who is traveling through the lands with news of a wondrous happening that seems to bear some relation to Isseki's teachings. Having learned of this marvel, they resolve to wait for the hermit and speak with him. At last night falls and Isseki the Hermit appears, riding upon beams of light. He speaks at length about a variety of cosmic principles, and ends with a warning that mankind should take care not to abuse the power that this knowledge brings. He then bids the travelers farewell and disappears suddenly, as if sucked into a black hole.

This was the first Noh play I translated for Professor Tada. Confronted with a libretto that fancifully presents modern scientific concepts in an archaic Japanese format, I had a notion to render it fancifully as archaic English poetry. To make my verse work I have taken the liberty of extending it to segments where the Japanese is unmetered, using prose only for the Ai dialog. The result is a poetical interpretation rather than a straightforward academic translation; yet I have managed to remain quite faithful to original. I hope it makes for enjoyable reading.

The Hermit Isseki

Enter a Man, his Servant, a Woman, and their Porter to shidai *entrance music*

Shidai (opening song)

MAN *and* SERVANT A trek out of the realm of the mundane,
A trek out of the realm of the mundane,
In search of the True Laws.

MAN Travelers from the Orient are we.
This lady with me is a scholaress
Renownèd in the ancient capital.[2]
And though a woman, she hath undertook
A philosophical quest to comprehend
The principles that rule the universe.
And so she hath perused ten thousand books,
Observed and measured bodies heavenly,
And studied in great depth the subtle arts
Of mathematics and astronomy.
Still she hath yet to comprehend in full
When time began, or where space ended be,
And of mankind's true nature or the essence
Of all things, naught hath discovered she.
So, having heard there dwelleth in a land

2 Translator's note: This ancient capital is identified as Kyoto by later references to locations in and near in that city.

Beyond ten thousand *li* of sea and mountains,
At the far extreme of vast Eurasia,
One of precious learning, hight Isseki
Th'eremite, who hath resolvèd all —
The principle of relativity,
The matter of the quanta, even unto
Fluctuation's mystery itself —
She hath set forth upon an arduous trek
To ask him of our world's origin.

MICHIYUKI (TRAVEL SONG)

MAN *and* SERVANT Ten thousand *li* of billowing seas
Along the great Silk Road;
Ten thousand *li* of billowing seas
Along the great Silk Road,
To Forest Black that spreadeth yond
The Mount of Ice and Sea of Death.
Past pagan shrine and market town,
Our camels' feet choose our path,
As we traverse countless lands,
As we traverse countless lands.

MAN Now we are emerged in such a desert.
As the sun's yet high, let's take our respite
Here within the shadow of this rock.

He pauses a moment as if noticing something

But lo! How odd! The sun that shone on high
Ere now is of a sudden blotted out
As if 'twere covered by some thing of lead,

And darkness hath enfolded us about!
The stars become apparent in the heavens,
Distant thunders rumble, lightnings flash!
I fear this world is truly at an end!

WOMAN There is no cause to be astonishèd.
'Tis something which is known as an eclipse,
Wherein the sun, obscurèd by the moon,
Its wonted rays this short while reach us not.
I pray thee, bide a moment quietly:
'Tis rare to witness such a prodigy!

SHEPHERD *(offstage)* Hallo, hallo to you, O travelers!
From whence are ye come, and whither go ye?[3]

Enter an elderly Shepherd

Mondô (spoken dialog)

MAN We are come out of the Orient,
But lost our way amid this sudden darkness.
Praytell, what country is this we are in?
And too, I prithee, dost thou know the time?

SHEPHERD This is no place, and yet is it all places;
And it is both the past and present time.
Think ye not that time and space are certain.[4]

WOMAN How strange thy words do seem! Dost mean to say
That now is both today and yesterday?

3 This is a reference to the philosophical enigma of man's origin and purpose.
4 According to the theory of relativity, the absolute space and time of Newtonian physics do not exist. In quantum theory, too, it is postulated that the location and velocity of a particle cannot be known with certainty.

SHEPHERD Behold yon star: that glow which you descry,
One hundred thousand light years hath it passed
To come here, so 'tis past light you espy.[5]

Look at it as though it's now,
And yet is it the past.
Looked at as the past, it were
The present nonetheless.
And the stars you see there nigh
To Phoebus' darkened gleam,
Their light is bent by gravity,[6]

CHORUS They are not where they seem.
Space and time are warped[7] and even
Light itself may bend.
Such is the world in which we live:
Its captivity forfend,
Its captivity forfend.[8]

WOMAN Gramercy to thee, sir, for telling us
About this most exquisite principle!
Inform us also, prithee, who thou art.

---

5 The most distant stars in our galaxy are said to be one hundred thousand light years away; hence, the starlight we see shows those stars as they appeared one hundred thousand years ago.
6 The light from stars that appear near the sun has been observed during eclipses to be bent by the sun's gravity. This phenomenon proves Einstein's General Theory of Relativity.
7 The idea that spacetime is warped was proven based on the General Theory of Relativity.
8 Translator's note: This can be read as a reference to the Buddhist admonition to avoid attachment to worldly phenomena, which are considered illusory in nature (much as modern physics has shown that time and space are not necessarily as we perceive them).

SHEPHERD An old man, I, and shepherd of my flock;
Wherefore each day I roam this desert land,
And watch the stars by night, the sun by day,
The drifting sand and courses of the wind.
I hear the cries of birds, the lion's roar,
Attend the thunder, see the lightning hurled,
Observe the swift flight of the meteor,
And think upon the nature of our world.
But lo! see how the light is back so soon!

WOMAN 'Tis true, 'tis true! The sun, which was
Obscured by the new moon —

CHORUS The sun hath once again appeared
And sheweth now its light,
Its brilliant rays which graciously
Illuminate our sight!

WOMAN And so I pray thee, speak in more detail
About the principles of time and space.

SHEPHERD We shepherds wit not of the lore you chase.
Yet here await the darkness of true night,
Then ask it of Isseki th'eremite.

As day by the eclipse revealed,
So also is my name;

CHORUS As day is once again revealed,
So also is my name.
And as day vanquisheth the gloam,
The stars all fade away;

So for the nonce I'll hie me home,
Till they their gleams display
And in their wonted courses reel
In the true dark of night,
And then will I once more reveal
Myself unto your sight.
This having said, I swiftly let
The whirling sandstorm fly,
Leap onto my shining vehicle,
And vanish into the sky,
And vanish into the sky.

Exit the Shepherd to nakairi *exit music*

Immediately follow with raijo *entrance music; enter a Messenger, walking about the stage with a cane*

MESSENGER A prodigy, a prodigy I say!
A prodigy, a prodigy I say!
Indeed it was a wondrous happening!
Ay me! All out of breath!

He rests in the shadow of a large rock

MAN *(to Woman)* Behold, one cometh
Hurrying across the desert wasteland,
Crying and exclaiming. *(To servants)* Someone, come!

PORTER I'm here, O master.

MAN Hasten thou and ask
The meaning of this noise.

PORTER — As you command.

He searches for the Messenger

It was indeed a clamorous sound! But lo, yonder is its author. *(To Messenger)* Halloo, thou fellow there! What is the matter of thy prodigious noise? What prodigy was there? Speak of it, I bid thee.

MESSENGER — And I might ask thee, what dost thou in such a desert land?

PORTER — My master is a traveler, come from afar in search of a hermit called Isseki.

MESSENGER — Isseki the Hermit, forsooth? Is the hermit hereabouts? I too have hurried hither to inform the hermit Isseki of a wonder.

PORTER — And what was this wonder?

MESSENGER — Truly, truly I tell thee, it was a happening so wondrous, an thou callest it not a wonder, 'twere a wonder indeed!

PORTER — But what was this happening?

MESSENGER — Not long ago, a strange shining thing came down out of the sky over the capital of Japan, and then there occurred a most prodigious wonder. It all began more than ten years ago, with the abduction of a child. There dwelt on the south side of the city twin brothers who were as like unto each other as a pair of eggs, so similar in face and form that nor

their mother nor their father could distinguish them. But in their seventh year the elder of the two brothers was spirited away by the *tengu*[9] and never seen again.

PORTER O horrible! And then what happened? Say on, quickly!

MESSENGER Now, more than ten year since, a thing like a star of ill omen appeared up in the sky beyond Mount Hiei and, flying with the speed of lightning, fell to then earth near where the fourth street crosses the river.

PORTER And what was this thing?

MESSENGER The young folk of the capital were much amazed, and hurried to the river to seek it out. There, near where the shining thing had fallen, they found a child about ten years of age. When asked his name, he answered that he was the elder twin, who was spirited away by the *tengu* more than ten years past. And on close examination, his face in sooth was not unlike that of the child that was taken. So he was reunited with his brother.

PORTER That was well done! Doubtless he was glad.

MESSENGER Nay, nor was he. For during that decade the younger brother, who dwelt in the capital, had grown into a sturdy young man; whereas the elder brother, he that was taken by the *tengu*, was still a lad, his forelock

9 Translator's note: The *tengu* are spirits from Japanese folklore, described variously as birdlike sprites or as long-nosed goblins.

yet unshaved.[10] The elder brother told the younger that, having been taken away by the *tengu* at the age of seven, he'd traveled in the shining thing like lightning through the void. Now he'd returned to find his brother grown up, his parents grown old, and many of his kin departed from this world. And so he wept tears of sadness, for he could not believe 'twere not all a dream.

PORTER 'Tis as if the flow of time were different for each.

MESSENGER Just so! Just so! All the inquisitive citizens of the capital do marvel greatly at it.

PORTER And rightly so. 'Tis precisely like the story of the twins told by that wise man, Isseki the Hermit.[11]

MESSENGER Aye, it is truly as Isseki the Hermit hath said, to wit, that time is slow for him who flieth with the light, but fast for him who moveth not. And as it is all too wondrous, I walk the lands to tell this tale to folks everywhere, and to bring the news of this marvel even to the hermit himself. Where is the hermit? I am come here in haste to tell him of this prodigy!

PORTER Truly 'tis a wonder! I too must hurry back and tell my master.

---

10 Translator's note: In medieval times, when the men of Japan shaved their heads and wore their hair in topknots, the forelocks of young boys were left unshaved until they came of age.

11 This is a reference to the Twins Paradox, a thought experiment by Einstein that describes how travel at speeds near that of light would slow down time for the traveler.

MESSENGER A prodigy, a prodigy, I say!
A wonder! Ay, a wondrous happening!

Exit the Messenger via the bridgeway

PORTER Did my master hear what was just said?

MAN Indeed I did. *(To the Woman)* What didst thou think of it?

WOMAN Truly, 'twas a wondrous happening!

MAN Having learned of such a prodigy,
We surely should await the eremite
That we might hear him speak of the True Laws.

MACHIUTAI (WAITING SONG)

MAN *and* SERVANT The evening sun is hidden by the sand;
The evening sun is hidden by the sand,
And twinkling stars are filling up the heavens.
Nebulae lose form, and tempests storm,
And meteors are coursing in the Lion:
Could these be the signs of fluctuation?[12]

Enter Isseki the hermit to the accompaniment of ôbeshi *entrance music, pausing on the bridgeway to sing his entrance song*

ISSEI (ENTRANCE SONG)

ISSEKI O immeasurable universe!
Across one hundred thousand light years' space
One hundred hundred thousand thousand stars

12 The first event, whereby something was created from nothing, is referred to as a "fluctuation."

Are woven in a single galaxy.[13]
And of such galaxies, a hundred billions
Beckon us toward where, now as ever
Growing yet more distant, is the edge.[14]
While stars, in moving cross the midnight sky,

CHORUS Depict a whirling pattern that expresseth
The transmigratory principle[15]
Of time and space: for in our universe
The stars are born, and they do also die;[16]

ISSEKI So it is also with the lives of men.

Mondô (dialog)

MAN O wonderful! And thou of hoary years
Who from yon star-besprinkled horizon
So suddenly unto us now appear'st
So swiftly riding radiant beams of light:
Pray tell, art thou Isseki th'eremite?

Isseki advances onto the main stage to ayumi *(approach) music*

ISSEKI From my youthful days I sought to find
The essence of all things, made inquiry

13 The far edge of our galaxy is one hundred thousand light years away. The Milky Way galaxy is comprised of about two hundred billion stars.
14 The utmost limit of the universe is still expanding at a speed faster than light.
15 The universe repeats the cycle of birth and death.
16 Stars are born as brown stars and, after shining for some billions of years, change from white dwarfs to black dwarfs and eventually die out. Extremely massive stars explode and become supernova, then end their lives as white dwarfs, neutron stars, or black holes.

Into the very source of space and time,
And sought that which I finally attained:
The knowledge of the principle I name
The Theory of Relativity.

WOMAN Tonight the sky is full shining stars
That turning in a silver stream[17] do flow:
O draw upon their glow, enlighten us
As to what providence doth make it so.

ISSEKI I would fain speak of it: 'tis why I chose
This day of the eclipse, most wondrous rare,
To visit you, and so I charge ye: heed
Attentively as I recite my rede.

Kuri (ornate song)

CHORUS The genesis of time and space
  With but one point began;[18]
One ball of flame did manifest,
  Expanded without end,[19]
And then gave birth unto an hundred
  Million galaxies
And limitless variety of
  Bodies heavenly.

17 Translator's note: The original uses the Japanese word meaning "galaxy," which can be translated literally as "silver river."
18 The universe is said to have begun as an infinitesimal point, or "singularity."
19 This is what is referred to as the Big Bang. This theory holds that the explosion of a singularity resulted in the instantaneous generation of the universe.

Sashi (recitative)

ISSEKI
It was ten billion years ago
They say this all took place.[20]

CHORUS
Before, the void was absolute:[21]
There was nor time nor space;
Then light and matter blossom'd forth
To make our cosmos' basis.
In time the bodies coalesced[22]
And heav'n and earth were split,

ISSEKI
And life arose[23] within the dust[24]

CHORUS
And rains did nurture it,
Giving suck to birds and beasts,
Till man was born at last.[25]

ISSEKI
When five hundred million years'
More time has finally passed,[26]

---

20 The universe is thought to have begun more than ten billion years ago, according to calculations based on its rate of expansion. Depending on the method of calculation that is employed, however, the age of the universe may fall within a range between seven billion and twenty billion years.

21 Before the singularity there existed neither time nor space, nor laws of physics as we know them.

22 Our solar system was born about 4.5 billion years ago. All the planets of our solar system, including the Earth, were formed at that time.

23 Life on Earth began some 3.5 billion years ago in the form of primitive bacteria-like organisms.

24 Translator's note: The word here translated as "dust" signifies the five elements that are said to comprise all existence in Eastern ontology. The Buddhist message implicit in this translation is that even the five elements are devoid of value in any absolute sense.

25 The evolutionary paths of humanity and the chimpanzees are said to have diverged some 4.5 million years ago.

26 In about 500 million years the earth will freeze and become a dead planet.

CHORUS The earth will be enclosed in ice:
Cold absolute will reign,
And in that cold the Earth will end,
A dead world once again.

KUSE (CENTRAL NARRATIVE)

Nor beasts that roam across the land,
Nor birds that fly so free,
Nor flowers, trees, insects nor fish
Can 'scape this grim decree.
No more shall mankind be exempt:
All in this universe
Must once again become as dust[27]
And in the void disperse.

Now the cosmic laws I shall rehearse:
Distorted is the realm of time and space;
An if one moveth and one keepeth place,
Betwixt them time is not equivalent;[28]
And gravity for them is different,[29]
As lion's cub that falleth from a steep
Into a gorge a thousand fathoms deep[30]

27 "All shall become sparkling space dust, scattered in the directionless void." — Miyazawa Kenji, *Nomin Geijutsu Gairon Koyo (Outline of Folk Arts)*

28 As explained earlier, the Special Theory of Relativity states that subjective time is shorter for one who travels at speeds approaching that of light.

29 The force exerted by gravity upon people in an elevator descending fast enough would be zero. Conversely, the gravity increases in an ascending elevator. This is Einstein's Theory of Relativity as applied to gravity.

30 Translator's note: The example of the lion's club is a reference to folklore, which holds that the lion will throw its young into a deep valley and only raise those that are strong enough to survive the fall. The message is similar to that of the English proverb, "Spare the rod and spoil the child."

Is never cognizant of its own weight;
Nor are mass and power disparate,[31]
Ergo the sun in time must burn and die.

ISSEKI And if, upon the ocean of the sky,

CHORUS You could embark upon boat of light
And row amid the starry groves of night,[32]
The stars out of one point would seem to dawn
And, passing to its opposite, be gone;[33]
Approaching stars would show a tint of blue,
While those retreating would be red in hue.[34]
And if upon the rapids you could float
And view the moon above your lonely boat,
The one-moon-three-boats principle were true;[35]

---

31 This refers to Einstein's famous formula, $E=mc^2$. The energy (E) in matter is equivalent to its mass (m) times the square of a constant value representing the speed of light (c). This idea made it possible to release the energy of atomic nuclei, thus creating the theoretical basis for the creation of the atomic bomb. The sun continues burning for as long as ten billion years because it is constantly producing such nuclear energy.

32 This refers to the Ode on the Heavens by Kakinomoto-no Hitomaro, from Volume Seven of the *Manyoshu (Collection of Ten Thousand Leaves)*. The poem may be translated: "On the sea of heaven / the clouds rise up in waves; / the boat of the moon / amid the forest of stars / roweth out of sight."

33 According to the Theory of Relativity, when one is traveling through space at speeds near the speed of light, all objects will appear to be collected into two opposite points, one directly ahead and one directly behind. Passing stars will thus emerge out of the forward point and disappear into the point behind.

34 This is known as the Doppler effect. When one travels at relativistic speeds, the wavelength of the light from approaching objects becomes shorter, thus shifting toward the blue end of the spectrum. Conversely, the wavelength of light from receding objects becomes longer, shifting toward the red.

35 The Buddhist parable of one moon and three boats demonstrates the Theory of Relativity. The moon appears to be motionless when viewed from a motionless boat, yet it seems to move upstream or downstream if the boat moves in those

But in a reedy boat when moon were new
You could not know if you or stay or flee.[36]

ISSEKI Now the nucleons I shall set free,
To show the force within the atomy:
Come forth, O nuclea!

Enter two children representing Nucleons, who dance

Exeunt Nucleons

Having witnessèd such awesome might
You must not ever use it to abet[37]
Or war or strife or any kind of blight:
Be wary, O mankind, lest ye forget!

The power of gravity I now abase:
Behold what it is like in outer space.

He dances

'Tis given unto man, and man alone,
That he should know such wonders as these be;
And yet the world's true wonder, be it known,
Is man, who can know of infinity.[38]

---

directions. The parable exemplifies how a perceived object seems to change if viewed from a different perspective.

36 An object in an inertial system does not perceive its own motion. A person on a moving train, for instance, may get the sense that it is the world outside the train that is moving. If there were no light to show the world around the train, the motion of the train could not be sensed at all.

37 Einstein constantly warned against the horrors of atomic war, which he felt had been unleashed by his formula $E=mc^2$.

38 Einstein felt that the greatest wonder of all was the ability of man, despite his limited existence, to recognize the infinite.

CHORUS *"Raffiniert ist der Herr Gott,*
aber boshaft ist er nicht." [39]

Kiri (finale)

ISSEKI Upon the sea of chaos was brought forth —

CHORUS Upon the sea of chaos was brought forth
The cosmos,[40] and within it life begat
Of transmigration's clock, death and rebirth,
As ye have seen; and so good-bye to that!
In yonder clouds of interstellar dust
I lift up waves and strike them all awry
As, moving swift enough to raise a gust,
Across the realm of time and space I fly:
You think me here, but yonder now I stand!
"Alack, the stars are dying!" hear me cry
As pointing to the sky I lift my hand —
Then earth is piercèd through its axis by
A sudden electromagnetic squall!
And gravity's o'ercome, time turneth back,
Horizons twist as earth and heaven's wrack
Becometh thus a single flaming ball,
Becometh thus a single flaming ball

39 These words of Einstein's were inscribed over the fireplace in the common room of Fine Hall (now renamed Jones Hall) at Princeton University. They mean: "The Lord God is subtle, but He is not malicious."

40 Translator's note: The word here translated as "cosmos" has a double meaning in the original, which uses the Chinese characters meaning "order" glossed with a Japanese transliteration of the word "cosmos."

That's drawn into a tiny point of black:[41]
Then disappeareth all.

Exit Isseki swiftly via the curtain

Exeunt all other players

41 This is a black hole, at the core of which is an extremely large mass whose gravity pulls in all surrounding objects. The attractive force of the black hole is so great that even light, space, and time cannot escape it.

Anniversary of the Bomb

Translated by Christopher Midville

Dramatis Personae

A Buddhist MONK visiting Hiroshima on pilgrimage	*waki*
A young NOVICE who is traveling with him	*wakitsure*
An OLD WOMAN who survived the atomic bomb	*maeshite*
An addled OLD HOMELESS MAN, another A-bomb survivor	*ai*
A YOUNG HOMELESS MAN of his acquaintance	*ai*
The SPIRIT of the old woman's father	*nochijite*

Synopsis

A Buddhist monk has come to the city of Hiroshima on pilgrimage, attended by a young novice of his order. They visit the Hiroshima Peace Memorial[1] and remark upon the destruction caused by the weapon; they also lament the fact that some Japanese people have forgotten the lessons of the past and are now willing to debate the idea that their country should possess nuclear weapons.

They are overheard by an old woman who survived the bombing as a child, and she reacts with dismay at the idea that Japan might one day possess a nuclear arsenal. She describes the devastation caused by the bomb and asks the monk to hold a memorial service for the repose of her father's soul. The monk agrees to do so and, since it has begun to rain, she hurries home.

Next the travelers encounter a pair of homeless men and listen as the elder of the two, another survivor of the bombing, relates his own story to his companion. It appears he was so traumatized by the bombing that to this day he is afraid of lightning and thunder, and indeed he finally runs off to escape the storm.

As the violence of the storm increases the monks and the younger homeless man witness an apparition: it is the spirit of the A-bomb victim whose daughter the monks spoke with earlier. He tells how he was injured by the blast, and how he died while searching for his wife and child. When at last the spirit vanishes, the monk resolves to conduct his memorial then and there in the rain. He joins with the people of Hiroshima as they pray for eternal peace and the repose of the souls of the dead.

All explanatory footnotes were added by the translator.

1 Also known as the Atomic Bomb Dome, the remains of the Prefectural Industrial Exhibition Hall are now a UNESCO World Heritage Site and Hiroshima's most well-known sightseeing destination. The skeletal framework of the building's crowning dome, having survived the bombing despite its location near the blast hypocenter, is a stark symbol of the horrific destruction caused by the bomb.

Anniversary of the Bomb

Enter a Monk and a Novice to nanoribue *entrance music*

MONK You see before you a monk on pilgrimage from an eastern province. Among the many lives lost during the last World War, they say, were some tens of thousands of people who were killed in an instant when a bomb employing the power of the atom was dropped here on Hiroshima. Although sixty years have passed since that time, the memory of that event has not yet been lost. I have come from afar to Hiroshima to learn of the aftermath of that war.

NOVICE So this is the Atomic Bomb Dome I've heard so much about. Truly it was a terrible force of destruction! The stone walls blown away and the iron frame laid bare, the wind blowing hot into the cloud-peaked summer sky: I cannot help but think about what the bombing must have been like, and my heart is oppressed with gloom.

MONK *(walking)* As I look upon the remains of that disaster, what weighs upon my mind is the fact that people have begun to debate the merits of nuclear armament.

NOVICE This city of Hiroshima, after sixty years of peace, is now once again burdened with the anxiety engendered by that debate.

MONK — Is it Man's nature to forget the calamities of war and repeat his mistakes? Alas, how deplorable!

Enter an Old Woman carrying a paper lantern and a bamboo vessel. She hears the Monk's words as she walks along the bridgeway and is taken aback, so that she responds with some passion

OLD WOMAN — What's this? Are you saying there are people even here in this country who would debate the merits of nuclear armament?

How deplorable! Have they forgotten that tens of thousands of lives were lost here in Hiroshima during the last World War, and that we have sworn ourselves to eternal peace?

Oh, the thought of it chills my heart! I am a survivor of the bomb, and lost my father to it; and having now grown as old as I am, I go today to offer a lantern in his memory.

MONK — It seems she heard me speaking idly to myself.

OLD WOMAN — And tonight is the anniversary of the bombing,
And so to console the spirits of the victims
I too shall set a lantern afloat upon the river.[2]

As the evening kitchen-smoke rises on Mount Hiji,
As the evening kitchen-smoke rises on Mount Hiji,

2 The tradition of setting paper lanterns afloat on a river is associated the Buddhist Festival of the Dead, known in Japan as *Bon*; the lanterns are generally set afloat on the last day of the festival to guide the souls of the departed to their rest. In Hiroshima and Nagasaki this tradition has been adapted to commemorate those who fell victim to the atomic bombs and to express the wish that the tragedies that befell these cities will not be repeated.

Amid the trampled summer grasses'
Aroma and the constant chirring of cicadas
The scorching sun dims to dusk:
On such a summer eve may the sorrow
Of the last World War be dispelled
As with dark memories I light a lamp
To set adrift, a lantern-offering;
And on the bank of Motoyasu River
I'll place a holy offering of water[3]
To mourn the people who have died,
To mourn the spirits of the victims.

During the foregoing the Old Woman kneels at center stage, near the front

MONK Old woman, I see you have with you a bamboo vessel full of water. There must be a reason for this; please tell me of it.

OLD WOMAN Indeed, priest, I have come here this evening to cast adrift a lantern-offering to console the spirits of the dead. And after the bombing, there were many who died whilst calling out: "Give me water! Let me have a drink of water!" Unable to forget their voices, I have brought this bamboo vessel with me, for if I fill it with water and cast it adrift with my lantern, it is the least that I can do for them.

3 In Hiroshima it has become customary to make an offering of holy water to the souls of the atomic bomb victims, many of who died whilst calling out for water. The offering generally takes the form of a newly cut bamboo cylinder filled with clear water drawn from a sacred wellspring; in many cases the offering is set afloat along with the paper lantern.

MONK How kind of you! Old woman, it seems that you know of the war from firsthand experience.

OLD WOMAN I also suffered the disaster of the atomic bombing when I was very young, and even now I remember those times vividly.

MONK I am on a holy pilgrimage. I would ask you to speak of your experience of the atomic bomb.

Sashi (recitative)

OLD WOMAN The more I think on the horrid spectacle of Hiroshima, the more wretched it seems to me.

Kuri (ornate song)

CHORUS There was a light that seemed to rend the heavens
And a roaring sound that split the ears.
And as the scorching blast assaulted the body
Homes and trees were enveloped in flame
And in an instant the town became a blaze.

Sashi (recitative)

OLD WOMAN The roads, now turned to rubble,
Overflowed with corpses with crumpled limbs

CHORUS And people like ghosts,
All begging for water, fell to the ground.

OLD WOMAN My body also was burned by the blast
And I cried out for my parents.

CHORUS But my mother was in the fire
Where she expired, writhing in pain.

OLD WOMAN — My sight grew dim and my legs grew weak,

CHORUS — And so leaving my mother's remains behind
I went to find my father.

OLD WOMAN — The bank of the Ota River was buried in corpses

CHORUS — And the river's water was tinged with blood.
I knew then what it means
To look upon hell while still alive.

Kuse Sageuta (central narrative, low-pitched song)

Hiroshima became
A sea of flame, burning furiously
While black smoke covered the sky;
People fell down like rags
All of them begging for water
And crying for aid;
Children called their mothers,
mothers their children,
But their cries went unanswered,
Resounded across the blackened waste
And echoed in the smoke.

OLD WOMAN — I also wandered through the streets

CHORUS — And amid the rampaging hellfires,
Crying out my father's name,
I fled blindly and fell down;
In among the piled-up corpses
I thought I saw my father and ran over,
But they were sooty from the fire, indistinguishable.

Then senseless and amazed
I could only wail and weep
As I wandered the ruins of Hiroshima.
Just then from the heavens
There came a black rain falling
And the living and the dead
Were pounded by the black rain,
Bodies violated by the deadly ash
As life ran dry on the Ota River
When hell broke out in Hiroshima
On that sixth day of August.

Kudoki (lament)

OLD WOMAN I tried to find my father
But search as I might, seek as I might,
All I found were corpses and bones.

CHORUS And when night at length overtook me
Having lost the strength to cry aloud
I could only stand dumbfounded at a fiery crossroad.

OLD WOMAN And yet because I was young
I was aided by others
And so lived to this ripe old age.

CHORUS Throughout the years that followed
I resigned myself to my sickbed
While my disheveled hair fell out
As I clung to the image of my father;
Sixty years went by unnoticed
While I numbered like the stars in the sky

My complaints, as if to etch them in stone:
How could I ever forget them?

MONK — I thank you for relating your story in detail. But did you ever find your father?

OLD WOMAN — The city was devastated, you see. I asked my kin to help, and we did all we could to search for him, but we never did learn what became of him. If he were near the blast center, he must surely have been lost in the explosion.

MONK — How tragic! And already sixty years have passed since that day. I do not doubt that, having experienced such a disaster, you would never forget it.

OLD WOMAN — And even so I hear that in this country
Even now there are signs of nuclear armament!
I am a survivor of the bomb;
War cannot be allowed!

CHORUS — If with trembling voice and straitened breast
Accompanied by falling tears I make this plea,
It is for no other reason but that I know
The misery caused by the atomic bomb!

MONK — You are justified to say so.

OLD WOMAN — Priest, I feel it was destiny brought us together. Would you be so kind as to hold a memorial service for my father's spirit?

MONK — As one who has taken the tonsure, I should be happy to do so. It will mean I have come all the way to

Hiroshima for a good purpose. I will say a memorial service for him.

OLD WOMAN Well, then, I thank you.

MONK But already the sun has begun to set, and the river breeze has risen; and I hear the sound of distant thunder.

OLD WOMAN Then I should go back and place my water with my lantern. Until we meet again!

CHORUS The evening wind rises
And the rain comes on without pause,
And the rain comes on without pause,
Swelling the Ota River;
Upon the lanterns reflected on its surface
Casting illusive shadows
The woman, weeping, turns toward home;
The sky is darkly clouded over,
A sudden shower falls, lightning flashes,
And with a clap of thunder the wind rises:
Then comes a chill, and even her shadow is gone;
Then comes a chill, and even her shadow is gone.

Exit the Old Woman to hayatsuzumi *(quick drum)*
or okuribue *(exit flute) music*

Enter an Old Homeless Man, running in via the curtain

OLD HOMELESS MAN How dreadful, how dreadful! How dreadful, how dreadful! Oh my, the thunder's rumbling! Heaven save me!

He runs hither and thither about the stage as if seeking shelter

Ever since that day the thunder scares me so; I can't bear it! It's exactly like the A-bomb! Where's a good place to hide? And now it's started to rain! See, now I'm soaking wet!

Enter a Young Homeless Man, following him at a stolid pace

YOUNG HOMELESS MAN What is there to be so afraid of? You should just have a seat here on these stone steps and wait a while for the rain to stop.

OLD HOMELESS MAN How can I take it easy at a time like this? Heaven save me! I'm trembling! Still, it's reassuring to have company at a time like this. Stay there and I'll join you. It seems to be letting up.

YOUNG HOMELESS MAN I don't know why you get so scared. It's only a little thunder!

OLD HOMELESS MAN I know it's thunder, but I can't help being scared. It's just like the A-bomb. I get to remembering that day, and then I can't stop shaking. I was down at the harbor that day so I got away with my life, but had I been here I'm pretty sure that would have been the end of it. In this world, you never know what events can turn to your advantage.

YOUNG HOMELESS MAN What are you talking about? Are you carrying on about the atomic bomb again?

OLD HOMELESS MAN Do you have to ask?

It was about fifteen minutes after eight in the morning when a B-29 came in quietly from the direction of the Aioi Bridge. Without a sound it dropped a thing that came floating down like a parachute. Before it hit the ground, though, there was a flash of light; then my eyes were dazzled and I don't really know what happened next. Judging by things I heard later, it was a horrible sight. With a terrific sound like a hundred strokes of thunder going boom, there came a scorching blast of wind that swathed the earth and trees in flame. In an instant this town of Hiroshima was smashed into rubble and blown in all directions, transformed by sixteen thousand degrees' heat into a burning sea of flame.

And there's the thunder again! It's just like it was on that day. What an uncanny sound it makes! It puts me ill at ease. I hope it won't hit us!

YOUNG HOMELESS MAN It won't hit us. It's just rumbling far away.

OLD HOMELESS MAN That's just as bad! On that day, those who looked right at the flash — even from a distance — got their eyes put out; and those as were struck by the light, their flesh was burnt right off of them and they died of their burns, writhing in pain! It turned men and women into naked corpses, so pathetic you couldn't bear to look upon them. They were piled up in their hundreds amid the flames: it was just like a picture of hell!

I turned my eyes away in an instant and so was not blinded. And luckily for me I was blown behind a stone wall, so that the light only hit me from the right side. See here! The skin was burnt off one side of my face, and now it's twisted; I've gotten to look this way over the years.

Those who survived, their clothes were burnt off them, and their skin fell off in shreds. They couldn't scream even if they wanted to, they didn't have the voice. Some clawed at the sky, and others wandered about begging for water. "Give me water, give me water!" I can still hear their voices. The bodies of the dead were piled in heaps under the hot August sun, so their guts burst forth and you couldn't tell the men from women, let alone who was who. Later on maggots infested the rotting flesh, and the place reeked with the stench of death. Oh, it scares me even to tell of it. *(He weeps) Oyoyo, oyoyo, oyoyo*!

People wandered the streets looking for their children or their siblings. Some walked this way and that until their strength left them and they died; others threw themselves into the river in hopes of getting a drink of water. The bodies were piled up under the Mitaki Bridge so you couldn't see the surface of the river, and the roads were covered with mountains of corpses. And as for me, I walked around, looking for my wife and my children, until night fell. Then the sky, which had been clear all the while, was covered with black clouds, and the wind

rose and became a whirlwind; then a black rain fell and all the people and corpses and rubble were drenched through with it. All forsaken, their shouts growing weaker, they sank down into the ground and disappeared. *(He sobs) Oho-oho-oho* … And then desolate night fell upon us. They say that 201,990 people died that day.

Aahhh! And now see how the lightning falls! How dreadful, how dreadful! And the sky has gone totally black! They say the ghosts of the dead appear hereabouts on nights like this, because there were mountains of the dead nearby. I'm scared, so let's run back to our beds. How dreadful, how dreadful!

Exit the Old Homeless Man via the curtain, repeating this last phrase

MONK The things that fellow said, are they true?

YOUNG HOMELESS MAN I've heard him recite them many times over the years.

MONK I am now beginning to realize what the atomic bombing was like. And since today is the anniversary of the bomb, I shall hold a memorial service for the dead, even here in the rain.

YOUNG HOMELESS MAN Well then, I shall mourn with you. I guess folks will not be able to float their lantern-offerings any more tonight, what with the rain and all.

MONK Then let us mourn the dead, praying in quiet voices.

Machiutai (waiting song)

Upon the rain-swept surface,
Upon the rain-swept surface
Of the Ota River in the raging wind
Where, like bubbles floating in the current,
Small paper lanterns set in offering
Float on the river surface; there faintly
The shadow of a person, seemingly
The shadow of that victim of the bomb.

Enter the Spirit of the old woman's father to issei *entrance music, stopping by the first pine for the entrance song*

Issei (entrance song)

SPIRIT O desolate ruin:
The town of Hiroshima so vast
Burned in six thousand degrees of heat,
Enveloped in the flames of hell,
Consumed by roaring flames.
And I, separated from my child,
(Aside) Give me water, please, people!
I am thirsty, thirsty; it burns like fire!

MONK In the mist on the rain-swept river
Lightning flashes in the dark,
Its light revealing a shadow:
A victim of the bomb?

SPIRIT The sky of my Hiroshima was rent and her buildings thrown down; only her rivers at flood tide flowed.

The raging flames fell from the heavens,

CHORUS And enveloped in the roaring blaze
This city of Hiroshima became a ruins,
Burning furiously with a great noise.

SPIRIT Those struck by the scorching light

CHORUS Their shapes were etched onto the stone,
Their forms vanished without a trace;
While all those who survived,
Their flesh burnt from them, fell on the ground
Or wandered about like phantoms.

SPIRIT And I too found that at some point
The clothes I wore had been burnt off
Exposing my blister-covered body.

CHORUS And so appearing like a flesh-consuming fiend
I rose to my feet, clinging to a staff.

SPIRIT Corpses to the right of me, corpses to the left,

CHORUS Bodies burnt raw and torn to shreds,
And nowhere to be seen a human form;
Even the skeletons are burning,
And all I see is ruins and rubble.
Truly the Hell of Communal Suffering[4]
Must look like this: a wretched sight!

4 The Hell of Communal Suffering is the third of the eight great hells in the Buddhist cosmology. There a variety of sinners (specifically murderers, thieves, and fornicators) are brought together and communally subjected to many torments as punishment for their transgressions. It is said that the sinners are forced to pass between mountains of iron that fall upon them and crush them to death, wherefore it is also known as the Hell of Crushing Mountains.

MONK — How dreadful, how difficult to bear!
That shadow I see is the form of a bomb victim.
It seems he has appeared before me
To relate the wretched spectacle of Hiroshima.

SPIRIT — Though time passes I may not forget
The masses of people with swollen bodies,
All of them begging for water,
Treading through piles of corpses,
Seeking their children or their parents.
I too have lost my young child
And wander the scorched earth in search of her.

Oh, where is my child? Is my wife dead, also?
What have I done to deserve such affliction?
    Oh, dreadful!

CHORUS — Is it because I left my child and fled
    that these flames
Burn the soles of my feet and char my body?
My clothes also are enveloped in flames,
My skin peels and hangs from me in shreds,
My flesh is torn and blood flows,
And standing aimless here I truly cannot say
If I seem like a real person or one in a picture of hell.

SPIRIT — Oh, it is so hot, I cannot bear it.
Give me water, please!

Give me water, please,
Give me water, please, please!
I am thirsty, thirsty; it burns like fire!

CHORUS
Seek though I might,
Amid the raging flames there was no water.
Seeking help, begging for water,
I scrambled up onto the Tokiwa Bridge
And gazed at the shallow river — Oh, pitiful!
Everywhere I looked,
Corpses heaped one on the other
And no place to tread between them.

SPIRIT
Oh, where is my child?

CHORUS
I cried again and again, as loud as I could;
Covered in drifting smoke and flame
The streets of Hiroshima and her six rivers
Were buried in dead bodies.

SPIRIT
Then it happened the tide came in

CHORUS
And the tidings I sought in the waves
On the riverbank and across the burnt land
Were nowhere to be found.
I drifted, I wandered, I strained my eyes
And saw a thin dress that seemed familiar;
I ran over, thinking it my child,
And caught her up in my arms — Oh, pitiful!
It was the corpse of an unrecognizable child.

SPIRIT
Aimlessly I turned back

CHORUS
Searching as I wandered this way and that
When above the blackened streets of Hiroshima
The sky was suddenly clouded over
Then came a whirlwind and rising gales

And a black rain came falling from heaven
And the living and the dead
All were drenched in the chilling wet
And the deadly ash fell on our bodies
And so we died, writhing in pain
Here in Hiroshima
Where among the waves of the Ota River
The screaming voices faded away,
The screaming voices faded away.

Exit the Spirit

The Monk looks on in amazement as the Spirit vanishes. The curtain falls and the lights are extinguished preparatory to a requiem in the format of a celebratory epilog. As the Spirit leaves the stage, enter by twos and threes a large group of people carrying paper lanterns. They hand lanterns to the Monk, the Novice, and the Young Homeless Man, then exeunt. Lights appear on the bridgeway

Enter once again the Old Woman via the curtain, bearing a shôko *or small gong. She advances to the first pine, strikes the gong, and covers her face as if weeping as the lanterns go by. The Monk also stands in an attitude of prayer, with prayer beads in hand, and watches the lanterns pass. A bell is rung two or three times*

MONK The victims of the bomb
We mourn in voices raised so high
It seems they will reach even the road
to the afterworld;
Our prayers for peace fill the heavens.

The chorus chants a paraphrase of a poem by Sankichi Tôge[5] *as a low-pitched song, monotonously like an invocation*

CHORUS Give back myself.
Give back my father.
Give back my mother.
Give back the people.
Give back all that connects us to humanity.

MONK *(over the above)* Father of her who survived the bomb,
May you rest in peace!

CHORUS *(slowly)* The summer rain has passed
And all of a sudden a rainbow hangs in the sky;
In the evening glow over the Koi hills
On the river, where lanterns drift with the current,
Are shadows reflected in their red light:
Drawing on the destiny that makes the flood ripple
With our ardent wish to comfort the souls
of the dead
And our hearts filled with grief
For the victims of the war
We cast our lanterns adrift.

5 Sankichi Tôge (1917–1953) was a poet who survived the atomic bombing of Hiroshima and wrote poetry informed by his experience. The play paraphrases one of his poems which is engraved on a monument in Hiroshima Peace Memorial Park; the full text can be translated as follows: "Give back my father, give back my mother; / give back the old folks, / give back the children. / Give me back myself, give back the people / who are connected to me. / Give back a peace, / a peace that will not fall apart / so long as this world of people, of people, exists."

Kiri (finale)

And as we cast our lanterns adrift,
And as we cast our lanterns adrift
We must pass this message on to those who follow:
We will not repeat our mistakes.
May their souls eternally
Rest in peace.

OLD WOMAN The woman, ringing her gong,
Calls out her father's name with tears in her eyes;
Then the faintly flickering lanterns
She continues to watch as they float away.

CHORUS And as we set our lanterns adrift,
And as we set our lanterns adrift
We know this sadness
We will not forget, forever;
May they rest in peace!
All of the people join together
Chanting a vow of peace:
The voices of their requiem
And the sound of the bell
Resound in the summer night's sky,
Fade away in the summer night's sky.

Exeunt

Yokohama: Three Worlds

Translated by Christopher Midville

Dramatis Personae

An OLD MAN from the province of Iwami	*ai*
His niece MRS. SAKURAI, the widow of a naval officer	*maeshite*
The spirit of HATORI-NO OYU, a warrior of ancient Japan[1]	*tsure*
The MANSERVANT of Hatori-no Oyu	*ai*
HATORI-NO AKIME, the wife of Hatori-no Oyu	*nochijite*
Ame-no-futotama-no-mikoto, a DEITY	*nochijite*
Children representing various DEVAS	*kokata*

1 Hatori-no Oyu was one of the *sakimori* or "guardians," troops levied in the eastern provinces of ancient Japan and sent to military garrisons in Chikushi (modern Fukuoka Prefecture on the island of Kyûshû) to defend against attack from the continent. Some of the soldiers wrote poems expressing their nostalgia for their homes and loved ones, and a few of their poems found their way into the *Manyôshû (Collection of Ten Thousand Leaves).*

Synopsis

An elderly man arrives in Yokohama, having come from the distant province of Iwami to see his niece and visit the grave of her husband Sublieutenant Sakurai, a naval officer who died in World War II. He finds his niece's home, and the two spend some time reminiscing about the past. After they retire to their beds, the widow is visited by the spirit of Hatori-no Oyu, a warrior who in ancient times was forced to leave his wife and fight in a far province where he perished in battle. It was this spirit who was reincarnated as Sublieutenant Sakurai; he has come to visit the widow Sakurai because she is the reincarnation of Oyu's wife, Hatori-no Akime. Having been separated by war twice in this world, the two lovers are now reunited in a celestial marriage that will last forever. As they dance to express their joy, they witness the miraculous appearance of a boat bearing Ame-no-futotama-no-mikoto, the patron deity of Japanese industry and commerce, together with the Twelve Devas of the Buddhist tradition. These august spirits bless the couple's marriage and pray that the city of Yokohama will have peace and prosperity for years to come.

The play shifts between three continua — the present, the ancient past, and the timeless world of mythology — merging reality and dreams as only Noh can, to illustrate how the city of Yokohama has flourished over the years. The piece has several interesting features, including the fact that its performance requires the presence of two *shite* actors onstage at once. This unorthodox element lends added force to the spectacle of the finale, which Professor Tada has described as "Wagneresque."

All explanatory footnotes were added by the translator.

Yokohama: Three Worlds

Kyôgen Kaiko (kyôgen opening)

Enter an Old Man, walking rapidly. He looks about as if gazing at distant objects and evinces surprise at what he sees

OLD MAN There it is, there it is, there it is! That must be it: the port of Yokohama! It's so bright! So many buildings of tremendous height lined up like boxes made of light, one close by another, left to right in one long row! A dazzling sight! I guess it really must be true: there's no more beach in the wide beach town.[2]

It was perhaps sixty years ago I last came this way. Back then I heard the area over there used to be called Sode-ga-ura[3] and it was a beautiful sandy beach fronting on the wide ocean. From there all the way over to the Twelve Devas' Point were rows of nets on which they dried seaweed to make *nori*[4] — a peaceful scene. That would be over near Honmoku, wouldn't it? And Sode-ga-ura would be there: the beachfront that once bustled with fishing boats has

2 The name Yokohama means literally "wide beach."

3 The area near what is now Yokohama Station was once a beach known as Sode-ga-ura, which may be translated literally as "the Sleeve Shore." It was this unusual name that prompted the author to use the kimono-sleeve as a thematic device throughout the play.

4 *Nori* is the paper-like food, made of dried laver, which is used as a wrap for *sushi* and rice balls.

been reclaimed from the sea, and is now a dazzling ocean of light! Let's see, the American Pier[5] would be that way. And there's a Ferris wheel, shining like a necklace! It hardly seems like night-time; compared to the nights back home in Iwami[6] it's as bright as noon!

Kakinomoto-no Hitomaro once wrote of my hometown: "Of Iwami's sea by Tsunu-no-ura, people may well say there is no shore: be that as it may."[7] So if he could see Yokohoma now, would he say something similar? "In Yokohama there isn't any beach: be that as it may."

Oh! In my astonishment I didn't realize it's already past eight! I've come looking for my niece, whom I haven't seen in fifty years. She lives alone here — I'm sure it has got to be somewhere nearby. The town is so thoroughly transformed, it's like I've come to a foreign land! So where could it be? Where is my

---

5 *Meriken Hatoba* or "American Wharf" was a name traditionally used by Yokohama residents to refer to the Great Pier (*Osanbashi*) at the Port of Yokohama. Built between 1889 and 1896, it is the port's oldest pier.

6 Iwami was the feudal province that comprises the western part of modern Shimane Prefecture.

7 This is an excerpt of poem by the well-known poet Kakinomoto-no Hitomaro, from Volume Two of the *Manyôshû*. The opening lines of the poem may be translated as follows: "At Iwami's sea / near Tsunu-no-ura / there is no shore, / or so folk may have it; / there are no shallows, / or so folk may have it; / be as be may / if there is no shore; / be as be may / if there are no shallows." The poet contrasts the name of Tsunu-no-ura (which means "the Tsunu shore") with the popular notion that the place has no good shore where fishing boats may be grounded, then dismisses this notion as unimportant. The remainder of the poem explains the poet's abiding fondness for Tsunu-no-ura: it is the home of his beloved wife, whom he must leave behind as he travels to the capital.

niece's residence? Ah, just as I thought: here is her address! The nameplate still reads "Sakurai." So my niece lives here, then. *(He calls toward the curtain)* Niece! O niece, are you there?

MRS. SAKURAI *(offstage)* Well, what a surprise! If it isn't my uncle from Iwami, come to visit so late in the evening! Please, come inside.

Enter Mrs. Sakurai, advancing to the center of the main stage

Tell me what's brought you all the way to the city.

OLD MAN My sudden excursion to the city could be for no other purpose but one. Sixty years have passed — though it hardly seems so long — since your husband, Sublieutenant Sakurai, was killed in action. And it suddenly occurred to me that, since I myself may not have much time left, I should take this chance to pay my respects at his grave — and visit with you too! — one last time before I pass on. That's why I've come all this way.

MRS. SAKURAI I thank you for coming such a long way on my account. It has indeed been sixty years since I saw my husband off to the war at the port; yet even now not a day goes by but I think of him.

Not one year passed since I became his bride
    For nights of honeymooners' bliss to spend
But they must end: the cruel muster cried
    And he, called out, to southern seas must
    wend.

So came the day of parting when my love,
In uniform and keeping tears inside,
Though teary-eyed, uplifted his white glove
Saluting as we sent them off in pride:

"Who goes to sea may end in water, dead"[8]
We sang as all the sailors left the quay
And sailed away to cries of "Full ahead!"[9]
I think of how he looked then every day.

While sailing south to Saipan, so they said,
His ship was sunk and all hands lost at sea.
So ended he: drowned in the water, dead.
How sad I am such was his destiny...

On this very day by the old calendar we celebrate the Bon, the festival to greet the souls of those who've gone before.[10]

CHORUS Then let us talk of days gone by and spend some time in quiet reminiscence.

8 This is the first line of a WWII military song. The lyrics of the song, which are drawn from a poem in Volume Eighteen of the *Manyôshû*, may be translated as follows: "Who goes to sea, his corpse may be immersed in water; / who goes to the hills, his corpse may be covered with weeds; / yet I shall perish at my Sovereign's side / and never regret my sacrifice."

9 The original has *yôsoro*, a nautical command equivalent to "Steady as she goes!" I chose to use the (fortuitously shorter) phrase "Full ahead!" because it conveys an enthusiasm that fits well with the image of young naval officers sailing off to sacrifice their lives for their Emperor.

10 Although the modern calendar places the Bon Festival in mid-July, it was closer to mid-August under the old lunar calendar. The tradition of "old Bon" is still kept in many parts of the country, but the dates of the festival are generally fixed at August 13 to 15 for convenience. The play's reference to old Bon is significant in that the festival's climax falls on the same day as the anniversary of the end of the Pacific War.

Kuse (central narrative)

Memories like heaven's river flow,
A starry night when lovers cannot tryst:
So lift a cup and talk of days gone past,
Forget the flood of melancholy years.
And while we talk the night wears on, until
The clear moonlight seeps in beneath the eaves
And I perceive at last you must be tired.
So for tonight I bid you take your rest;
Tomorrow we shall visit at his grave.
With these words we retire unto our beds.

Exit the Old Man via the side door

MRS. SAKURAI And in the restless midnight still the moon

CHORUS Shines brightly, whitely on the sliding door;
The voices of the green pine crickets shrill
Unending thoughts across the autumn night
In ringing tones that augur winter's chill;[11]
In fitful sleep I briefly dream I share
My pillow[12] briefly shared and wet with tears.

---

11 The original has the pine crickets singing *rin-rin-rin-rei-rei-rei*, an ambiguous onomatopoetic expression. The word *rin-rin* is frequently used to represent the tinkling of bells, and *rei-rei* indicates something pretentious or conspicuous; but both words can also be used (albeit spelled with different characters) to describe a feeling of severe cold. The resulting image, which I have endeavored to capture in my translation, is a high-pitched chirping that makes one think of chill autumn nights.

12 In Japanese literature the word *makura* or "pillow" is often used to connote a sexual relationship. The widow feels the loss of her husband most at night, when she must lie alone in bed.

Mrs. Sakurai takes her place upon a dais or platform that represents her bed

Waka (poem)

MRS. SAKURAI Having sent my husband south
I guess that I shall yearn,
And clothèd and engirdled sleep
Alone till his return.[13]

Ageuta (poetry sung in the upper register)

CHORUS How odd that to my lips should rise this song
Of the ten thousand leaves,[14] unknown to me,
Recited by a maid of Sagami[15]
Who, longing for her husband, slept alone
And longed to see him, be it but in dreams:
Her *azuma-uta*, her eastern song
I murmur while the tears of restless sleep
Fall down in streams to wet my lonely sleeve
For that I know they are but pillow-dreams,
For that I know they are but pillow-dreams.

13 This is a paraphrase of a poem from Volume Twenty of the *Manyôshû*, in which is attributed to Hatori-no Akime (or Hatoribe-no Asame), the wife of a *sakimori*. The original can be translated as follows: "I my husband having / sent off to Chikushi / shall yearn for him / and without loosening my *obi* / mayhap sleep in my clothes." She is so distracted by her husband's absence as to ignore even such concerns as the need to change into her nightclothes; her refusal to loosen her *obi* — a wide sash worn higher than the Occidental girdle, just below the breasts — signifies that she will not feel able to breathe easily until he returns.

14 The original has *Manyô* or "ten thousand leaves," a common abbreviation for *Manyôshû* that is also used to refer to the era during which the poetry of the *Manyôshû* was written and collected.

15 The ancient province of Sagami constitutes the major portion of modern Kanagawa Prefecture, where the city of Yokohama is located.

The flute plays ashirai music as a screen of silk cloth is drawn shut in front of the dais to conceal Mrs. Sakurai. The curtain is raised halfway to reveal the spirit of Hatori-no Oyu, who walks softly across the bridgeway to stand by the first pine

Issei (entrance song)

HATORI-NO OYU If by mine absence thy dear breast is
Straiten'd made to be,
Gaze at the clouds on Ashigara's
Peak and think of me.[16]

Sashi or Kudoki (recitative or lament)

O my wife, how I have longed for thee!
Though many hundred years between us lay
Now by thy pillow I would speak of love:
To such affection how should I give voice?
(*Aside*) I am he who from the east, long past,
Was mustered to the sea near Chikushi,
The soul of guardian Hatori-no Oyu.
Now longing for my wife, left in the east,
Hither through all of time and space I've flown
That by her pillow I might now appear.
(*To her*) O quickly now, awaken unto me!

---

16 This poem is quoted from Volume Twenty of the *Manyôshû*, where it immediately precedes the one previously paraphrased. It is attributed to a man known as Hatori-no Oyu (or Hatoribe-no Ueda), a *sakimori* from the rural district of Tsutsuki in what is now Yokohama City. The poem may be translated as follows: "If my journey / should straiten thy breast / upon Ashigara's / cloud-bound peak / look thou and think of me." Ashigara's peak could be a Mount Kintoki, a peak in the Hakone mountain range; since this mountain lies west-southwest of the poet's home his wife, by gazing at its peak, would be looking roughly toward his destination in what is now Kyûshû.

Enter via the side door the Old Man in his role as Hatori-no Oyu's Manservant (although costumed as before)

MANSERVANT Mistress, I bid thee quickly waken! For lo, he for whom thou longest is come for thee!

He raps twice or thrice with his fan on the screen and it is drawn open to reveal Mrs. Sakurai, now elaborately costumed as Hatori-no Akime

HATORI-NO AKIME Oh, is it true that thou art come for me,
My husband, Sublieutenant Sakurai?
But nay, it is not so, for thou appear'st
All armor-clad, an ancient guardian:
How strange, with such a vision to converse!

HATORI-NO OYU Thine agitation cease, for it is I
Who unto distant Chikushi was called
To die in battle on the western sea:
Thy husband, Hatori-no Oyu.
Reborn as Sublieutenant Sakurai
Once more I cherishèd thee as my bride
And dwelt with thee one happy fleeting year
Till foreign wars again tore us apart.
O cruel fate! to end a second time
As flotsam drifting on a southern sea!

SAGEUTA (POETRY SUNG IN THE LOWER REGISTER)

CHORUS For war is ever thus, in any age:
It maketh sorrow in the lives of men.

Ageuta (poetry sung in the upper register)

Alas! for that the cycle of rebirth
That deemest I must leave my wife again
In this sad form at last is manifested.
Though in form I am not as I was,
This form is the result of transmigration:
Do thou never doubt that it is I.

HATORI-NO AKIME Truly 'tis strange! For I too am transformed:
An eastern dame in brilliant-patterned robe,
In form young Hatori-no Akime.

MANSERVANT Well, then! The bridal ceremony for my lord Hatori-no Oyu and my lady Hatori-no Akime is now made ready. My lord, my lady, I bid ye come hither.

Issei (entrance song)

HATORI-NO AKIME O how long I have longèd for this hour,
This trysting-time, woven of lovers' dreams,
When with the turning stars we meet again;
I grudge the time it takes to loose my sash!

CHORUS For when the husband visiteth his wife[17]
The veil of night concealeth but a while:
The time is now, our bond of love profound

17 This line refers to the custom of pre-feudal Japan whereby a married woman would remain with her parents and her husband would either move in with her or come around for conjugal visits. During feudal times, as Japan's society became more strictly patrilineal, this custom gradually gave way to the modern arrangement whereby the wife joins the husband's household. Nevertheless the old system still exists in the tradition of the *muko-yôshi*, the groom who is adopted into the bride's family when she has no brothers to inherit the estate.

A vow enduring into the next life!
And so in joy at this our wedding rite
With sleeves turned back[18] we dance a regal round!

MANSERVANT Already we are ready for your nuptials; I pray ye twain will presently come forth!

Akime and Oyu dance together, accompanied by musicians

AKIME *and* OYU Beyond the mundane realm our nuptial rite,
With sleeves entwined: Dance of Two Butterflies.
Turn back, turn back the sleeves of olden time!
Then at the cumuli upon the peak
We gaze a while and fondly reminisce —
Then loose our sashes, how long it has been!

MANSERVANT How wondrous! From afar across the sea white clouds come trailing, and with them I hear some lively music play! What omens this?

CHORUS All suddenly the ocean doth resound
And fragrant breezes permeate the sky
As if to celebrate the bride and groom;
Then floating o'er the shining sea one cometh…

To hayabue *(quick flute) or* ôbeshi *entrance music enter upon a boat the Deity Ame-no-futodama-no-mikoto, who pauses on the bridgeway*

18 In Noh it is not unusual for an actor to "turn back" his sleeves as he dances, flipping the long cuffs up and over the forearms, to indicate that the dancer is reflecting on events of the past. Traditionally this gesture has also been used a signal that the dancer reciprocates the feelings of his partner. Both meanings seem apposite in the present case.

DEITY Ho, hallo there! I am come to offer
Blessings on your wedding celebration!

HATORI-NO AKIME Wonderful this vision I behold!
Upon the ocean dazzling with light
There doth appear one like an agèd man
Unto us beckoning! Who could it be?

CHORUS The fishing fires and fox-fires on the point
Illuminate the sea, upon which floateth —
Awa's god, a holy visitation!

DEITY I am he that since the days of yore at Sode-ga-ura in Yokohama guarded all the folk was protector of the harbor: god of Suzaki and patron of Japanese industry, Ame-no-futodama-no-mikoto![19]

And now together with the Devas twelve
To celebrate with you this wedding rite
I come in grand procession o'er the main!

CHORUS O wife of Sakurai, O guardian,
Now cast aside your ancient grief and woe
And henceforth dwell in joy and plenitude:
On you these words of blessing we bestow!

HATORI-NO AKIME The twelve worshipped of old at Honmoku —

19 Ame-no-futodama-no-mikoto was an ancestral deity who came to be worshipped as the patron of Japanese industry. He is enshrined in various places throughout Japan, including two referred to in the play: the Awa Shrine near what is now Tateyama City in Chiba Prefecture, and the Suzaki Shrine located just northeast of Yokohama Station.

CHORUS Indra in the east,
And in the west is Varuna;
In the south is Yama,
In the north Vaisravana;
Brahman up above
And Prthivi on earth below,
Aditya and Candra,
Agni, Vayu and yet more;
The Buddhas manifesting,
Syncretistic deities,
And even foreign gods now
Stand familiarly with these —
They gather on the Great Pier
Each one jostling for his berth,
Or fly across the sky
Or lay in coils upon the earth,
All to celebrate the happy pair!

At this point there may be a dance by children representing the Devas. Then the Deity takes his place upon the dais and poses with Akime, Oyu, and the Devas arrayed on either side of him.

DEITY It is well, it is well!

CHORUS O port of Yokohama,
Star upon the global stage,
With all the world's lands
Do thou in harmony engage;
Past grievances forget;
But strive instead for amity
And to maintain the peace eternally!

With these words the gods
    Array themselves upon the sea
And give their benediction
    On the wedding ceremony.
What a gracious vision 'tis to see!

At this point there may be a dance by children representing the Devas

Kiri (finale)

In Yokohama, in Yokohama,
At Sode-ga-ura there is no beach
Or so they say; there is no strand
Or so they say. Be as be may
If there is no beach; be as be may
If there is no strand!
O fishing-village, Yokohama,
May thy seas be bountiful
And trade with foreign lands
The foundation of peace;
Thou basis of the opening of Japan,
Port of Yokohama, ever prosper!

Exeunt

The Spider Clan Strikes Back

Translated by Christopher Midville

Dramatis Personae

The LORD of a feudal province	*waki*
Two RETAINERS who serve the lord	*wakitsure*
KUMOMARU, grandson of Old Mantis[1]	
Three WOMEN of the Spider Clan	
A MESSENGER	*ai*
OLD MANTIS, the headman of the Spider Clan village	
Five VILLAGERS of the Spider Clan	

1 The name Kumomaru can be translated literally as "Young Spider" or "Spider Lad."

Synopsis

As the play opens the lord of a feudal province complains of the trouble he has had governing his people. Continuous drought has damaged harvests in his province, and as a result the peasants have become reluctant to pay the customary tribute in rice and other grains. One village in particular — that of the Spider Clan — has resisted his rule for years, and he has decided he must destroy the village in punishment.

In the meantime the lord has had the grandson of that village's headman taken prisoner. The youth, Kumomaru, begs for leniency, claiming that the village's hardships have made it impossible to pay the tribute. Nevertheless the lord has the lad beaten and left for dead.

Kumomaru is found and rescued by a group of washerwomen who were abducted from the Spider Clan village and forced to work for the lord's soldiers. He is therefore able to return to the village and warn them of the impending attack.

His grandfather, who is known as Old Mantis, calls all the remaining villagers together for a war council and reveals a stratagem that he thinks could save the village. The core of his plan is a weapon known as the Thousand Strands, which was devised by one of the village's revered ancestors. The villagers learn the use of this long-forbidden weapon and march off to war. They are hard pressed by the lord's troops, but ultimately the use of the Thousand Strands brings them victory and peace.

This play is an experimental piece written for performance by children, and as such it differs in some ways from classical Noh plays. In particular, it features an unusually large number of speaking roles.

All explanatory footnotes were added by the translator.

The Spider Clan Strikes Back

Enter a Lord attired in samurai court dress, followed by his sword-bearer, to nanoribue *entrance music*

LORD You see before you the lord of this province. Since last year there has been a constant drought, and this year the fields are parched, wells have run dry, and the peasants of our villages are become reluctant to render up their yearly tribute of rice.[2] In particular the headman of the Spider Clan, who live at the foot of Mount Katsuragi, has refused to pay even so much as a bale of millet, claiming now famine, now a poor harvest as his excuse.[3] And so we have ordered the headman's grandson Kumomaru brought before us, that we may investigate the matter closely. The folk of the Spider Clan have dwelt many years at Mount Katsuragi, and at every turn they have resisted our rule. We feel it will be needful to destroy them. (*He calls to his retainers*) Someone! Let Kumomaru, the hostage from the Spider Clan, be brought swiftly into our presence!

2 In medieval Japan the land taxes which feudal lords levied from their peasants were paid in rice, which the lords then used as currency to pay their retainers, etc.

3 Since millet was considered inferior to rice, suitable only for consumption by peasants, payment in millet would be acceptable only if the rice harvest were insufficient. The Spider Clan's refusal to send even so much as a bale of millet can therefore be seen as an indication that their circumstances are dire indeed.

Enter two Retainers attired as samurai

RETAINERS We humbly obey. (*They call to Kumomaru, who is offstage*) Kumomaru! Come here and seat yourself with due propriety. Our lord has summoned you into his presence!

Enter Kumomaru in the costume of a young boy, led by a rope with which he has bound; wordlessly he humbles himself before the lord

LORD Kumomaru! Although we have sternly commanded that your grandfather, the headman Old Mantis, pay tribute, he has yet to deliver even one bale of millet and so stands in violation of our laws. Therefore you have been brought before us as a criminal in his place. Have you aught to say for yourself?

KUMOMARU How unfortunate these past months have been! The fields of our village have become parched and the rice paddies have dried up, and the wheat and rice have not ripened so the folk of our village suffer starvation. And on top of this we are burdened with harsh levies, so that in our village some die of starvation, and the rest find themselves without any means to survive till the morrow. I beg you, grant us a reprieve on our tribute payments for a while!

LORD What's this? You will not render tribute? To disobey the law regarding tribute is a serious offense in our demesnes; and so you must be punished according to the law.

CHORUS They force Kumomaru to sit
And thrash him him severely.
As his young life grows faint
He entreats them tearfully;
They have no ears to hear
But leave him for dead, alas!

Exit Lord and Retainers

Kumomaru remains prostrate at the right side of the stage. Enter three Women of the Spider Clan, dressed as washerwomen and bearing kimonos to be laundered. They stop at the first pine and mime washing the garments in a stream

WOMAN 1 Into the foam on the flowing water
I dip my hand to rescue leaves and flecks of straw;

WOMAN 2 But no one can save our Spider Clan.

WOMAN 3 Our parents and siblings we've left back home

ALL WOMEN And any news of them the waves
Splashing, splashing, wash away.

WOMAN 1 We were washed away by the river waves,

WOMAN 2 Fated to slave at the bidding of others.

WOMAN 3 O how I miss my parents!

WOMAN 1 The water wheel turning on the river's surface

WOMAN 2 Rumbles and rumbles
As we wash these robes,

ALL WOMEN As we rinse our bitterness out.

The three Women advance to the center of the stage and discover Kumomaru

WOMAN 1 Say, there is a young child, and he's hurt!

WOMAN 2 It's Kumomaru, whom we left behind in the village! I daresay he's been mercilessly misused by the lord and his servants, as happens all too often. Alas, a sorry plight!

WOMAN 3 Kumomaru! What has befallen you?

KUMOMARU I was beaten severely by the lord because we cannot pay our tribute, even though there's naught to eat in the village. Oh, how it vexes me!

WOMAN 1 We too have been abducted from the village, and are forced to labor thus.

WOMAN 2 Alas! How can we rinse away this suffering?

WOMAN 3 The day is getting late; we must hurry home now, for fear of the lord's punishment!

ALL WOMEN Farewell, farewell!

CHORUS While aiding Kumomaru,
While aiding Kumomaru
They bemoaned their fate a while,
But take too long and punishment again
Will be given, and so the washerwomen,
Weeping, leave him and return home;
Weeping, leave him and return home.

Exeunt to okuribue *(exit flute) music*

Enter a Messenger, walking at a brisk pace

MESSENGER Kumomaru has just returned in a dreadful state and reported that our lord has sent forth his troops, saying that if we do not render tribute he will attack and annihilate our village! Our headman, upon hearing this, has dispatched me to notify all the villagers to assemble.

After constant wars our village's resources are exhausted: our young men have gone to battlegrounds and been wounded by arrows, or killed, or taken as prisoners of war; and many of our women also have been taken, so only old folks, women, and children are left, and none of them fit to work. Even were there no threat of war, the villagers could not be sure whether they will survive until the morrow.

Yet the headman Old Mantis says he has a stratagem that may save us, and has called all the young folk to assemble quickly for a conference at his lodge. All who are left to the village, hurry and come!

This is my message; hark and comply! Hark and comply!

Exit Messenger via the curtain

To vigorous musical accompaniment enter Kumomaru, with several Villagers wearing headbands and armed for battle

Sashi (recitative)

KUMOMARU Alas for these past months! We dwelt in peace…

ALL VILLAGERS But the lord of this land has a taste for war, and levied tribute and made the people to suffer, and now he has sent forth his troops to destroy our village!

VILLAGER 1 We are willing to fight, but

VILLAGER 2 We have no weapons,

VILLAGER 3 Nor any stratagem to win;

VILLAGER 4 All we can do is run about trying to escape.

VILLAGER 5 And at such a juncture at the headman

VILLAGER 1 Old Mantis's bidding we have come here

VILLAGER 2 And assembled in this hall;

VILLAGER 3 Wondering if the helpless Spider Clan

VILLAGER 4 May yet be saved by some secret stratagem

VILLAGER 5 We await Old Mantis.

KUMOMARU We are all gathered and await your presence!

Enter Old Mantis attired as an old peasant; he seats himself upon a dais

OLD MANTIS People of the village!

ALL VILLAGERS We are here.

OLD MANTIS — The hardships and trials of the past months have now reached an extreme. Kumomaru tells that our lord has sent forth his army, threatening to attack and destroy us if we do not pay the tribute he requires. This being so, we have no other course open to us. Although you are young, you must go to war.

SASHI (RECITATIVE)

VILLAGER 1 — Desiring only peace and tranquility
We have dwelt quietly in our village
But now our tolerance is exhausted!

VILLAGER 2 — Yet we are powerless
And have no weapons with which to fight;

VILLAGER 3 — Furthermore our parents were taken away
Leaving only the very young behind.

KUMOMARU — How can we powerless few fight
Against such a numerous army?

CHORUS — They exchange glances
And with discouraged hearts they weep.

OLD MANTIS — Then Old Mantis shall arise
And speak to the fearful villagers.

CHORUS — "Now, Kumomaru, unto you all
I shall teach a secret stratagem
Long handed down within the Spider Clan.
Mark me well!"
He speaks for them to hear
And tells them of the secret stratagem.

Long ago there was a man who dwelt for many years here on Mount Katsuragi. He was known as Tsuchigumo, the Ground Spider, and he was our ancestor.[4] He was a hunter who lived by hunting birds and beasts.

KUSE (CENTRAL NARRATIVE)

That man
Having seen the webs woven by spiders
Devised a technique called the Thousand Strands
And with it chased the running beasts
So that nary a one escaped;
Even great boars and bears
When captured by the Thousand Strands
Were unable to move, and easily brought down.

OLD MANTIS Yet the lord of the land was envious of this

CHORUS And decided to slay Tsuchigumo
And take the Thousand Strands for himself
And add this village to his lands
And take as his subjects
The clansmen of Tsuchigumo;
And so he sent forth his troops.

4 *Tsuchigumo* (literally "ground spider") is the title of a Noh play (as well as a later Kabuki play) in which the eponymous character is the antagonist, a fearsome spider-fiend who is ultimately defeated by a valiant warrior. The term was also a pejorative applied to the tribal folk of ancient Japan who refused to submit to the Yamato court (Japan's first unified government, circa 250–710 AD), and it is possible the literary tradition that depicts a *tsuchigumo* monster is a mythological remnant of that ancient struggle. (Inasmuch as the present play depicts the Ground Spider as a revered ancestor, it can perhaps be considered a deconstruction of this tradition.)

At first Tsuchigumo
To save the people of his village
Sued for mercy, but was not heard;
So with the Thousand Strands
He fought valiantly in their defense
But at the last he was ruthlessly slain.

KUMOMARU And who was that lord?

OLD MANTIS He was in fact current lord's ancestor; and his descendant is the current lord.

VILLAGER 1 Then it makes sense that this lord also has a taste for war and is ever engaging in conflict. Since his ancestor's time his line has made the people to suffer, oppressing and misusing us.

KUMOMARU Just as they have gotten the better of Kumomaru. Oh, how it vexes me!

OLD MANTIS It is this grudge which has brought us to this day.

VILLAGER 2 So where are the Thousand Strands you spoke of?

OLD MANTIS For many years the use of such a dangerous weapon has been strictly forbidden.

VILLAGER 3 But now our straits are all too dire; therefore please teach us!

VILLAGERS 4 *and* 5 Yes! With the Thousand Strands we could defeat the enemies with ease, were there one hundred thousand of them!

OLD MANTIS Just so. And that is why I have called you all here.

The secret battle stratagem of the Thousand Strands
The use of which has long been forbidden
I shall now impart unto you all.
Take this and employ it
In redress of our long-standing grudge.

CHORUS And without speaking further, from its hiding-place deep within the earth he draws forth the Thousand Strands.

OLD MANTIS Kumomaru, you all
Should use them thusly:

CHORUS "If you throw the Thousand Strands

Old Mantis casts a large web[5]

The Thousand Strands shall spread in the sky

The web falls

And fall upon the enemy.

Then you must attack the enemy and defeat them.
How about it, Kumomaru? Have you grasped it?"
Old Mantis in a ringing voice
Spoke thus to Kumomaru and the rest;
They took up their weapons reverently

5 The actor produces the "Thousand Strands" effect by casting forth a handful of long, thin paper streamers that unfurl before him to create the impression of a web. This is the same technique as has long been used by Noh and Kabuki actors portraying Tsuchigumo in the classical dramas.

And hiding them in their sleeves went
    to the field of battle,
They set off bravely to the field of battle.

Exeunt to hayatsuzumi *(quick drum) music*

Enter the Lord in military attire, accompanied by his Retainers and troops, to the accompaniment of issei *entrance music*

The wind rises
And the tumult of war rises to the peaks,
Echoing from the mountains,
    resounding in the vale,
War cries in profusion.

LORD Go forth our vassals
To destroy the village of the Spider Clan;
Instruct the troops and set forth!

RETAINERS The Spider Clan is of no account;
We will knock them about and crush them
As with overwhelming power we attack.

Kumomaru binds up his sleeves and puts on a headband in preparation for battle

KUMOMARU Alas, how imposing they are; and we
Cannot compare to them, try how we may.

VILLAGERS We must cooperate to stave them off;
Everyone, take up your weapons!

The troops and Villagers fight

KUMOMARU Unhappy we, helpless against a numerous force!

CHORUS	Driven by the foe they stagger but cannot retreat:
Behind, a mountain torrent of a thousand fathoms
Whose turbulent waters make their knees tremble
As the enemy cuts them down relentlessly
So they know not which way to turn.

KUMOMARU	Then Kumomaru goes forth…

CHORUS	And drawing forth the Thousand Strands
He casts them;
Seeing this the villagers also,
Making their last stand, as one draw forth
Their Thousand Strands
And cast them, cast them upon the enemy
And then do battle!

There may be a dance performed at this point

In the twinkling of an eye
The clansmen of the village, gathering momentum,
Take the battle to the foe.
The Thousand Strands spread in the heavens
And coil upon the earth
So that even the mighty troops
Are entangled and unable to move
Till with failing strength they fall to the ground!

Kiri (finale)

KUMOMARU	Then Kumomaru steps forth quietly

CHORUS	And saying "The battle is ended"
He holds his kinsmen back, and draws them off

And taking the Thousand Strands
He throws them into the empty sky

Kumomaru casts a large web

And opening like a flower the Thousand Strands
Become a ring of peace which,
    like a rain of blossoms,
Upon all people everywhere
Come floating down.

The Villagers cast many small webs

Abandoning hate and urging peace
So this will be the end of needless wars
The lord and the villagers
Find pleasure in the village together;
The attainment of eternal peace
Is truly something to be thankful for!

編者紹介

笠井賢一（かさい・けんいち）

1949年高知県高知市生まれ。今尾哲也（歌舞伎研究）に師事。八世坂東三津五郎秘書として著作の助手を務める。現在は銕仙会（能・観世流）のプロデューサー。アトリエ花習主宰。また，演出家として古典と現代を繋ぐ演劇活動を能狂言役者や現代劇の役者，邦楽，洋楽の演奏家たちと続ける。東京藝術大学非常勤講師。

主な演出作品に，近松門左衛門作「曽根崎心中」，石牟礼道子作・新作能「不知火」，多田富雄作・新作能「一石仙人」「花供養」，東京芸術大学邦楽アンサンブル「竹取物語」「賢治宇宙曼荼羅」「新曲浦島」，北とぴあ国際音楽祭オペラ「オルフェーオ」，アトリエ花習公演「言魂——詩・歌・舞」創作能舞「三酔人夢中酔吟——李白と杜甫と白楽天」など。

著者紹介

多田富雄（ただ・とみお）

1934年，茨城県結城市生まれ。東京大学名誉教授。専攻・免疫学。元・国際免疫学会連合会長。1959年千葉大学医学部卒業。同大学医学部教授，東京大学医学部教授を歴任。71年，免疫応答を調整するサプレッサー（抑制）T細胞を発見，野口英世記念医学賞，エミール・フォン・ベーリング賞，朝日賞など多数受賞。84年文化功労者。

2001年5月2日，出張先の金沢で脳梗塞に倒れ，右半身麻痺と仮性球麻痺の後遺症で構音障害，嚥下障害となる。2010年4月21日死去。

著書に『免疫の意味論』（大佛次郎賞）『生命へのまなざし』『落葉隻語　ことばのかたみ』（以上，青土社）『生命の意味論』『脳の中の能舞台』『残夢整理』（以上，新潮社）『独酌余滴』（日本エッセイストクラブ賞）『懐かしい日々の想い』（以上，朝日新聞社）『全詩集 歌占』『能の見える風景』『花供養』『詩集 寛容』（以上，藤原書店）『寡黙なる巨人』（小林秀雄賞）『ダウンタウンに時は流れて』（以上，集英社）など多数。

多田富雄新作能全集《ただとみおしんさくのうぜんしゅう》

2012年4月30日　初版第1刷発行 ©

著　者　多田富雄
編　者　笠井賢一
発行者　藤原良雄
発行所　株式会社 藤原書店

〒162-0041　東京都新宿区早稲田鶴巻町523
電　話　03（5272）0301
FAX　03（5272）0450
振　替　00160-4-17013
info@fujiwara-shoten.co.jp

印刷・製本　図書印刷

落丁本・乱丁本はお取替えいたします
定価はカバーに表示してあります

Printed in Japan
ISBN978-4-89434-853-0

月刊
機
2012
4
No. 241

発行所　株式会社 藤原書店©
〒一六二―〇〇四一　東京都新宿区早稲田鶴巻町五二三
電話　〇三・五二七二・〇三〇一(代)
FAX　〇三・五二七二・〇四五〇
◎本冊子表示の価格は消費税込の価格です。

編集兼発行人
藤原良雄
頒価 100円

学芸総合誌・季刊『環――歴史・環境・文明』49号

3・11と私
――東日本大震災から一周年を経て――

亡くなった大川小学校の子どもたちへの献花

昨年三月一一日、東北三陸沖を襲った大地震と大津波、さらに福島第一原発の大事故から早や一年が過ぎた。被災地の復旧・復興は、いまだ明確な見通しすら立っていないという現状で、原発事故による放射能被害に至っては、まだ全貌すら見えない。未曾有の大災害から一年。今、われわれ日本人は一人一人、これをどう受けとめ、どうこれから生きる指針にするかが問われている。小誌『環』では、一〇六人の有識者らに、一年を経過して二〇一一・三・一一をどう受けとめたかを綴っていただいた。

編集部

●四月号目次●

「放射能への恐怖を源泉とする『排他性』は、『ならず者』への『排他性』と同質のものである。」

反原発運動が「ファシズム」にならないうちに

伊勢崎賢治

この文が掲載される時、僕は二度目の訪問になるインド、カシミールの州都スリナガルにいるであろう。ヒンドゥー・インドとムスリム・パキスタンとして一九四七年の分離独立からずっと領土紛争の最前線。駐留インド軍だけで六〇万人。たぶん地球上で最も軍事化された地域だ。

この敵対関係は、両国をして核兵器を保有させた。そして、印パともNPT（核兵器不拡散条約）レジームの外にいる。

国連安保理常任理事国五カ国（米、英、露、中、仏）以外は核兵器を持つなというNPTを、バッサリ、不平等条約と切り捨てたインド。こういう姿勢は、ガンディー主義、徹底した「被抑圧者の不服従」による独立達成、その後の非同盟中立主義の主導と、筋金入りだ。インドはモラルの王様であり、世界最大の民主主義。「違法」に核兵器を保有しても、米がインドに「ならず者国家」の烙印を押す口実がない。そればかりか、せっせと「核の平和利用」の支援でインドに擦り寄り、核統制レジームの体裁を繕ってきた。

一方のパキスタン。一九七八年、隣国アフガニスタンへソ連が侵攻し米ソ冷戦の戦場になると、前哨基地としてパキスタンを懐柔。軍政が続き、民主主義からほど遠い、イスラム原理主義が蔓延る破綻国家であるが、核保有を黙認。ソ連崩壊後、アフガニスタンに親パ政権を置くことが国是のパキスタンは、タリバン政権の樹立を支援する。そして、タリバン政権に囲われていたアルカイダが9・11を起こすと、アフガニスタンは米の対テロ戦の標的に。米はタリバン政権を壊滅することに成功はしたが、それら残党との戦争は、パキスタン国境を主戦場に、現在でも出口がない。アフガン側から戦う米は、パキスタン軍の協力を得て、敵を挟み撃ちにしないと、戦略自体が成り立たない。敵を殲滅するにも、その敵をつくった張本人の協力なしでは戦えないというジレンマ。「核保有破綻国家」への米の依存は続く。

一方で、イスラム原理主義が蔓延る

軍が直接的に核を管理するパキスタンにおいて、内政が更に破綻すれば、核がテロ組織に拡散するという、米にとって最大の悪夢を想定しなくてはならず、その後ろにイラン、北朝鮮という本命「ならず者国家」の影がちらつく。これが、不平等で、米の目先の国益に左右されるが、人類が持ちうる、唯一の、核を統制するレジームの実体である。

　地球上の核を、全て、同時に封印できればいい。あたりまえだ。しかし、全人類が「反核レジーム」を共有する状況は、今のところ夢想に近い。なぜなら、我々は常に、一部の「ならず者」の存在を恐れるからだ。たとえ、そいつらが取るに足らない小さな存在でも、我々が放棄した核を手中にすれば、立場が大逆転する……。この恐怖。

　この安全保障の現実を基盤に、原子力開発があるのだ。この安全保障上の、決別したくとも、決別できない恐怖を深層心理にする国家社会は、反原発思想を妄信できない。ＦＵＫＵＳＨＩＭＡが何回起ころうと、だ。

　「ならず者」への恐怖の源泉となる人間が持つ「排他性」は、国家をして「抑止力」の強化に邁進させる。その最先端が、Ｐ５、そしてインドが保有する原子力潜水艦だ。原子炉事故に加えて、沈没、座礁、衝突（原潜同士のものもある）。事故後、相当数、沈んだまま放置されている。やっかいなのは、原潜は最大級の軍事機密のため、事故の全貌がほとんど表面に出ないことだ。しかし、「泳ぐ原発」への恐怖が、我々が排他する「ならず者」への恐怖を、凌駕する気配は、今のところ、ない。

　この「排他性」の実体を出発点にしないと、ＦＵＫＵＳＨＩＭＡ後、勢いを得たかに見える日本の反原発運動に、実効性は生まれない。いや、最もタチが悪いのは、運動への「妄信」である。そして、その「妄信」が生む、新たな「排他性」である。

　ＦＵＫＵＳＨＩＭＡ後、放射能という新たな恐怖は、「平和を希求してきた」日本人社会に、新たなレジームをつくりつつある。単純に、反原発か否かが、踏み絵になっている。それで人間の全人格が決まるような。かつて、九条護憲か否かがそうであったように。（略）

　放射能への恐怖を源泉とする「排他性」は、「ならず者」への「排他性」と同質のものである。このことに気づいて欲しい。反原発運動が「ファシズム」にならないうちに。

（いせざき・けんじ／東京外国語大学教授）

「人間がこの地球上で生存するのは、災害や疫病とつねに共存することを意味する」

かよわき葦

渡辺京二

このたびの東北の大災害で、もっとも意外だったのは、これで日本という国の進路が変るだろうとか、幕末以来の国難で日本は立ち直るのが難しいだろうといった言説が、メディアに溢れたことである。これは私が鈍感なのだといえばそれまでだが、その自分の鈍感について、この際思いを新たにしないわけにはいかなかった。

自分には一種の無感動が身についているのではないかとも思った。だとすれば、それは少年の日、敗戦後異郷で苛酷な生活を営め、焼野原の日本に無一物で帰国した経験のせいに違いない。

姉と二人で最後の引揚船に乗る前、私は発熱して、当時間借りしていた友人の家の二階にひとり寝ていた。窓から隣りのビルの壁が見えた。陽はすでにかげって、壁は冷たい灰色である。これが終末の風景なのだと思った。私は一六歳だった。

でも、それは病気で心が弱っていたからで、石炭がなくてストーブも焚けない氷点下の生活を送りながら、ひとつもつらいと感じた記憶はない。大日本帝国が滅んで、心はうきうきしていた。

熊本へ引き揚げてくると、街中には焼跡がいたるところに残っていたが、人びとは活気に溢れていた。両親は頼りにしていた親戚が焼け出され、お寺に寄寓していたので、そこに転りこんでいた。そこに姉と私がさらに転りこんで、六畳一間に七人で暮した。あとで姉の勤め先の職員寮へ移ったが、それはバラック兵舎の内部をベニヤ板で仕切った一間きりで、戦時中焼夷弾がひっかからぬように天井板はとりはずされていた。隣りとは話が筒抜けである。水道はなく、数十メートル離れたところにある蛇口までバケツで水を汲みに行った。そういうところに、私たちは昭和三五年、つまり戦後一五年になるまで暮した。不便だともつらいとも思わなかった。あとでつれあいになる人が遊びに来ても、こんなところに住んででと恥じる思いはなかった。後年母は、あの職員寮のころが一番楽しかったと述懐した。

私は何が言いたいのだろうか。人間が文明の進歩、具体的に言えば経済の成長や科学技術の発展によって、安全で便利で快適な暮しができるようになったのはよいことである。政府や自治体が災難や困窮に見舞われた住民に対して、ひと昔よりずっと保護の責任を果そうとしているのも、同様によいことである。だが、経済成長には当然限度があるべきだし、科学は夢物語ではなく、人間に実現もしくは制御不可能なことを明らかにするものであるはずだ。

いや、そんなことよりも、人間がこの地球上で生存するのは、災害や疫病とつねに共存することを意味するのであって、そういうものを排除した絶対安全な人工カプセルなど不可能だし、万一可能だとしても、そんなカプセルの中で生存するのは、人間が人間でなくなることなのだという厳然たる事実を、この際想い出すことが必要なのだ。だからパスカルは人間はかよわい葦だと言った。かよわい葦だとしたら、一陣の烈風にも折れるだろう。だがその葦は地球の生み出すあらゆるゆたかさと可能性を感受できるのだ。人間の生が稔りあるものだとすれば、いつ悲惨に見舞われても不思議ではない生存条件とひき換えにそうであるのだ。

人間が安全・便利・快適な生活を求めるのは当然である。物質的幸福を求めずに精神的幸福を求めよなどとは、生活の何たるかを知らぬ者の言うことである。(略)人工の災禍という点でも、人間の知恵でそれから完全に免れるという訳にはいかぬと私は思っている。人間はそれほどかしこい生きものではない。争いつつ非命に倒れる。それでもつねに希望はあるのだと思っている。

このたびの災害で、日本という国の進路は見直されるのだという。よきに計らってくれ。私には日本とか日本人という発想はない。それは指導者の理念で、私は指導者ではない。私にはただ身の廻りの世の中と、そこで生きる人びとがあるばかりだ。その世の中が一種のクライマクス(極相)に達していて、転換がのぞまれるとは、むろん私も感じている。だがそれは、いわゆる3・11がやって来ようと来まいと、そうだったのである。しかしこの転換は容易な課題ではない。それについては今のところ、人びとの合意も難しい。残余はすべて当座の政策の問題である。災害からの復興の仕方もそうである。口を出そうとも思わないし、またその能力もない。


(わたなべ・きょうじ/日本近代史家)

四・三事件の体験者である詩人が、今初めて当時の状況を物語る。

遅れた祈式

——済州四・三事件と私　詩人 金時鐘

（二〇一一年三月二四日　於・沖縄県立博物館・美術館）

一九四五年八月、日本が戦争に負けたおかげで私たちの国は解放されますが、すぐさま米・ソの分割、占領のもとに置かれます。

戦争を仕出かした日本は分割されずに、カイロ宣言、ポツダム宣言によって独立が保障され、戦後処理では戦勝国に準ずる国であったはずの朝鮮が分割されるという不条理事態が起こります。済州《チェジュ》島にも米軍の占領統治がおよんできました。

▲金時鐘氏
(1929-　)

一言で言えば四・三事件というのは、米・英・仏・ソによる信託統治の具体化に向けた米・ソの話し合いが決裂して、便宜的な分割占領が恒久的な南北分断へと向かう中で起こった悲劇であります。米占領軍の大々的な支援を得て、植民地下で羽振りを効かせていた極右団体が跋扈し、その急先鋒の西北青年団がついに済州島にまでやってきて、横暴極まりない蛮行が日常的に繰り返されていました。

四・三事件が始まる大きなきっかけとなった第二八回三・一独立記念集会、ここで初めて反米、「アメリカは出ていけ」というスローガンが出ますが、この三・一記念集会とも絡んで四・三事件の勃発になってくるわけです。そのあくる年の一九四八年の五月、アメリカは南朝鮮だけの分断国家樹立に向けた総選挙を実施しようとします。

四・三事件は、直接的には単独選挙に反対する済州島での武装蜂起になります。五月一〇日の単独選挙が実施出来なかったのは済州島だけということになりました。この過程で公称三万人と言われている犠牲者が出ましたが、実際には五万人をくだらない死者のはずです。これほどの残忍な殺戮を仕出かした警察・軍・右翼団体の幹部たちは、日本人の皆さんの前で話すのは気が退けますが、そのほとんどが植民地時代に日本が作り上げ育てた親日的守旧勢力であったわけです。

四・三事件の核心体はたしかに南朝鮮労働党済州島支部の軍事委員たちでありましたが、そのメンバーは一〇人そこらの人数なんです。その人たちが一揆を起こしたとして済州島民がそれほど熱く同調するでしょうか。

四・三事件蜂起の日、私は済州農業学校で翌四日から開催される学芸展覧会の準備に従事していましたが、四・三蜂起に小躍りせんばかりに賛同している済州市民たちの熱気を、今もって忘れません。（後略　構成・編集部）

普遍的で絶対的であった「美」は、徐々に誰もが手にしうるものとなった。

美人はどのように作られたか！

ジョルジュ・ヴィガレロ

身体の部分の拡張

身体の美の歴史が映し出すのは、ゆっくりとした征服の歩みである。からだの部分と領域がゆっくりと発見され、ごくわずかずつ価値づけられる。その過程で、外見、立体感、動き、奥行きといった、あらゆる範疇の空間が、時とともに徐々に豊かになり、拡張する。このような探求の広がりは、少なくとも三つのテーマによって認められる。

最初のテーマは、美しさに貢献する**身体の部分の、絶え間ない拡張**である。まず、からだの「上」の部分に、圧倒的かつ継続的な特権が与えられたこと。顔の色のニュアンス、視線の強さ、整った顔立ち。次に、少しずつなされる、「下」への考慮。わき腹のライン、支柱の出現。いくつかの段階が知覚される。長いあいだ、ドレスとからだの動きによって、それとなく強調されるだけであった脚とヒップは、やがて、顔と上半身の単なる「台座」であることを放棄し、十九世紀末、ついに本来のフォルムのまま姿を現わし、全身に新たな流動性を与える。からだは、衣服の余白すれすれにまで迫り、引き締められたウェストとヒップの楕円形をかつてないほど強調し、長いあいだ無視されていた身体の輪郭の美学をひっくり返す。この変化は、当然のことながら、衣服のファッションにとどまらず、縦長のシルエット、上半身の姿勢、背中の直線という、全体のたたずまいを奨励する新しい方法にまで及ぶ。それがまた、美しくなるための習慣を、ますますからだ全体へと志向させ、変化させる。早くも十九世紀末、美しくなるための習慣は、ヒップを細く、脚を長くすることに魅惑される。それ以前の習慣は、顔に白粉や頬紅をつけ、胴体にコルセットを装着し、肥満防止のため、時たま行なわれるダイエットに限定されていた。それと同時に、男性的なもの、女性的なものの新たな関係もまた、示唆される。例えば、十九世紀末になると、女性のからだはよりいっそう「自由に」なり、公共の空間、すなわち仕事や娯楽の場で、それまでとは異なった存在の仕方をするようになる。

動作と表現

身体の美学において、**動作が徐々に重要な要素**として考慮されたこと。正確な意味での活動。これが、美の探究の発展を確定する、第二のテーマである。フォルムの美しさから、より動的な美しさ、しなやかさと解放を想起させる美しさへの移行。世界は変化する。古典主義時代の版画に描かれる、不動の姿勢のなかに封じ込められた人物像から、十八世紀末のファッション画に精緻に描かれる、散歩する女たちへ。さらには、ロマン主義時代のパリを散歩する女たちから、際限なく拡散し、軽やかな足取り、強烈な音楽を連想させる、今日のモデルたちへ。彼女たちは、機動性のテーマのなかに、自由のテーマを注入する。機動性という常に潜在するこの力、リズミックなビートが、外見と輪郭の表面に浮かび上がる。

▶ジャンヌ・タラゴンの美貌は名高く、美の模範とされた。（一五一八年、ルーヴル美術館）

最後に、からだの探求の広がりの第三のテーマは、**表現**である。早くも十六世紀、近世の社会において、まず最初に「優美さ」が、次いで古典主義時代のヨーロッパにおいて、「生き生きとした美しさ」が注目を集め、勝利を収める。視線は秘められたものをあらわにし、外側は奥深いものを垣間見せる。内なる意識の外への上昇。特に表面は、時とともにますます深く掘り下げられ、厚みを増し、内面からもたらされる力に徐々に場所を譲る。その内面の力が美を変貌させ、よりよく定着させるように思われる。とりわけ目は、たえず問いかけられ、たえまなく探索される「魂」の言葉を伝えるものとみなされ、ついには、ロマン主義者たちとその世界が発展させた、無限の指標にまでなる。こうした「奥深いもの」との戯れは、今日でもいっそう熱心に続けられている。現在、心理的バランスの身体的な痕跡、苦痛とトラウマの身体的な痕跡が言及され、主体が、脅かされている内面と「うまく折り合いをつけていれば」いるほど、その人の美しさは開花するのだ。

美は変化する

ここで再度、強調する必要がある。単

なるファッションの影響を超えたところで、美は変化するものだ、と。美は、大きな社会的力学、文化の急激な変化、性の葛藤、あるいは世代間の葛藤に連動する。例えば、ここに、たがいに大きくかけ離れた二つの世界がある。片方はルネッサンス期の肖像画に見られる、繊細で小さい口の世界。唇は薄く、その色は青ざめ、固く結び合わされ、ラインは閉じられている。微笑はすべて、控えめでなければならない。そして、もう片方は、今日の写真に見られる、大きく開かれた口の世界。唇はいろどり豊かで、よく動き、肉厚で大きい。前者には、極度にコード化された恥じらいが、後者には、はっきり表明された主張がある。後者には動きが存在し、エロティックなものと誘惑とが、大幅に許容されている。同様に、貴族社会のシルエットと革命後のシルエットを分かつのも、二つの世界である。例えば、古典主義の宮廷貴族の、与えられた名誉が高慢さとなって露出する姿勢。後ろに引いた肩、前に突き出した腹、後方に反らせた頭。そこには、肩と頭を前に出して上半身を誇示し、ウェストをきゅっと絞り、垂直の姿勢を保つ、「近代的」ブルジョワの姿勢とは、まったく異なった世界があらわれている。ブルジョワの姿勢には、有能でありたいという意志、やる気、調和のとれたからだが力強く表現されている。ここでは、著しく対照的な二つのヴィジョンが対立し、身体的な外見が、それぞれのヴィジョンを体現しているかのように思われる。

文化の変化は、美の「性」そのものに作用しうる。長いあいだ、豪華にめかしこんだ女性に高い価値が与えられ、受身の、非活動的な美が理想である、とされてきた。しかし、女性的なものの規定がひっくり返され、活動的な美、自らイニシアティブをとる美、労働する美が明確であるとき、理想は以前と同じではいられなくなる。女性的なものの昔ながらの従属性は、くつがえされる。仕事と地位が男女で共有される世界においては、もはや性が、美をコード化する必要はない。

果てしない美の探求

近世の始めに奨励された、絶対的な美という夢、特にルネッサンス期の画家や学者が、神のしぐさの現われだとして、探し求めた黄金数字の美の夢から、世界は最終的に距離を置くとともに、身体の完璧さの理想はついに変革する。このことを強調する必要がある。美学は固定しているという確信もまた、現代世界の初め、個人が次第に重要性を帯びるにつれて、さらに薄らぐ。すなわち、単数性の美、その美しさが排他的であればあるほど顕著となる、個性的な美の探究。そのとき、自分を美しくすること、特に外見を再構成する技術は、かつてないほど重要性を帯びる。なかでも、メイクアップ。ボードレールはすでに、化粧を「みずからの手で自分を作る」方法である、と指摘した。ケア、製品、整形外科手術。各人は、これらの手段を用いて、自分の個性をより際立たせたいと願う。技巧は単数性を

▶痩身の重視とともに、身体のサイズにますます厳しい目が向けられる。一九二〇年代、欧米で美人コンテストが流行した。

研ぎ澄まし、可能性を多様化し、かつてないほど重要性を獲得した。それまでは、自然や例外的な作用のあらわれである、としか思われなかったものを、技巧が、「万人のための」美しさに移し変えたのだ。もっとも重要な合目的性は個人の満足感である、と定められているかのように思える現代社会において、技巧は限りなく複雑になる。個人の満足感を実現するための終わりのない探求が、われわれの社会の中心に据えられる。そのうえ、満足感という理想は、入手可能なものであり、手に入れることがあたかも義務であるかのように提示される。それにより必然的に、個人の基準と集団的な基準の対立は、ますます鋭くなる。万人に採用される数多くのモデル、なかでも痩身、しなやかさ、自己制御と適応力のあかしである機動性が、暗黙のうちに、また必然的に、重くのしかかる。そのとき、ある種の人々の前には、美に到達することの現実的な難しさが立ちはだかる。最終的な基準として満足感が課される、まさにそのとき、不満足感が突如として出現する。われわれの世界は、不平不満をつくりだし、ひそかに撒き散らされた居心地の悪さを定着させる。その一方、現代世界は、ほかのどの時代の社会よりも、かつてないほど確実に美を約束するかのように振る舞う。

（構成・編集部）

後平澪子・訳

ジョルジュ・ヴィガレロ（Georges Vigarello）
一九四一年モナコ生。パリ第五大学教授、社会科学高等研究院局長、フランス大学研究所所員。身体表象にかんする著作多数。

美人の歴史

ジョルジュ・ヴィガレロ　後平澪子訳
A5上製　四四〇頁（口絵カラー一六頁）　四八三〇円

幅広い交友のあったゾラの手紙から、十九世紀が見える！

本邦初のゾラ書簡集

小倉孝誠

ゾラは誰に手紙を書いたか

エミール・ゾラは生涯にいったいどれくらいの手紙を書いたのだろうか。およそ一万五千通と推測されており、現在残されているのはそのうちの三分の一程度である。ゾラが誰に宛てて、何通ぐらいの手紙を書いたのか簡単に見ておこう。

家族や友人　一番多いのは妻アレクサンドリーヌ宛（三一五通）で、これは彼女が一人でイタリアに旅行した際や、ゾラがイギリス亡命中に頻繁に手紙を書いたからである。一八八八年からの恋人ジャンヌ宛の手紙は二〇七通だが、最初の三年間に書かれた手紙はすべて失われた。音楽家ブリュノ（一六一通）、出版人シャルパンティエ（六五通）、建築家ジュルダン（三三通）はゾラの創作活動を間接的に支えた人たちである。エクスの中等学校時代の同窓生であるセザンヌ（三九通）、バイ（三〇通）、ヴァラブレーグ（二七通）に宛てた手紙は青年時代に集中しており、しばしば長く、感動的な内容になっている。

作家たち　職業柄、同時代の作家仲間たちと交わした手紙は無数にあり、遣り取りが長い期間にわたって継続したのが特徴である。フロベール（二七通）、エドモン・ド・ゴンクール（八五通）はゾラより年長の作家で、彼らへの手紙には敬意が込められている。ドーデ（五〇通）、ユイスマンス（二六通）、モーパッサン（一二通）はほぼ同世代で、少なくとも初期のうちは類似した文学観を共有していたから、より親密な調子で率直に語りかけ、相手の作品を批評した文章が綴られている。数が最も多いのは年少の弟子筋に当たるセアール（二五二通）やアレクシ（七六通）で、ゾラは彼らを折に触れて激励すると共に、自作の準備のため彼らに頻繁に情報提供を求めている。数は少ないがミルボー、マラルメ、ブールジェ、アナトール・フランス、バレス、ジッドなど、今日から見ればそれぞれの時代を代表するような作家に宛てた書簡も残されている。
外国の同業者に向けて書かれた手紙も無視できない。それは、世界的な名声を享受するようになったゾラの元に届いた、共感や称賛の手紙にたいする返事として書かれたものが多い。オランダ人ジャック・ヴァン・サンテン・コルフ宛の手紙（一八八三年十一月三十日付、本書には未収録）でゾラは、「エミール・ゾラ、フランス」と封筒に書きさえすれば手紙が私の元に届く、とさりげなく、しかし確信にあふれた語調で述べているが、それも傲慢な自惚れではなかった。こうしてロシアのツルゲーネフ（長い間パリに在住した）、イギリスのムーア、イタリアのヴェルガとデ・アミーチス、オーストリアのザッハー＝マゾッホ、カタルーニャのウリェーなどが文通相手として名前を連ねている。

▶動物好きだったゾラ（一八四〇―一九〇二）

海外の編集者ほか　次に、これもまたゾラの世界的声望に由来することだが、一八七〇年代半ば以降、ゾラは外国の新聞雑誌に寄稿し、作品が外国語に翻訳される機会が増えた。それにともなって寄稿や翻訳の条件、著作権をめぐって、外国の編集者、翻訳者と交渉する手紙が取り交わされた。イギリスのヴィゼテリー（八二通）、ロシアのスタシュレービチ（五一通）、オランダのヴァン・サンテン・コルフ（五三通）、スイスのロッド（三二通）、アメリカのスタントン（二四通）らに宛てた手紙は、当時の西欧における著作権の問題と、文学市場の複雑な力学を鮮やかに際立たせてくれる。

ドレフュス事件関係　最後に、生涯のごく限られた時期とはいえ、ゾラにとって決定的な重要性をもったドレフュス事件の渦中に、作家は弁護士ラボリ（六五通）、『オロール』紙主幹ヴォーガン（二六通）らと頻繁に手紙を遣り取りした。残された手紙は少ないとはいえ、ドレフュス本人やクレマンソー（後に首相となる）に宛てられた手紙も貴重である。

どのように選んだか

本書には二二七通の手紙が収録されているが、ゾラから多くの手紙を受け取った人が本書ではかならずしも特権的な扱いを受けていない。アレクサンドリーヌ、ジャンヌ、セアール、アレクシは、受け取った手紙の総数が多い割に、本書にはそれぞれ数通しか訳出されていない。逆に二四通と本書で最も多くの手紙が収められているヴァン・サンテン・コルフは、半分近い手紙が訳出されたことになる。その不均衡を説明するためには、どのような基準に依拠して、膨大な書簡集から訳出する手紙を選択したかを説明しなければならないだろう。そしてゾラの手紙が何を、どのように語っているかを示すべきだろう。

作家としての手紙　ゾラは何よりもまず作家であり、『ルーゴン=マッカール叢書』全二十巻の作者である。したがってゾラが文学について語っている手紙は優先的に収めた。

文壇の年代記　一八六〇年代からジャーナリズムと小説創作という二つの領域で活動し、一八七〇年代末以降は新たな文学潮流の領袖として称賛され、時には腐敗した文学の代表として非難されながらも、時代を代表する作家としての立場を堅持したゾラ。ジャーナリズムで培った人脈は広く、有名作家として友誼を結んだ人たちは少なくない。ゾラの名宛人の中に、同時を代表する新聞『フィガロ』、『ゴーロワ』、『オロール』の社主や編集主幹が名を連ねているのはそのためである。また本書に訳出されなかった手紙の名宛人を含めて、当時の主だった作家でゾラから手紙を受け取っていない者、したがってゾラに手紙を書いていない者はほとんどいないと言えるくらいだ。そうした手紙の数々を読めば、十九世紀末、第三共和制初期のフランスの文壇事情が鮮やかに浮き上がってくる。

社会と政治へのコミット　書簡作者ゾラの第三の側面は、一市民として同時代の社会と政治に深く関わったことである。すでに二十代の頃から新聞に時評や政治評論を書き出していたゾラは、有名作家になってますます作品の執筆に忙殺されるようになってからもその姿勢を変えなかった。

ゾラの書簡集を読むことは、作家の伝記的事実を検証するのに役立つばかりではない。それは一人の作家の美学、文学観、世界観を知ることであり、記念碑的な作品群の生成過程を跡付けることであり、一つの時代の知的世界のありさまを垣間見ることであり、一つの社会の推移を辿ることにほかならない。

（構成・編集部）

（おぐら・こうせい／慶應大学教授）

国際的免疫学者が現代的課題に斬り込んだ、新作能全作品を集大成。

『多田富雄新作能全集』発刊
——三回忌を記念して——

笠井賢一

能作者としての多田富雄

能の歴史は新作能の歴史であった。観阿弥の「自然居士」も世阿弥の「井筒」も十郎元雅の「隅田川」も、すべて新作の能として書かれ上演されてきた。世阿弥は『風姿花伝第六花修』に「能の本を書く事、この道の命なり」と記した。「井筒」は世阿弥が六十歳を過ぎた円熟期に書いた自信作である。そして六百年にわたる途絶えることのない上演の積み重ねのなかで、時代時代の能役者の創意が積み重なって、今日の能を代表する、世界に比類のない能独自の劇世界が創り上げられた。

今日、古典芸能としてレパートリーを上演しているだけのように見える能も、もとは競合する他の座から優位にたち、一座を興隆さすために、時代の好みを先取りし、かつ表現も意のままになる自作の能を数多く持つことが「命」であったのだ。

多田富雄は高校時代、朝日五流能で先代喜多六平太、二世梅若実の能と出会って以来、その魅力に捉えられ、学生時代は能楽堂に入り浸った。多くの名人の能を見つづけてきた。大鼓と小鼓の実技を大倉七左衛門から学び、特に小鼓を打つことを楽しんだ。

留学を含む免疫学者としての自己形成の時期の中断の後、東京大学医学部教授となって本郷に居を構えてから、再び能楽堂通いと小鼓の稽古が再開され、能面を打ちはじめた。

免疫学の最先端の研究の傍ら、全く違った世界である能から、自然科学とは違った柔軟な発想をえていたのだ。能作者を産む下地はこのように静かに発酵しつづけていた。学生時代から現代詩を書き、同人誌をやっていたという詩人の資質は生得のものだ。詩とは宿命だといってもいい。医学に専念するようになってからは、詩作はまれになったが、能を見ることと小鼓を打つことは多忙ななかでも、むしろ多忙だからこそ続けていた。

そうした蓄積が最初に結晶したのが、一九八九年、脳死の法制化問題に触発されて、脳死と臓器移植をテーマにした「無明の井」であった。一九九一年のその上演はセンセーショナルな話題となり、以後、次々と新作能を発表した。それもこれまで扱われたことのない新たな現代的な問題を扱っており、「かつて誰も題材にしたことのない、時代的必然性を持った主題を、全く類曲のないような形で創造すること」を実践した。

新作能に込めた思い

二〇〇一年五月、脳梗塞で倒れてのちの回復の過程で甦ったのは、詩人として、また新作能作者としての多田富雄であった。二冊の詩集と、多くの思いの深い遺言のようなエッセイ、自身の鎮魂でもあるかのような追悼記や、戦争三部作の新作能を渾身の力で書き続けた。

多田富雄が最後に書いた能が「花供養――白洲正子の能」（二〇〇八年）であった。白洲正子没後十年の命日十二月二十六日に追悼公演として初演された。その上演までの過程はＮＨＫ－ＴＶでドキュメントとして記録され、並行して能が出来上がるまでの経緯が、藤原書店から『花供養』（白洲正子・多田富雄著、二〇〇九年十二月）として刊行された。編者として私は、その本の中に、現代で最も多くの新作能を書き、かつ多く上演されている能作者自身の「なぜ新作能を書くか」を書いて欲しいとお願いした。しかし十一月、「鎖骨骨折の激痛のため、予定していた原稿の執筆ができなくなり、『なぜ新作能を書くか』という文ははじめの数枚で書けなくなってしまいました。これは私の『種作書』になるはずでした」という痛恨のメールが送られてきた。私は本のあとがきに以下のように書いた。

◀湯島マンションにて。秘蔵の面「泥眼」と（2004.2.21／撮影・宮田均）

「多田先生もそのおつもりで書き始められたのだが、思いもかけず利き腕の鎖骨を骨折され、激痛のため執筆の中断を余儀なくされた。残念だが一刻も早く治癒され、世阿弥が六百年前に書いた「種・作・書、三道より出でたり。」ではじまる『種作書』の現代版が書かれることを切望する」と。

しかし病勢は進み翌年の四月二十一日に亡くなられ、新作能作者多田富雄の現代版『三道』は幻となってしまった。

しかしここに残された新作能がある。これを読めば多田富雄という現代の能作者がいかなる思いを込めて能の世界に、いかなる新風を吹き込みたかったのかが自ずから見えてくる。そしてその一連の仕事が今日の能に大きな意義を持つことも。

▼多田富雄、東大退官記念能「高砂」（1994.2.18 宝生能楽堂／撮影・宮田均）

それがこの『多田富雄新作能全集』である。

本書の冒頭に、多くの能についての論考の中から、自作の新作能のイントロダクションになる二つの文章「能の本を書く事――世阿弥の『三道』をめぐって」と「能楽二十一世紀の観点」を置いた。

つづいて、多田富雄作の新作能の全作品をここに収録した。「無明の井」（初演一九九一年）、「望恨歌」（初演一九九三年）、「一石仙人」（初演二〇〇三年）、「原爆忌」（二〇〇五年）、「長崎の聖母」（初演二〇〇五年）、「沖縄残月記」（初演二〇〇九年）、「横浜三時空」（初演二〇〇七年）、「花供養」（初演二〇〇八年）の上演された八作品と、未上演の「生死の川――高瀬舟考」、「蜘蛛族の逆襲――子供能の試み」の二作品である。それぞれの作品に添えられていた、創作ノートとあらすじも収録した。また二〇〇五年の歌会始めの御題「歩み」による創作「小謡歩み」を収録した。

それに加えて、英訳された“Well of Ignorance”（「無明の井」）、“BO-KON-KA (Lament for Unrequited Grief)”（「望恨歌」）、“The Hermit Isseki”（「一石仙人」）、“Anniversary of the Bomb”（「原爆忌」）、“Yokohama: Three Worlds”（「横浜三時空」）、“The Spider Clan Strikes Back”（「蜘蛛族の逆襲」）を収録した。

（後略　構成・編集部）

（かさい・けんいち／演出家）

リレー連載　今、なぜ後藤新平か　79

敗北の美学

山岡淳一郎

国難の中の政争

「3・11」以降、福島県南相馬市に取材で通っている。地震、津波に放射能汚染と二重、三重の不条理を背負わされた側から国政を眺めると、もどかしいことばかりだが、菅政権末期の「国難のなかの政争」にはほとほと呆れはてた。

野党が「政権を担当する資格と能力に著しく欠ける」と内閣不信任案を提出すれば、菅直人首相は「大震災に一定のメドがついた段階」で後進に道を譲ると言って、民主党内の造反を防いだ。不信任案が衆院で否決されると、首相は三カ月ちかく官邸に居座り、政治は停滞する。本格的な復興補正予算の編成は大幅に遅れ、「除染」の工程づくりも進まなかった。後世の人は、この低次元の政争を国政上の汚点として語り継ぐことだろう。

後藤の国民内閣樹立への目論み

じつは、後藤新平も内務大臣として関東大震災の復興に突き進む一方で、壮絶な権力闘争をくり広げている。文部大臣の犬養毅と組んで「普通選挙法の制定」と「新党結成」を掲げ、大政党の「政友会」に挑みかかった。

後藤は、普選の大義を結節点に第二党の「憲政会」と犬養率いる「革新倶楽部」を合体させて新党を樹立。普選の是非を問うて解散総選挙を行い、国民内閣を樹立しよう、と目論んだ。このシナリオを山本権兵衛首相も受け入れる。政界再編を狙って、抗争を仕掛けたのである。

そのために引退同然の大石正巳（元農商務大臣）を表舞台に引っぱり出して政党工作に当たらせる。盟友の伊東巳代治（枢密顧問官）に復興計画案の援護と政友会への対応を託した。大石と伊東は大臣待遇の委員に任命され、「帝都復興審議会」に送り込まれる。

滑り出しは順調だった。閣内は普選で一致し、総選挙を視野に後藤は、地方に根を張る政友会の影響力を殺ぐ。政友会系の知事十三名を一挙に更迭した。大石の斡旋で憲政会と革新倶楽部の幹部が合同へと動く。山本首相は「三大政綱（綱紀粛正・普通選挙の即時断行・行財政整理）を発表し、次の帝国議会に普通選挙法案を提出する、と公言した。

十中八九、解散総選挙、新党結成は間違いなし、と永田町雀は囁き合った。

政争よりも復興を優先

ところが……、後藤の敵は身内に潜んでいた。多忙な後藤は復興審議会への根回しを疎かにする。初会合の後、二カ月以上も審議会は開かれない。

しびれを切らした大石と伊東は「反後藤」に転じた。そこには「男の嫉妬」の匂いも漂う。伊東は審議会で後藤の手法を糾弾し、復興計画案は切り刻まれる。帝国議会が開かれると、政府は政友会から苛酷な修正復興案を突きつけられた。

▲内務大臣として執務中の後藤新平（1923 年頃）

この局面で、しかしまだ後藤の掌には解散総選挙のカードはあった。閣内では犬養や井上準之助蔵相、田健治郎農商務相、平沼騏一郎法相らが解散を主張していた。だが、閣議で山本首相に政友会案で復興はできるかと問われた後藤は、首をタテに振る。土壇場で復興の遅れを避け、政争を捨てたのだった。「……忍び難きを忍びて、しばらく議会の修正に同意し、他日を期して完きを期せんとす」と後藤は文書にしたためている。

これを屈服と切り捨てるのは簡単だが、私はそこに「負けっぷりのよさ」を感じる。数十万人の被災者がバラックで冬を迎えようとするなか、時を空費させてはならない、と後藤は決断した。自らの大衆像に照らして決めている。伝染病と闘い、都市を造ってきた体験が、その敗北の美学を形づくったものと想われる。

現代の日本人は体験の幅が狭くなった。政治家の「育て方」を本気で考えねばならない時代に至ったようだ。

（やまおか・じゅんいちろう／ノンフィクション作家）

Le Monde

■連載・『ル・モンド』紙から世界を読む　109

スーダンの石油

加藤晴久

アフリカ大陸の多くの国で中国人が働いている。公式数字で八〇万人。実際にはもっと多いと推定される。リビア革命では三万五千人余りの中国人労働者が国外避難を余儀なくされた。エジプトやエチオピアでも拉致事件が起きている。カメルーンでは現地住民とのいざこざも起きた。二月初め、スーダン南部で反政府勢力に拘束されていた二九人の労働者が、中国政府が派遣した要員による交渉の末、一一日ぶりに解放された。

南スーダンは二〇一一年七月にスーダンから独立した国である。石油資源が豊富で、一日四七万バレルの産油能力をもっている。ところがこの石油を輸出するためにはスーダンを横断して紅海に面するポート・スーダン港につうじるパイプラインを利用しなければならない。南スーダンの歳入の九八％は石油収入。スーダンにとっても主たる収入源。利益折半が原則だが、スーダンがバレルあたり国際平均の一〇倍もの単価を要求して緊張が高まり、南スーダンは一月二〇日、生産を中止してしまった。戦争が危惧されている（本稿執筆は三月二日）。

ところでスーダンが産油国になったのはすべて中国のお蔭である。一九八三年に始まった第二次内戦のさなかの九〇年代、厳重な警戒態勢のもと中国企業が南北の中間地帯の油田を開発し、道路とパイプラインを建設した。真偽はともかく、外部から遮断された現場に中国本土から減刑を条件に囚人を送り込み、住民を強制移住させた、原住民女性への暴行事件も多発したと噂された。いま中国の原油輸入量の五％はスーダンからである。

「スーダン　恐怖の石油」と題する『ル・モンド』（二月一〇日付）の記事を紹介した。

二月二〇日、国連平和維持活動（ＰＫＯ）の一翼を担って日本の自衛隊員約一二〇人が南スーダンに到着し、約五〇人の先遣隊と合流した。道路建設にあたる。

中国がＰＫＯに協力しているという話は読んだことがない。それどころか、ロシアとともに、スーダンに武器を売っているとアムネスティ・インターナショナルに非難されている（二月九日付）。

（かとう・はるひさ／東京大学名誉教授）

リレー連載　いま「アジア」を観る　111

植民地支配と近代日本の沖縄経験

平良勝保

　近代日本史研究においては、近代沖縄を「植民地」と捉える研究者は少ない。しかし、アメリカにおける沖縄歴史研究の第一人者であるグレゴリー・スミッツは、「新しく設置された沖縄県における日本の措置を見ると、日本にとってかけがえのない祖国の一部というよりも、植民地か占領地と呼ぶ方がふさわしい存在であった」と述べている（渡辺美季の訳）。外国の研究者から見ると、近代沖縄は「植民地」と映るようだ。

　明治政府は、沖縄県を設置したあとも、統治システムを含めた旧慣を温存した。旧慣を温存した背景には、琉球問題が国際的に決着をみていないことに加え、沖縄県を摩擦なく明治国家のもとに包摂しようとする意図があった。そのために、「琉球」の伝統的社会秩序の把握が必要とされ、沖縄県設置直後から多くの旧慣調査や内法《ないほう》の届出が行われた。しかし、統治にとって不都合な一部の旧慣や内法は換えられ、また、地方役人も自己に都合よく変更した村のシステムを旧慣だと沖縄県に説明し、旧慣温存を利用した。このように、近代沖縄は明治憲法上国内であるが異法域であった。なお、異法域状態は、「沖縄における公用地等の暫定使用に関する法律」（二〇〇一年廃止）のように、一九七二年の日本復帰後にも見られた。

　旧慣調査は、台湾や朝鮮、満州、華北地域、内南洋など、旧植民地や占領地でも行われた。これらを見ると、「琉球国」併合と旧慣調査という「学知」の集積を行った近代日本の沖縄経験は、植民地支配に移植されていると見ざるを得ない。

　『沖縄県旧慣租税制度』を編集した祝《いわい》辰巳《たつみ》は、台湾の地租改正や統計で活躍し、民政局長まで昇進した。祝は、沖縄の土地整理事業で活躍した赤堀廉三を台湾に呼び寄せている。教育関係者にも沖縄県から台湾へ移動した者が多い。『沖縄法制史』編集の中心人物であった目賀田種太郎は、後に大韓帝国の財政顧問となり植民地支配への布石をしいた。台湾の旧慣調査を行った岡松参太郎は、その後満州の旧慣調査を行った。

（たいら・かつやす／琉球歴史研究家）

連載　女性雑誌を読む　48

『女の世界』（二）

尾形明子

東京駒場の日本近代文学館で『女の世界』原本を、そっと見せてもらう。そっとというのは、すでにマイクロフィッシュになっていて、原本は手にしたら崩れそうな状態だからである。でも、原本を目にするたびに、私は溜息をつく。なんと魅力的な表紙なのだろう。

大正四（一九一五）年五月、創刊第一号は上段四分の一が朱色で、白抜きで『女の世界』。モスグリーン地の下段いっぱいに、踊る女の上半身が描かれている。椿の半襟、藤の花を散らした黒地の着物、帯は地の色といっしょで幾何学模様が散る。帯締め、帯揚げの配色の見事さ。斜め上を向いた女の顔は、どこかあいまいで、恋に狂っているようにも、狂うことのできない哀しみが漂っているようにも見える。人物も配色も、すべてに江戸の情緒と近代のモダニズムとが溶けあって、これぞまさしく大正浪漫。

画家の名は記されていないが、同じ筆と思われる口絵〈オールを持てる女〉には小川治平《おがわじへい》とある。小川治平は一八八七（明治二十）年埼玉生まれ、北沢楽天に弟子入りしたことしかわからない。

北沢楽天は、福澤諭吉の『時事新報』絵画部員として政治・社会の風刺漫画を担当、「日曜版時事漫画」は一世を風靡し、岡本一平と並んで近代漫画の祖といわれた。自らもカラー漫画雑誌『東京パック』『家庭パック』を創刊した。楽天とその門下が、『女の世界』の表紙、挿絵を担当したのかもしれない。どの号の表紙もそれぞれすばらしいが、同一の画家の絵ではないようだ。

『女の世界』を発刊した実業之世界社は、当時勢いのある出版社だったが、社長の野依秀一については、実は不明な点が多い。『女の世界』は、実業之世界社創立七周年を記念して創刊されるが、社長の野依秀一は三十一歳、五尺に足らない小男であり独身、獄中に二年を過ごし、澁澤栄一に可愛がられたようだ。

同じく七周年記念として出版した自著『愚人の力』に、「愚かなるが故に、無学なるが故に、年少にして能く、今日の地歩を占め得たのである」と書いている。

一代の快男児だったようだ。

（おがた・あきこ／近代日本文学研究家）

■連載・生きる言葉 60

維新の保守派

——平尾道雄『子爵谷干城伝』

粕谷一希

> 我れの人となりしは、実に、我が父と我が師（安井息軒）と我が妻の恩なり
>
> 谷干城
>
> （平尾道雄著『子爵谷干城伝』象山社、一九八一年）

平尾道雄さんは子母沢寛と並ぶ維新史の研究家である。坂本龍馬、中岡慎太郎の研究家、土佐の郷土史家と思われがちだが、その視野は広く、のちアメリカのマリウス・ジャンセンがプリンストン大学まで招いて、一年間彼から維新史の事実・解釈・判断を学んだ。

本書はもと冨山房から昭和十年に出た古典であるが、昭和五十六年象山社から復刻された。谷干城《たてき》伝の決定版である。従来、維新史も明治史も革新派に傾きがちだが、平尾さんの視野は広く、西南役で熊本城に五十日間籠城した谷干城の日本主義や宮内庁に入った佐々木高行といった保守派をも視野に入れている。

谷家は代々儒者であり医学を修めて医者として生活を立てた。次第に取り立てられて士分に昇格、母も同格の家の娘であったという。谷干城は父親の眼鏡にかなった娘をもらい、二人は結婚当日まで顔を見たこともなかったという。

干城が師と称す安井息軒は、江戸に遊学したときに最後に辿りついた人で、三計塾という塾を経営していた。

安井息軒は、表会と内会という二つの会議をもっていたが、彼が出席するのは表会だけ、内会は塾生たちに自由に討議させたという。森鷗外に「安井夫人」という名品がある。夫人になった女性は息軒の醜男ぶりに構わず良妻ぶりを発揮。「彼女は遠くを見つめていたのだろう」との結語が光る。

弟子の谷干城も女房に恵まれた。熊本城籠城に妻の玖満《くま》も一緒に籠り、傷兵たちを支えたという。この話は女性記者第一号となった羽仁もと子が追憶談を書き、ヒットしたという。世の中は偶然の巡り合せが面白い。

（かすや・かずき／評論家）

連載　風が吹く　50

生い立ち・吉田英男

高 英男氏　10

山崎陽子

　高英男さんは、戸籍上、伯母である吉田家の養子になっている。その吉田家の当主は才覚のある人物だったようで、明治後期に樺太のパルプの木材に着目、大森林を切り開き成功をおさめ、東京から高一家も呼び寄せた。

　高さんは樺太で生まれた。戸籍謄本には、「樺太泊居《トマリー》郡松枝町壱丁目」とあり、その一帯は全て吉田一族でしめられ、三十七室もある大きな屋敷は、吉田御殿と呼ばれていたという。

　パルプの黄金時代が続き、後に王子製紙の傘下に入ったのが大正初期。戦後は、ロシアの指令で工場は停止され、一族は故郷に帰ることになる。

　高さんは、「勉学は東京で」という親の方針で十一歳の時、単身上京する。高さんの長姉の嫁ぎ先から、下谷竜泉寺金竜小学校に通学。その家が浅草の六区に顔が利いたので、映画も舞台も楽屋も木戸御免になり、若手として売り出していたエノケン（榎本健一）やシミキン（清水金一）などに「ヒデオチャン、ヒデオチャン」と可愛がられたそうだが、「樺太の広大な自然の中で育った子供が、人間関係の複雑な芸能界の裏を覗いてしまったのだから、変な男に育つわけですよね」と高さん。高さんの一族には、高名な医学者や、統計学者、内科学の権威などが、綺羅星のごとくで、高さんも医学にと親は期待したに違いない。当時は、将来の希望をと問われれば「元帥」とか「大将」と答えるのが当り前だったが、高さんは迷わず「歌い手」と答え、中学を卒業すると武蔵野音楽学校に入学する。

　十八歳のとき、コーロエーコーという合唱団に入るが、最年長は東海林太郎さんで、最年少が高さんだったという。当時の音楽学校は専門学校扱いで、大学より一年早く徴兵されるとのことで、日大芸術科の音楽美学に転校する。「その頃もう、歌って稼いだりしている息子が許せなかったんでしょうねえ。大学帽かぶってなかったら、子供じゃねえって怒った親父に、日大の学帽かぶった写真見せたら大喜びしてねえ」

　高さんの語る思い出話は、時に下町訛りが加わってどんな辛い時代の話でもそこはかとない可笑しさが漂っていた。

（やまざき・ようこ／童話作家）

連載 帰林閑話 208

凌霄花

一海知義

山本周五郎に「凌霄花」という題の短編小説がある。

城代家老の息子の若侍と、資産家商人の娘との恋物語である。二人は凌霄花の樹の下でデートし、同じ樹の下で仲たがいして一時期別れ、また同じ樹の下で再会する。

凌霄花は中国原産で、その名も中国名だという。しかし日本では、「リョウショウカ」とはいわず、和名「のうぜんかずら」。

ああ、それなら知っている、という人が多いだろう。

なぜこんな難しい漢字を当てたのか。凌は「しのぐ」、霄は「大空」の意。大空をもしのぐ勢いで高く伸びて行くので、その名がついたのだそうだ。

私は植物のことは知らないので、辞書を引いてみる。蔓《つる》性落葉樹で、他の樹にからまって高く伸びて行き、一〇メートルに達するものもある。花は橙赤色。

この橙赤色というのが、またよくわからない。山本周五郎は小説の中で、花のことを次のように描いている。

「朱色に黄を混ぜたような鮮やかな色で、他の何かの樹に絡《から》まって、群をなして咲いている」

また、こうもいう。

「色も咲きぶりも華やかなのだが、華やかなくせにどこかしんとした、はかなく侘《わび》しげな感じのする花であった」

「凌霄花」ではよくわからなかったが、「のうぜんかずら」なら、実はわが家の庭にも一本植わっている。しかし「凌霄」といわれるほど高くはなく、三メートルほどで枝を横に張っている。

近くにからまる樹がないからか、もともと「凌霄之志」を持たぬのか。

「凌霄花」を「のうぜんかずら」というのは、「紫陽花」を「あじさい」と読むのと同じである。

海苔を「のり」、時雨を「しぐれ」と読むのを熟字訓というが、「のうぜんかずら」の類は、熟字訓でもない。

（いっかい・ともよし／神戸大学名誉教授）

三月新刊

読者の声

ルーズベルトの責任㊤㊦■

▼ルーズベルト外交の基本はスチムソン・ドクトリンであり、日米首脳会談拒否とハル・ノート提出は同ドクトリンへの徹底した回帰であったとの、ビーアドの指摘は鋭いし説得力がある。それにしても、日本人研究者は、なぜビーアド研究を怠ってきたのだろう？　現代の米国外交に同ドクトリンが過去にも増して色濃く出ている……。

（千葉　**小屋隆良**　72歳）

▼下巻も手にして三読終った所です。著者の学者としての立派さに頭が下がります。国内での平泉澄博士、徳富蘇峰氏と並ぶ人でしょう。広く国民に購読されるように望んでおります。真実を知る国民が育たないと国家が保てない。数多くある図書館等で利用されます様にしていただければとお頼みをする次第であります。

（福岡　農業　**印藤弥寿男**　78歳）

▼チャールズ・A・ビーアド氏の研究の深さについて敬意を表している。

（静岡　**武藤誠**　90歳）

▼「歴史は勝者がつくる」を証明した書。つくられた歴史の外観に対し真実を追及するアメリカ人がいる反面、永い間欧米列強は人種差別、強者が弱者を武力で侵略し、抑圧して来たのではないか。この点「本書一〇章のメモ」中の、チャーチルによる大統領追悼演説は笑止。ルーズベルトは賛辞とは逆の人。結局、先の戦争は真実の歴史の当然の帰結というべき。

（神奈川　**鈴木信夫**）

▼太平洋戦争回避の努力を中断された幾つか――例えば、近衛首相、ルーズベルト会談が拒否されたが、更に会談申し込みを米国の呑み易い条件を附与したら、どうであったか、或いは米国に依る一九三九年日米通商条約破棄、対日石油輸出禁止に腰を下げて日本が対応していたなら等々――を粘り強くアメリカと交渉していたなら、日米開戦はなかったとの説は誤りである事を知る。ルーズベルト二選の時、既に対日戦争を計画。ルーズベルトは偽善者だ。ジャグラーだ。

（東京　**池田隆一**　76歳）

▼昨年一二月の真珠湾攻撃七〇周年に合わせて山本五十六等の関連書を読んだ中にハミルトン・フィッシュ著『日米・開戦の悲劇』ＰＨＰ文庫がありました。これに触発されて本書㊤㊦を購入し読んでいるところです。次に、ジョージ・ナッシュ著『Freedom Betrayed』が読むべき本のようですが、翻訳がありませんので是非お願いしたい。

（兵庫　**河内哲三**　62歳）

鄭喜成詩選集　詩を探し求めて■

▼貴重な本の出版を感謝いたします。日本で手にすることが難しい詩人の著書を読むことができました。非常に読み易く翻訳された方のご努力の賜と思いました。多くの方に読んでいただきたい本です。

（東京　**小林節子**　73歳）

『環』48号〈特集・エネルギー・放射能〉■

▼（「家畜をめぐる断章」について）今や肉食は、やむをえないこととして受容するしかないが、これを自己目的化してはならない。何であろうと、名付け、意味付けして消化吸収してしまうのが、人間の特性であることを、心の疼きに導かれて自戒するしかない、と思われる。人間の尊厳もそのへんにあるのだろう。

（兵庫　**西川力**　61歳）

辛亥革命と日本■

▼辛亥革命と日本の関係を知りたくなり買ってよんだわけですが、当時の軍関係などがよくわかりました。

（千葉　**佐久間優**　87歳）

別冊『環』⑱内村鑑三■

▼新保祐司先生の編集責任で「内村鑑三」が今日的に深く、しっかりとよみがえっています。はじめの山折先生との〈対談〉、内村と我々の生き方、あり方につなげて現代に復権しています。各氏の論稿、その取り上げ方が広く、深く適切です。とても参考になりました。生きることは何かを教えてくれています。Ⅱ「内村鑑三の勝利」各氏の内村評、出会い、回想とても新鮮で大きな山脈である。Ⅲ内村鑑三を読む、改めて新鮮に読みました。これまでもくりかえし読んで来ましたが。写真の配置がとても良い。

（新潟　鈴木孝二　69歳）

戦場のエロイカ・シンフォニー■

▼太平洋戦争を経験した私はあのころの苦しく貧しかったことは記憶にあたらしい。「鬼畜米英」「一億玉砕」と兄をマレー沖で死にいたらしめたおろかな戦いに仕方なく同調するしか手だてもなく、流された「転進」と「退却」をごまかし、玉砕までして多くの大切な人を殺した。同じ時代に兵役にあり乍ら、戦争をきらい平和を信条としてつらぬき通し、日本の美しさに目ざめ日本への帰化をなしとげたキーンを知ることが出来、本当の人間の深さにふれることができた。

（徳島　井上ヨメ子　85歳）

ハイチ震災日記■

▼未知のことが明らかになる経験、それも薄皮がはがれるように少しずつ堆積していって、ある日別の何かと反応して世界が開かれた感覚にとらわれる、それが読書の醍醐味、と一端の口をききたいところですが、なにしろ順次というか順不同にというか忘れることが多く、差し引きで負になる時もそう遅くないと危ぶんでいます。蟻のような人々のはかなさ、愚かさ、しぶとさ、けなげさは、スマトラも、ハイチも、ニュージーランドも、東北も、でしょうか。暴力に注ぎ込む金があったらとつくづく思いますが、我ら蟻は一心不乱に生きるのみ。

（山口　岩崎保則　58歳）

アラブ革命はなぜ起きたか■

▼トッドのアラブ革命に関する見解を興味深く読みました。家族構造と社会形態の関連に関して私が最初に対面したのは、F・L・K・シューの『比較文明社会論――クラン・カスト・クラブ・家元』でした（一九七一年日本語版）。これが一九九二年トッドの『新ヨーロッパ大全ⅠⅡ』でヨーロッパ全体に亘って詳細な分析が行なわれていることを知りあらためて興味を呼び覚されました。本書でポーランドに関してカトリックとの関係に一部言及がありましたが、家族構造と宗教の間に何等かの関係があるのかどうかが現在の興味の焦点です。

（兵庫　石井治　78歳）

▼中東（エジプト）で仕事をしておりますが、イスラム教に常に違和感を感じておりました。本書を読んでそういった考え方自体、西欧のメディアによる産物ではないかと思い至るようになりました。

（エジプト駐在中　中松良太　35歳）

内藤湖南への旅■

▼五十歳代以上、とりわけ六十歳代以上の男女（一定レベル以上の読者）を志向した〝古典中の古典〟を出版されたい。

（山口　棟加登堯　72歳）

▼京都大学東洋史学の雄大さと伝統、発展が概観出来た。著者また良し。

（東京　会社役員　岩松良彦　75歳）

石牟礼道子全集　不知火　第一巻■

▼八重山から不知火にかけての潮の香りが漂ってきそうな装丁。気品ある文字。沖縄の、竜宮城のように美しかった海中が全壊しているのを二年程前に目撃して以来、石牟礼氏のご本を拝読し続けています。見るべき多くのものが失われていく中

で、このような"佇い"こそが幽かな光であり、暗示的であるように感じます。どうか、今年の三月一一日は、よき春の一日でありますように……。（私も誕生日が三月一一日です。花を捧げたい気分です。）

（岐阜　主婦　**牧野千草**　46歳）

※みなさまのご感想・お便りをお待ちしています。お気軽に小社「読者の声」係まで、お送り下さい。掲載の方には粗品を進呈いたします。

書評日誌（三・一～三・二五）

㊟書 書評　紹 紹介　記 関連記事　Ｔ 紹介、インタビュー

二月号　紹みすず「石牟礼道子全集」（「二〇一一年読書アンケート」／花崎皋平）「帰還の謎」（「同」／阿部日奈子）「フランス史」（「同」／池上俊一）「十三人組物語」（「同」／冨原眞弓）

三・一　記伊豆新聞「金子みすゞ詩心の詩集」（「金子みすゞ詩集　原画五〇点を展示」）

三・二　記産経新聞『排日移民法』と闘った外交官」（「集う」／「日本の転換期、一九二〇年代を見直す本出せた」／喜多由浩）

三・三　記伊豆新聞「金子みすゞ心の詩集」（「心にこだまする　金子みすゞの世界」／「下田開国博物館　詩集の原画展」）

三・四　紹朝日新聞『排日移民法』と闘った外交官」（「Opinion ザ・コラム」／「日本の『移民』　受け入れの是非を超えて」／大野博人）

三・六　記東京新聞（夕刊）『排日移民法』と闘った外交官」（「書物の森　自著を語る」／「織り上げた歴史の伏線」／チャオ埴原三鈴）

三・七　記読売新聞『排日移民法』と闘った外交官」（「『排日移民法』の定説を否定」／辻本芳孝）

三・八　書週刊文春「医師のミッション」（「新刊推薦文」）

書週刊新潮「ルーズベルトの責任」（「ＴＥＭＰＯブックス」／「十行本棚」）

三・一〇　書週刊東洋経済『排日移民法』と闘った外交官」（「Review」／「苦闘の体験から導かれる外交教訓」／塩田潮）

記読売新聞（夕刊）別冊「環」一八号「内村鑑三」（「内村鑑三　心の復興の灯台」／「震えざる『明治の精神』」／新保祐司）

三・一一　書毎日新聞「環」四八号（「今週の本棚」／「なし崩し的な「ことば」の劣化、風化を懸念する」／中村達也）

三・一九　書朝鮮新報「詩を探し求めて」（「文化」／"うれしくて、ありがたくて、心強くて"鄭喜成詩選集『詩を探し求めて』を読む」／李芳世）

三・二三　書語文「戦後という『イデオロギー』」（「〈書評〉」／内藤千珠子）

三月号　記EURASIA NEWS「だから、イスタンブールはおもしろい」（「トルコ　その魅力を探る」／「まず、チャイをどうぞ」／澁澤幸子）

書機械設計「アラブ革命はなぜ起きたか」（「編集子の読書日記」）

書アポロニア「自由貿易は、民主主義を滅ぼす」（「ＴＰＰを知るための四冊」／「ウソの需要が崩壊していく」）

紹新刊展望「生の裏面」（「作家・作品ガイド」／『若い』韓国文学」／きむふな）

書出版ニュース『民衆』の発見」（「Book Guide」）

五月新刊

＊タイトルは仮題

石牟礼道子による初の高群逸枝論

〈石牟礼道子全集・不知火〉(全17巻・別巻一)
17 詩人・高群逸枝

石牟礼道子　解説＝臼井隆一郎

高群逸枝亡き後、夫橋本憲三が刊行した『高群逸枝雑誌』に連載した「最後の人」をはじめて集成し、世界初の女性史を完成させた高群逸枝の終の棲家「森の家」に約一年滞在した日記風メモ「森の家日記」(未発表)を収録。石牟礼道子による高群逸枝「覚書」の全貌が初めて明らかになる。

【月報】大石芳野／桑原史成／中村健／山形健介

［第15回配本］

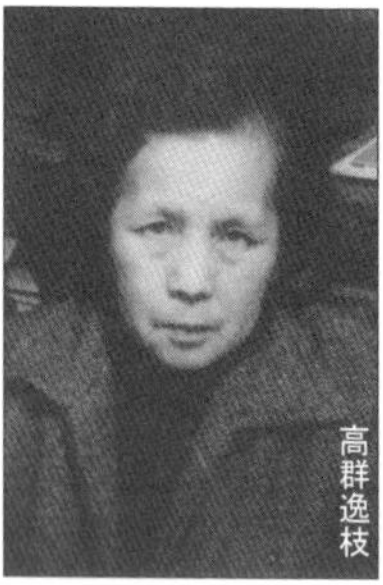
高群逸枝

明治の近代化こそ儒教社会化する過程だった！

主体化する近代
朱子学的思惟と日本近代

小倉紀蔵(京都大学教授)

儒教社会としての江戸期を脱し西洋化される、とイメージされてきた日本の近代化。しかし中央集権による思想統制がなく科挙官僚のいない江戸時代は儒教社会といえるか。明治の近代化は、半儒教社会を再儒教化する過程であったとする全く逆の視点から、国民が「主体化」「序列化」され天皇中心の思想的枠組みに組み込まれてゆく論理を暴く初の試み。

国際的建築家による「新しい日本」像！

小国大輝
縄文人／百姓／サムライの魂《タマ》、甦れ！

上田篤(京都大学名誉教授)

「小国」日本は、近代史一五〇年の中でいかに途を誤ってしまったのか。西郷隆盛の非業の死により途絶えてしまった、ありうべき「もう一つの日本」への途をたどり直し、「百姓」さらに「縄文」という伝統の先に、一匹狼の自立人間にあふれた、新しい日本像を見出す。震災後の日本を賦活する、著者渾身の一冊。

フランスで絶賛された傑作

植物たちの私生活

李承雨《イスンウ》　金順姫《キムスニ》訳

『生の裏面』に続く邦訳第二弾。「すべての木は挫折した愛の化身だ……」――この言葉をキーワードに、スリリングに展開する美しい物語。フランスで絶賛された傑作。

コモディティ争奪戦をいかに生き延びるか

コモディティに翻弄される時代
ニクソン・ショックから四十年

阿部直哉(経済アナリスト)

今、世界の商品取引所が激震に襲われている。穀物、金、原油に焦点を当て、投機マネーに席巻されつつある国際商品市場の実態をつぶさに描き、そこに立ち向かう方途を探る。

4月の新刊

タイトルは仮題、定価は予価。

『環　歴史・環境・文明』㊾ 12・春号 ＊
〈特集 3・11と私――東日本大震災で考えたこと〉
赤坂憲雄／石牟礼道子／川勝平太／河瀬直美／熊谷達也／橋本五郎／早川和男／増田寛也／町田康／森崎和江／渡辺京二 ほか
菊大判　四〇〇頁　三七八〇円

多田富雄新作能全集 ＊　口絵一六頁
多田富雄
笠井賢一 編
A5上製クロス装貼函入　四三二頁　八八二〇円

美人の歴史 ＊　カラー口絵一六頁
G・ヴィガレロ　後平澪子訳
A5上製　四四〇頁　四八三〇円

ゾラ・セレクション（全11巻・別巻一）
⑪書簡集 1858-1902 ＊
E・ゾラ
小倉孝誠編・解説
小倉孝誠・有富智世・高井奈緒・寺田寅彦訳
四六変上製　四五六頁　五八八〇円

金子みすゞ 心の詩集 ＊　普及版
The Poetry of Misuzu
よしだみどり編［英訳・絵］
A5変上製　九六頁全カラー　一八九〇円

5月刊

〈石牟礼道子全集・不知火〉（全17巻・別巻一）
⑰詩人・高群逸枝 ＊［第15回配本］
石牟礼道子　〈解説〉臼井隆一郎
［月報］大石芳野／桑原史成／中村健／山形健介

好評既刊書

主体化する近代 ＊
朱子学的思惟と日本近代
小倉紀蔵

植物たちの私生活 ＊
李承雨（イ・スンウ）　金順姫（キム・スニ）訳

小国大輝 ＊
縄文人／百姓／サムライの魂、甦れ！
上田篤

コモディティに翻弄される時代 ＊
ニクソン・ショックから四十年
阿部直哉

別冊『環』⑲**日本の「国境問題」** ＊
現場から考える
岩下明裕編
菊大判　三六八頁　三四六五円

放射能除染の原理とマニュアル ＊　カラー口絵八頁
山田國廣
A5判　三二〇頁　二六二五円

鎮魂と再生 ＊　震災一周年
東日本大震災・東北からの声100
赤坂憲雄編
A5判　四八八頁　三三六〇円

「居住の権利」とくらし ＊
東日本大震災復興をみすえて
家正治（編集代表）・早川和男・熊野勝之・森島吉美・大橋昌広編
A5判　二四八頁　二五二〇円

金子みすゞ 心の詩集 ＊〈特別付録〉CD
The Poetry of Misuzu
よしだみどり編［英訳・絵］
A5変上製　九六頁全カラー　二九四〇円

〈石牟礼道子全集・不知火〉（全17巻・別巻一）
⑮全詩歌句集ほか ＊［第14回配本］
石牟礼道子　〈解説〉水原紫苑
［月報］高橋睦郎／藤原新也／高山文彦／井上洋子
A5上製布クロス装貼函入　五九二頁　八九二五円

国家貴族 Ⅰ Ⅱ ＊　完結
エリート教育と支配階級の再生産
P・ブルデュー　立花英裕訳
A5上製　各五七七五円

日本建替論
100兆円の余剰資金を動員せよ！
麻木久仁子・田村秀男・田中秀臣
四六判　二八八頁　一六八〇円

保育と家庭教育の誕生 1890-1930
太田素子・浅井幸子編
四六上製　三四四頁　三七八〇円

『環　歴史・環境・文明』㊽ 12・冬号
〈特集 エネルギー・放射能――東日本大震災Ⅲ〉
菊大判　四四〇頁　三七八〇円

ルーズベルトの責任㊤㊦
日米戦争はなぜ始まったか
Ch・A・ビーアド
開米潤＝監訳　阿部直哉・丸茂恭子＝訳
A5上製　各四四一〇円

＊の商品は今号に紹介記事を掲載しております。併せてご覧戴ければ幸いです。

書店様へ

▼先月刊の**赤坂憲雄編**（荒蝦夷 編集協力）『**鎮魂と再生**』、3／26(月)『毎日』「論の焦点」欄、3／27(火)『朝日』「ひと」欄、3／29(木)『朝日』「論壇時評」欄で続々絶賛紹介され大反響！「……けれども、再生へ向かう声が、この本からは聞こえてくる。破壊された世界で、どうやって生きてゆくのか。『被災地をいきること』は、決してひとごとではないのだ。」（『朝日』「論壇時評」高橋源一郎氏）
▼同じく先月刊の『**放射能除染の原理とマニュアル**』の著者**山田國廣**さんに刊行前から各紙誌・TV取材殺到。4／16(月)には、NHK総合「あさイチ」に生出演予定。その他のパブリシティも順次続々予定です。単に理工・医学書としてではなく、一般のお客様が手に取れる社会・一般・話題書として大きくご展開下さい。
▼『ブックガイド2012』できました。既にお申し込みいただいております書店様には順次お届けいたします。店頭置き等にご活用下さい。また、外商活動等でご入用の際は、必要部数お気軽にお申し付け下さい。　（営業部）

第20回　野間宏の会

天災・人災・文学

野間宏（一九一五―九一）は全体小説を企図し、環境問題、分子生物学、政治・経済の問題にも作家として果敢に取り組んだ。一九七九年「原発モラトリアムを求める会」を結成、八六年のチェルノブイリ原発事故の際も発言を行った。「野間宏の会」（一九九三〜）では昨年、講演会「震災・原発と野間宏」を開いたが、今年はその第二弾である。

【講演】
高橋源一郎（作家）
古川日出男（作家）
吉岡斉（九州大学教授／科学社会学）
山田國廣（京都精華大学教授／環境学）

【日時】五月二十六日(土)　一時半開会（開場一時）
【場所】アルカディア市ヶ谷（私学会館）
【参加費】二〇〇〇円
＊お申込み・お問合せは小社内「野間宏の会」事務局まで。

追悼・多田富雄氏

多田富雄三回忌追悼能公演

第四回INSLA講演会

（基調講演）「生命と動的平衡」　福岡伸一（生物学者）

（対談）「多田富雄の新作能をめぐって」
柳澤新治（能楽ジャーナリスト）×笠井賢一（演出家）

多田富雄新作能「無明の井」
野村四郎　片山九郎右衛門

【日時】四月二十一日(土)午後二時半
【場所】国立能楽堂
【主催】INSLA【協力】藤原書店ほか
＊お問合せはアトリエ花習《かしゅう》
(Tel:090-9676-3798 Fax:03-5988-2810)

出版随想

▼いつまでも肌寒い日が続いているが、ようやく春の訪れを感じる日になった。今桜が満開である。昨年は、心なしか桜も淋しそうな感じがしたが、今年は、華やかな姿を、われわれの前に現出している。

▼今、この日本で問われているのは〝主体〟ということではないか。つまり己れ自身のことだ。何も起こらない時はいいが、何か起きると必ず問題になる。しかし、戦後いやそれ以前からか、主体を問わないままこの国は歩んできた。主語のない文章の国だ。問われなくても自明で自覚する主体がかっては存在した。しかし、戦後は大きな核の傘の中でいつの間にか、長いものに巻かれる風潮が瀰漫していった。〝平和〟な時はそれでもいいが、事件は必ず起きた。この半世紀をみても、水俣病事件から福島原発事故に到るまで事件は起きてきたが、それを自分の問題とは考えられない。〝主体〟の欠如である。

▼今回の大飯原発再稼動についても、政府の方針が二転三転する。誰が一体、原発再稼働を決めるのか。政府か国民か、官意か民意か。この国は民主主義国家なのか。一部の利権と権力装置を維持するためだけの民主主義にすぎないのか。そもそも民主主義システムは、主体を問わない装置なのか。未来の重大事を進めるのに、政府は自分達だけで密談をして進めようと思っている。福島原発事故の総点検・総検証もまだ終らないうちに。「無責任」という言葉が蔓延するしかない国になり下がってしまったのか。（亮）